U0096814

茅盾研究
八十年書系

錢振綱·鍾桂松◎主編

唐金海、劉長鼎◎主編

37

茅盾年譜（第三冊）

花木蘭文化出版社

國家圖書館出版品預行編目資料

茅盾年譜（第三冊）／唐金海、劉長鼎　主編 -- 初版 -- 新
北市：花木蘭文化出版社，2014〔民103〕
目 4+230 面；19×26 公分
（茅盾研究八十年書系；第 37 冊）
ISBN：978-986-322-727-4（精裝）
1. 沈德鴻　2. 年譜
820.908　　　　　　　　　　　　　　　　103010449

中國茅盾研究會《茅盾研究八十年書系》編委會

主　編：錢振綱　鍾桂松

副主編：許建輝　王中忱　李　玲

特邀顧問：

邵伯周　孫中田　莊鍾慶　丁爾綱　萬樹玉　李　岫

王嘉良　李廣德　翟德耀　李庶長　高利克　唐金海

茅盾研究八十年書系
第三七冊　　　　　　　　　　　　　　ISBN：978-986-322-727-4

茅盾年譜（第三冊）

本書據山西高校聯合出版社 1996 年 6 月版重印

編　　者　唐金海　劉長鼎
主　　編　錢振綱　鍾桂松
總 編 輯　杜潔祥
副總編輯　楊嘉樂
編　　輯　許郁翎
出　　版　花木蘭文化出版社
社　　長　高小娟
聯絡地址　235 新北市中和區中安街七二號十三樓
　　　　　電話：02-2923-1455／傳真：02-2923-1452
網　　址　http://www.huamulan.tw 信箱 hml810518@gmail.com
印　　刷　普羅文化出版廣告事業
初　　版　2014 年 7 月
定　　價　60 冊（精裝）新台幣 120,000 元

茅盾年譜（第三冊）

唐金海、劉長鼎　主編

目
次

一九四〇年（四十五歲）

一月

一日　發表《所謂芬蘭事件》（政論），署名盾。載《反帝戰線》第三卷第四期，現收《茅盾全集》第十六卷。介紹芬蘭事件的經過，揭露帝國主義的反蘇面目。

同日　發表《把冬學運動擴大到全疆去》（散文），署名盾。載《反帝戰線》第三卷第四期。現收《茅盾全集》第十六卷。

同日　發表《從「有眼與無眼」說起》（文論）。載《新疆日報・元旦增刊》。現收《茅盾全集》第二十二卷。

月初　給重慶友人信。從陸路回內地，必須有個藉口，而當時唯一可行的藉口是稱病。因此，在給友人信中說：「……而且今尤有困惱，即積久之眼疾，又復發作，1930 年之白翳自兩月以前，即復『捲上復來』……」該信以《茅盾先生自迪化來信》爲題發表於《文學月刊》第一卷第二期。

十八日　發表《記取「一二八」的經驗教訓》（散文），載《新疆日報》。現收《茅盾全集》第十六卷。

同月　實驗劇團發生王姓不速之客事件，把趙丹的報告轉給盛世才，當天晚上盛來電話，假惺惺地讚揚了趙丹等人一番。過了一個多星期，盛又來電話，說：那人是個犯錯誤的傢伙，想試探趙丹他們來新疆的眞實目的，以此來討好我。此事件發生之後，和張仲實一道找孟一鳴交換意見。他也認爲姓王的十之八九是盛世才的密探。接著談到何時能離開新疆。孟說，盛對雁冰兄沒有懷疑，對仲實恐怕已有些疑心。不過，短時期內不會採取行動。（《新疆風雨》（下）──回憶錄〔二十五〕）

本月

二十三日　汪精衛、王克敏、梁鴻志三個漢奸頭子在青島會談，決定合併現有僞政權，成立僞中央政府。

毛澤東發表《新民主主義論》，闡明中國革命的性質特點和任務。

二月

一日　發表《通俗化、大眾化與中國化》（文論）。載《反帝戰線》第三卷第五期。現收《茅盾全集》第二十二卷。認爲「『中國化』的提出，就是要求大家先能消化，變爲自己的血肉，然而能從歷史的遺產中吸取有用的滋養料，創造嶄新的中國作風與中國氣派。」

約七日　盛世才讓副官通知，沈志遠來迪化講學，想見茅盾和張仲實。沈是三日抵達迪化的。茅盾與張仲實到督辦公署拜訪。沈志遠想探聽杜重遠的眞實情況，因不是談話之地，沒有回答他。離開督辦公署，兩人去見孟一鳴，孟一鳴說：這三四天來聽說盛世才餐餐都同沈志遠同吃，可能沈已被盛的米湯灌得飄飄然了。兩人覺得孟一鳴的提醒很及時。（《新疆風雨》（下）——回憶錄〔二十五〕）

八日　下午，沈志遠來回拜，仲實接到電話也來了。由於沈志遠選擇盛世才，所以不便說出杜重遠的眞實情況，盛世才爲了掩人耳目，還派車子把杜接來與沈敘舊。在爲沈大擺宴席上，居然杜重遠也在被請之列。（同上）

下旬　一天下午，正與仲實閒談，突然接到通知，說盛世才要他馬上去督辦公署。全家爲之擔憂。直到暮色降臨，仲實終於回來了。第二天，兩人去找孟一鳴，希望聽聽黨方面有什麼辦法能幫助脫離這個險境。孟認爲當前是仲實面臨了危險，至於茅盾估計盛世才顧慮到國內外的影響，還不會下手。萬一發生了什麼，我們另想辦法，並說這些意見是與陳潭秋、毛澤民商量過的。（《新疆風雨》（下）——回憶錄〔二十五〕）

本月

德國武裝力量最高統帥部批准進攻法國、比利時、荷蘭的作戰計劃。

二十三日　東北抗日聯軍第一路軍在蒙江地區與日寇展開激戰，全部壯烈犧牲，總指揮楊靖宇將軍也殉國。

三月

十五日　作《六大政策下的新文化》（雜感）。載《反帝戰線》第四卷第一期。現收《茅盾全集》第二十二卷。說：「四月革命的春雷，把新疆四百萬民眾，從黑暗專制的楊金統治下解放出來了，從前除了鴉片賭博愚昧欺詐等等而外，更無所謂文化教育生活的新疆民眾，現在『六大政策』光芒下，

開始有了煦和愉快健康的文化生活。」

本月

　　三十日　在日本操縱下，汪精衛僞「中央政府」在南京成立。

　　陝甘寧邊區文化協會在延安創辦《中國文化》月刊。

四月

　　一日　發表《蘇聯的科學研究院》（散文）。載《反帝戰線》第四卷第一期。現收《茅盾全集》第十六卷。介紹十月革命之後蘇聯科學研究院的建立和發展狀況。

　　十一日　發表《文化工作之現在與未來》（文論）。載《新疆日報》，現收《茅盾全集》第二十二卷。

　　二十日　「上午，收到二叔從上海拍來的一封加急電報，內云：大嫂已於十七日在烏鎮病故，喪事已畢。「這個消息太突兀了，因爲母親雖長年患氣管炎，但無其它實質性的病變，身體一向不錯。……我們到新疆一年，幾乎與母親隔斷了音訊，——只收到她老人家託二叔轉來的兩封平安信，說她一切都好，不要惦記，卻關心我們的起居飲食和健康。父親去世之後，三十年來，母親幾乎一直過著孤單的生活；她以最深沉的愛培育了兩個兒子的成長，又支持他們遠走高飛，卻從不企求補償，即便只是感情上的天倫之樂。抗戰開始，是她獨自留在上海——爲了不拖累我們，她相信勝利之日就能闔家團聚。然而這一天她沒等到，她卻撒手去了！想到母親在彌留之際身邊見不到一個親人，我的心就如刀絞，也許母親爲我們勞碌一生所唯一企望的就是這一點點，而我卻未能使她如願。這是我捶胸頓足也無法補救的憾事！」「看到二叔發來的電報，德沚放聲痛哭起來，然後就責備我偏要到這個只能進不能出的倒霉地方來，現在要奔喪都不行！德沚的埋怨，觸發了我一個念頭，何不學張仲實的辦法也來請假奔喪？盛世才一向以孝道教人，既然允許仲實奔喪，大概也不會拒絕我吧？不管盛世才是眞心還是假意，無論如何是我請假回內地的一個理由，一個機會，一個藉口，值得一試。我與德沚商量後，就拿起電話向盛世才請假，我說接到上海電報，母親病故，雖說喪事已畢，但還有些後事需要請假回去料理。盛世才在電話中沉默了片刻，就爽快地同意了。我接著說：母親的喪事雖已辦完，但我還想在這裡開喪遙祭一下。盛世

才馬上說：應該，應該。我就說，那麼回頭我擬個訃文，請督辦過目，如果可以的話，請交《新疆日報》刊登，盛世才也同意了。我當即寫了訃告，大意是：母親病故，經請示盛督辦，將 4 月×日在本市開喪遙祭，並已獲准請假回鄉料理後事。我這樣寫原是想試探一下虛實。不料盛世才很快就打來了電話，說訃告已收到，明天就登在《新疆日報》上，至於開喪的事，回頭就派盧副官長來幫你辦理。過了不大一會兒，盧毓麟果然來了，當即商定二十二日開喪，地點設在漢族文化促進總會內，並略備菲酌，招待前來吊唁的各廳廳長和官員們，其它一應準備工作，都由盧去辦理。盧向我要了一張母親的遺像，以便放大供在靈堂上。」（《新疆風雨》（下）──回憶錄〔二十五〕）

二十二日　上午，全家穿了孝服佇立在靈堂一側，靈堂周圍掛滿了祭帳，有個人送的，也有以單位名義送的。頭一個來祭奠的是代表盛世才的盧毓麟，接著各廳長和各機關首長依次吊唁，儀式完畢已近中午，就請吊喪者吃飯。下午去督辦公署向盛世才謝孝，並問喪費多少。他說這是小意思，已經從公帳上開出了，硬不肯說，我也只好算了。接著又去各廳長那裡謝孝。回到家裡，張仲實正在等候，原來他與盛世才通了電話，盛已答應他們一道回內地。（同上）

二十四日　盛世才在督辦公署設盛宴為茅盾、張仲實送行，賓客二百多之，迪化各界知名人士，包括蘇聯總領事，都來參加了。盛世才講了話，感謝他們一年來為新疆作了許多工作，希望事完之後再來新疆。茅盾和仲實講了話，感謝盛的款待，並表示辦完事一定再回來。（同上）

二十七日　藉著向盛世才請示文化協會的工作如何交待的機會，順便問他哪一天能走。盛的回答是：現在沒有飛機，什麼時候有我會通知你們的。仲實一聽著急道：糟了，當初他也是這樣答覆我的，他可以藉口沒有飛機，一直拖延下去。兩人又去找孟一鳴。孟說，你不妨私下找蘇聯總領事，也許他有辦法。總領事說：這幾天正好有一架交通飛機要從莫斯科來迪化，過了「五一」節就飛往重慶；「五一」節那天，盛督辦照例要請我吃飯，你們一定是陪客，那時候，你們可以問盛督辦。盛不能當著我的面說沒有飛機，必然推到我身上，我就當面答應你們。（同上）

約二十九日　總領事悄悄通知我們：飛機已到，一切按原計劃進行。（同上）

約同月　給在香港的戴望舒去一信，希望他在香港辦一個英文版的文學刊物，中國抗戰時期的作品譯成英文出版，讓海外也能瞭解中國抗戰的情況。還託人捎去了一部分錢款。後來該雜誌在戴望舒、馮亦代、葉君健、徐遲等主持下出版，定名爲《中國作家》。（馮亦代《戴望舒在香港》，載《新文學史料》1980 年第 4 期）

本月

　　九日　德軍入侵丹麥，幾小時後，丹麥宣布投降。

　　國民黨發動的第一次反共高潮被擊退。

五月

　　一日　盛世才請去赴宴，與總領事就在大餐桌上將那妙計如法炮製。盛世才不得不當面答應我們可乘這架蘇聯飛機走，並且還舉杯祝我們一路平安。趙丹、徐韜來告別，他們心情很沉重，深感前途茫然，凶多吉少。對他們的險惡處境，只能說些安慰的話，與仲實一道去看望了杜重遠，向他告別，向他保證，新疆盛世才的眞相，杜的遭遇，都將原原本本告訴重慶的朋友，並設法盡早把他營救出去。（《新疆風雨》（下）——回憶錄〔二十五〕）

　　同日　發表《帝國主義戰爭的新形勢》（政論）。載《反帝戰線》第四卷第二期。現收《茅盾全集》第十六卷。分析帝國主義戰爭漫延到北歐和斯干的那維亞半島後的新局面。

　　二日　作《演出了〈新新疆萬歲〉以後》（文論）。載《反帝戰線》第四卷第三期。現收《茅盾全集》第二十二卷。從藝術創作的角度，爲趙丹、徐韜等的演出成敗，作一點解釋。（按：這是在新疆寫的最後一篇文章）。

　　四日　晚，接到盛世才的電話。「寒暄過後他突然問道：你的兒子不是在新疆學校讀書嗎？他是不是不去內地呀？我不禁額頭滲出冷汗，鎭靜了一下馬上回答道：督辦弄錯了，我的兒子去年十二月就退學了，他有病，支持不了緊張的學習，我們正打算把他帶到內地去好好治病哩。電話中沉默了片刻，終於說道：那就去治病罷，明天我爲你們送行。」（《新疆風雨》（下）——回憶錄〔二十五〕）

　　五日　盛世才親赴機場送行。仍舊是兩卡車警衛架著機關槍，護衛著盛世才的小臥車。九時，飛機離開了跑道衝向了藍天。十二時飛機在哈密降落，

哈密行政長劉西屏匆匆趕來迎接。晚上，設宴款待。午夜十二時盛世才打來第一次電話，命令劉西屏把兩人扣留起來。過了半小時，又來了第二次電話，說先不要行動，讓他再考慮考慮。（同上）

六日　凌晨三點左右，盛世才又打來第三次電話，說：「算了，讓他們走吧！」劉西屏怕他再反悔，一清早就匆匆把茅盾等送到飛機場。他想，當著蘇聯人的面，自然不便扣留我們了。飛機終於飛越過了猩猩峽。（按：後獲悉，幾天之後，趙丹他們被捕了，又過了一個星期，杜重遠也終於鋃鐺入獄。）

同日　下午三時許，飛機降落在蘭州機場。還住中國旅行社蘭州招待所。晚飯後，同機到達蘭州的盛世才駐重慶代表張元夫忽然跑來說，有位政府大員要搭我們這架飛機去重慶公幹，要讓出幾個位來。情況有了變化，決定與張仲實一道去延安。（《延安行》——回憶錄〔二十六〕）

七日　遊覽了戰時「繁榮」的蘭州街道。由於飛機票難買，拜訪了西北公路局沈局長，沈答應幫忙。（同上）

九日　沈局長來告知，青海一位活佛要去重慶，省政府指令西北公路局為他開一輛專車，最好搭這輛專車同行。（同上）

十四日晨　登上了去西安的「專車」。活佛就是喜饒嘉錯。沈局長還專程趕到車站送行。下午三時許，專車到達華家嶺車站，天氣突變，陰雲密佈，疏疏地下起雨來。決定留宿華家嶺。（同上）

十五日　雪困華家嶺。（同上）

十六日　晴天，下午兩點左右出發，當晚在靜寧過夜。（同上）

十七日　翻越六盤山，夜歇平涼。（同上）

十九日　下午，經咸陽到達西安。五點，住進中國旅行社西京招待所，受到經理的熱情接待。七點，敵機空襲，乘車到郊外躲警報。（同上）

二十日　下午，和仲實一道去七賢莊八路軍辦事處。在客廳意外地見到了周恩來同志和朱德同志。周恩來詳細詢問了離開新疆的經過，又問了杜重遠的情況。對到延安表示歡迎，說，你們不論是去參觀還是去工作，我們都歡迎。正巧有個好機會，總司令過幾天要回延安，你們可以同他一道走，這樣路上的安全也有了保證。周恩來和朱德，還給介紹了抗戰的形勢。（同上）

二十一日　與仲實一道去觀賞了碑林和民眾市場。（同上）

二十三日　根據辦事處主任的安排，全家搬進了辦事處。（同上）

二十四日　上午八時，朱總司令的車隊開出了西安城。亞男和阿桑換上了軍裝，並且起了假名。茅盾、德沚、仲實仍舊穿便服，算作知名人士。傍晚，在銅川一家旅店歇宿。朱老總住在附近另一爿旅店裡。閒談中，發現這位名震中外的將軍有很高的文學素養。他提議明日經過黃陵時，上去拜謁一番。（同上）

二十五日　午後一時許，車隊停在橋山腳下，大家拾級而上來到黃陵前。在陵前留了影，被總司令點名講了黃帝的故事。講完之後，總司令接著講了話，指出：現在有人想阻撓抗日戰爭的勝利進行，想妥協投降，這種人是黃帝的不肖子孫！下午四時左右，汽車進入陝甘寧邊區。晚上在富縣招待所休息。（同上）

二十六日　午後，經過勞山，二時許抵達延安南郊的七里鋪。見到了前來迎接的張聞天和琴秋。被送到南門外的交際處休息，接著又被請去參加宴會。菜餚雖無山珍海味，卻也鮮美可口，嘗到了延安的名菜「三不粘」。傍晚，參加了延安各界在南門外操場上舉行的歡迎朱總司令的大會。第一次見到這樣熱烈而又質樸的場面。歡迎會主要是朱總司令講話，他的講話不斷被熱烈的掌聲和口號聲打斷。（同上）

二十七日　晚上，延安各界又在中央大禮堂開歡迎晚會，毛澤東同志也來了。和大家一一握手問好，一起坐在第一排的長凳上。魯藝演出了《黃河大合唱》。使人大開眼界，大為感動。從這一組歌中認識了冼星海這位天才的音樂家，在交際處，和仲實各住一孔窰洞，親身體驗了窰洞的風味。早餐，又嘗到了延安的小米粥。（同上）

二十八日　延安文化界在文化俱樂部舉行座談會，歡迎茅盾和仲實。會上，見到了吳玉章、艾思奇、丁玲、周文等老朋友。大家談得熱烈的，就是新民主主義文化的具體內容和民族形式、利用舊形式等問題。

同日　琴秋來看望，她是女子大學的教育長。根據她的建議和孩子的要求，決定亞男進女子大學，阿桑進陝北公學。張聞天也來看望。（同上）

三十日　到楊家嶺回拜張聞天。除了敘舊，還談了三十年代上海文藝界的情形。問今後的打算，表示準備在延安長住下去，有機會想到前方看看。他表示歡迎，同一天，拜望毛主席。談了在新疆一年的經歷，並把趙丹託付

幫助他們離開新疆的事，向毛主席講了。他讓找中宣部部長羅邁（即李維漢）想想辦法。於是又造訪了羅邁，羅邁答應去瞭解一下情況。大約兩週之後，他說，杜重遠和趙丹等已被盛世才關押起來了。（同上）

當月

三十一日　《新中華報》發表消息《熱烈歡迎朱總司令及茅盾張仲實兩先生》。

本月

十日　希特勒在西線發動總攻，進犯荷蘭、比利時、盧森堡和法國北部。

六月

月初　一天，毛澤東到交際處看望剛到延安的陳嘉庚。談話過後，又到茅盾住的窰洞裡來，並送給一本剛出版的《新民主主義論》。「我們交談甚久，一起用了便飯。這一次他和我暢談中國古典文學，對《紅樓夢》發表了許多精闢的見解。他問到我今後的創作活動，建議我搬到魯藝去。他說：魯藝需要一面旗幟，你去當這面旗幟罷。我說，旗幟我不夠資格，搬去住我樂意，因爲我是搞文學的。在這之前，有人勸我搬到全國文協延安分會去，丁玲他們都在那裡，現在我決定採納毛澤東同志的意見去魯藝。毛主席抽煙很厲害，一支接一支，甚至在飯桌上也不停，飯卻吃得很少。德沚勸他戒煙，他幽默地說：戒不了囉，前幾年醫生命令我戒煙，我服從了，可是後來又抽上了。看來，在這個問題上，我是個頑固份子。後來，大約在七月間，我已經搬到魯藝，毛澤東同志又把我接到楊家嶺長談了一次。那次他和我談的是三十年代上海文壇的鬥爭以及抗戰以來文藝運動的發展。」（《延安行》——回憶錄〔二十六〕）

月初　參加延安魯迅藝術文學院二週年紀念會。毛澤東、朱德均到會。

上旬　過了兩天，周揚來看望。請搬到魯藝去。和德沚當即決定第二天就搬去。窰洞在橋兒溝東山腳下，離溝口魯藝院部約一華里。（同上）

十一日　作《關於《新水滸》——一部利用舊形式的長篇小說》（文論），載《中國文化》第一卷第四期，現收《茅盾全集》第二十二卷。到延安沒有幾天，曾去拜訪吳玉章。吳玉章除了熱情地大談漢字拉丁化問題外，約寫文

章參加《中國文化》上關於新民主主義文化的內容與形式的討論。吳是《中國文化》的主編。推託不掉，遂作此文。（按：《新水滸》是谷斯範的一部章回體的長篇小說。這是第一部利用舊形式的長篇小說。）

十五日　作《紀念高爾基雜感》（雜感）。載六月十八日《新中華報》。

二十一日　下午，出席延安新哲學會舉行的第一屆年會。毛澤東、朱德等也到會。

同月　發表《學習與創作》（散文）。載《新芒》第一卷第二期。

同月　在魯藝籃球場上向全院師生作了一次報告，漫談自己的創作經驗。（《延安行》——回憶錄〔二十七〕）

本月

十日　法西斯意大利向英、法宣戰。

日軍侵佔南昌。

七月

十日　改定《論如何學習文學的民族形式——在延安各文藝小組會上演說》（文論）。載《中國文化》。現收《茅盾全集》第二十二卷。認為學習民族形式一要向中國民族的文學遺產去學習，二要向人民大眾的生活去學習。並聯繫《水滸》、《西遊記》、《紅樓夢》等「古典的」「不朽的」「市民文學」作了具體剖析。

十四日　下午，文協延安分會假文化俱樂部舉行茶話會，歡迎總會理事茅盾。

二十三日　作《為了紀念魯迅的六十壽辰》（散文）。載《大眾文藝》第一卷第五期。現收《茅盾全集》第十二卷。記述一九三五年來宋慶齡、史沫特萊和自己動員魯迅去蘇聯治病的經過。

同月　從本月起，應魯藝文學系的邀請，在魯藝文學系講了五六次課，總題目叫《中國市民文學概論》。當時寫了詳細的講稿，可惜這份講稿已經丟失，《論如何學習文學的民族形式》一文，大概反映了這份講稿的基本觀點。（《延安行》——回憶錄〔二十六〕）

同月　發表《關於寫什麼》（文論）。載蘇聯《國際文學》第七、八期合刊。

本月

二十二日　日本成立近衛文麿內閣，加緊推行在太平洋對英美進行戰爭的準備工作，公然提出「大東亞共榮圈」口號。

蔣介石炮製《中央提示案》，妄圖取消陝甘寧邊區，縮編新四軍和八路軍。

八月

五日　作《致〈文學月報〉編者信》（書信）。載《文學月報》第二卷第一、二期合刊。七月下旬，看到孔羅蓀在重慶編的一期《文學月報》，上面的「文藝的民族形式問題特輯」引起了興趣，寫此談了對這個爭論問題的初步意見。

七日　延安中山圖書館聘茅盾爲文藝講座報告人。（8月7日《新華日報》）

本月

九日　法西斯德國大規模展開對英國的「空中閃電戰」。

夏衍等在桂林創辦《野草》月刊。

九月

六日　作《舊形式・民間形式與民族形式》（文論）。載《中國文化》第二卷第一期。現收《茅盾全集》第二十二卷。同意郭沫若、潘梓年等人的意見，駁述了向林冰「中心源泉」論的錯誤。

八日　下午，中國電影製片廠西北攝影隊到陝西拍《塞上風雲》，朱德設宴招待，茅盾應邀作陪。

十日　作校園演講稿《論如何學習文學的民族形式》，並寫《附記》一則。

十五日　發表《談〈水滸〉》（文論）。載《大眾文藝》第一卷第六期。亦見於十一月二十七——二十九日《救亡日報》，現收《茅盾全集》第二十二卷。談《水滸》產生的時代背景、形成過程、思想傾向、人物描寫和結構等。是應文協延安分會機關刊物《大眾文藝》編輯部的約稿而寫的。

十八日　出席延安各界慶祝百團大戰勝利，紀念「九一八」九週年大會。毛澤東、朱德等中央領導同志和延安的一些知名人士都出席了大會。

下旬　一天，張聞天來看望，拿出一封電報。原來是周恩來從重慶打來

的。大意是：郭沫若他們已退出第三廳，政治部另外組織一個文化工作委員會，仍由郭老主持。爲了加強國統區文化戰線的力量，希望茅盾能到重慶工作，擔任文化工作委員會的常務委員。他認爲茅盾在國統區工作，影響和作用會更大些。張聞天向茅盾介紹了第三廳解散的經過和文化工作委員會成立的目的，還說，這只不過是我們的建議，我們知道你全家都來延安了，你原來也不打算再出去的，如果你實在不願意，也不必勉強。茅盾表示服從黨的決定，並向張聞天提出恢復黨籍的問題。張聞天道：你這個願望很好，等我回去提交書記處研究之後再答覆你。過了幾天，茅盾辭別了魯藝的朋友們，根據中央指示，搬到南門外交際處；拜託琴秋和仲實照顧兩個孩子。張仲實前來看望。他告訴茅盾，中央書記處認眞研究了你的要求，認爲目前留在黨外，對今後的工作，對人民的事業，更爲有利，希望你能理解。對於黨中央的決定，茅盾沒有再說什麼。(《延安行》——回憶錄〔二十六〕)

本月

英國向美國提供實驗室中取得的原子能方面的成果。

德、意、日在西柏林簽訂三國軍事同盟條約。

十月

四日　作《一點小小的意見》(隨感)。載延安的《大眾文藝》。現收《茅盾全集》第二十二卷。主要談了「鍊句」對於一個寫作者的重要性，「『鍊句』是初步的修養，然而同時也是他終身的一刻不能疏懈的功夫。」

十日　隨董老的車隊離開延安。行前，向延安的老朋友一一告別，還到楊家嶺向毛澤東同志辭行。毛主席風趣地說：你現在把兩個包袱扔在這裡，可以輕裝上陣了。(《延安行》——回憶錄〔二十六〕)

　　(按：茅盾在延安期間，還參加了下列定期的學術討論會：一是范文瀾、呂振羽組織的中國歷史問題討論會；二是艾思奇主持的哲學座談會；三是中宣部組織的報告會，專門學習《聯共(布)黨史簡明教程》第四章斯大林寫的《辯證唯物主義和歷史唯物主義》。)

十五日　發表《關於〈吶喊〉和〈彷徨〉——讀書雜記》(文論)。載《大眾文藝》第二卷第一期。亦見於十二月十九日《救亡日報》。現收《茅盾全集》第二十二卷。

十九日　發表《紀念魯迅先生》(散文)。載《新華日報》。

同月　林伯渠、吳玉章、徐特立和茅盾等十六人發表《魯迅文化基金募捐緣起》。載《中國文化》第二卷第二期。

同月　爲了支持延安文化界舉辦的魯迅逝世四週年展覽會，茅盾把珍藏的魯迅在一九三四年爲茅盾騰寫的《答覆國際文學社》一文，獻給了展覽會。由於該文從未發表過，方紀徵得茅盾的同意把它登在《大眾文藝》上第二卷第二期，用文章中的一句話「中國青年正從十月革命認識了自己的使命」作了題目。後來這份手跡就一直由方紀精心保存下來。（方紀：《深切的懷念》，載 1981 年 4 月 10 日《天津日報》）

當月

重慶出版的《文學月報》二卷三期的一則消息中，有這樣一段文字：「茅盾前由迪化返來，即去延安，近從事寫作，演講極勤。近在《中國文化》第五期上發表一文，爲《怎樣學習文藝的民族形式》，立論精闢，文內提出三部作品：《水滸傳》、《紅樓夢》及《西遊記》，並加以分析，研究至詳」。

本月

德國、意大利、法國維希政府代表共同勸誘蔣介石同日本政府停戰。蔣介石掀起第二次反共高潮。

十一月

十五日　發表《我的意見》（文論）。載《大眾文藝》第二卷第二期。（按：原題爲《茅盾先生對於本文的意見》，題中的「本文」指《談才能或天才》，漠芽作，現題據《茅盾全集》），現收《茅盾全集》第二十二卷。

下旬　到達重慶，住八路軍辦事處。由於國民黨的刁難，在寶雞旅館裡住了一個月。

到達重慶的第二天，周恩來和鄧穎超來看望，周恩來談了當前的形勢和茅盾今後的工作。說：請你來擔任文化工作委員會的常務委員，是給你穿上一件「官方」的外衣，委員會的實際工作自有別人在做，不會麻煩你的。你還是發揮你作家的作用，用筆來戰鬥。聽說生活書店打算把《文藝陣地》遷到重慶出版，想請你繼續擔任主編，你可以考慮，大概徐伯昕會找你談的。編刊物，擴大進步文藝的影響，團結和教育群眾，這是十分重要的工作，壓

迫愈嚴重，我們愈加要針鋒相對的鬥爭，同時也愈加要講鬥爭藝術。有一些情況，徐冰同志會向你介紹的。當天，徐冰就向茅盾介紹了重慶以及整個大後方文化界鬥爭的大致情形，並送來一些材料讓茅盾看。還告訴茅盾，房子已經找好，就在沈鈞儒住的地方，不過不宜從辦事處直接搬到那裡去，打算先到生活書店暫住幾天過渡一下。

到達重慶的第三天，搬到市中心生活書店門市部樓上臨時騰出來的一小間房內。鄒韜奮、徐伯昕前來看望，詢問了杜重遠的情況，介紹了生活書店被國民黨壓迫的處境，邀請茅盾繼續任準備搬到重慶出版的《文藝陣地》主編。晚上，來看望的還有郭沫若、田漢等，主要談延安的生活和那裡熟人的情況。(《在抗戰逆流中》——回憶錄〔二十七〕)

本月

越南南部發生反對法國殖民者的起義。

田漢主編的《戲劇春秋》在桂林創刊。

十二月

一日　偕夫人德沚搬到重慶棗子嵐埡居住。居住這一帶的還有沈鈞儒、鄒韜奮、范長江等。其時經常接待送譯稿來的戈寶權。「茅盾同志的那種親切和藹、平易近人和謙虛的態度就留給了我非常深刻的印象。」(戈寶權：《憶和茅盾同志相處的日子》(二)，載《新文學史料》1981 年第 4 期) 安定下來後開始寫《旅途見聞》。

二日　下午，應田漢邀請參加在天官府街就田漢主編的《戲劇春秋》組織的討論戲劇的民族形式問題的座談會。參加座談會的有田漢、陽翰笙、老舍、洪深等。會上，茅盾簡單地介紹了延安的同志對民族形式的意見和討論經過，也談了自己的基本觀點。(《在抗戰逆流中》——回憶錄〔二十七〕)

四日　作《旅途見聞》(散文)。載八月十四日《全民抗戰》第 150 期。現收《茅盾全集》第十二卷。

七日　下午三時，參加全國文協假中法比瑞文化協會舉行的歡迎來渝作家的茶話會。除茅盾外，還有巴金、冰心、老舍、郭沫若、田漢、艾青等七十餘人。周恩來亦蒞臨參加。(《新華日報》12 月 8 日消息)

八日　中蘇文化人聯歡會假中蘇文化協會舉行，沈鈞儒、茅盾、郭沫若、

老舍、洪深、陽翰笙等人出席。會上，茅盾講了半個多小時，談抗戰以來中國文藝的發展。這次講話，後來以《抗戰期間中國文藝運動的發展》爲題，發表於《中蘇文化》第八卷第三、四期。發表前，加了一節「關於文藝的內容和形式問題」。晚上，仍舊在中蘇文化協會，還參加了另一個集會——全國文協總會組織的關於小說創作的專題討論會。也講了話。講話內容整理成文，發表在全國文協會的會刊《抗戰文藝》上，題目叫《關於小說中人物》。（同上）

上旬　一天，軍委政治部部長張治中約見茅盾。張治中對茅盾母親表示哀悼和敬佩。（《在抗戰逆流中》——回憶錄〔二十七〕）

二十八日　參加文化工作委員會召開的文藝演講會。演講會由郭沫若主持，先由老舍報告一年來文協的工作，接著賀綠汀等依次作報告。茅盾在會上第一個發言，介紹敵後抗日根據地的文藝運動。發言稿經整理後，在《大公報》上作爲「星期論文」發表，題目是《今後文藝界的兩件事》。

同月　參與營救杜重遠的活動。到達重慶後，沈鈞儒和鄒韜奮同茅盾商量營救杜重遠的辦法。去徵求周恩來同志的意見。恩來認爲，目前可行的辦法是以私人名義聯名給盛世才去電，表示對杜案的關切，並願意爲杜重遠作保，要求盛世才把杜重遠送回重慶，由中央司法部門審理。他認爲用這種方式也許盛世才能讓步。於是大家推舉茅盾起草電報。茅盾花了一天時間用文言文寫了一千多字的電文，既婉轉又嚴正地申辯杜重遠絕對不可能「通汪精衛」，列舉杜重遠抗日愛國的言行以及爲人梗直磊落等。同時又給盛世才留下退路，說新疆地處邊陲，許多證人證據不易查找核實，難免有錯斷誤斷，希望能將杜案移來重慶複審，我們願爲杜重遠作保。電報由沈鈞儒、鄒韜奮、郭沫若、沈志遠、沈雁冰等七八個人署名。一個星期後來了回電，只有一句話：「在新疆六大政策下沒有冤獄」。大家看了都氣得發抖。（《在抗戰逆流中》——回憶錄〔二十七〕）

同月　與外國記者座談，專談新疆內幕。共有十幾位記者，都是比較進步的，其中就有安娜‧路易斯‧斯特郎和愛潑斯坦。龔澎擔任翻譯。鑒於新疆的政治形勢，希望他們暫時不公開報導。（同上）

同月　書《中國作家致蘇聯人民書》手跡一幀。作《新疆雜詠》（四首）。後收入一九七九年河北人民出版社《茅盾詩詞》。

當月

白村發表《享有文壇信譽的茅盾》，載《新生》第二卷第二十三期。

本月

十八日　希特勒簽署「第二十一號指令」，決定對蘇聯採取突然襲擊。

中國共產黨顧全大局，爲避免抗日民族統一戰線的破裂，命令皖南新四軍部署北移。

一九四一年（四十六歲）

一月

一日 發表《致蘇聯作家》（手跡），載《中蘇文化》文藝特刊。信中說：「中國的抗戰建國是艱鉅而偉大的事業，我們已經堅持了三年了，而且繼續將堅持下去，直到最後勝利。……這是我們中國作家努力的目標。」

同日 發表《我的一九四一年》（雜感）。載《新蜀報·蜀道》。現收《茅盾全集》第十六卷。文章指出，在一九四一年裡，「求進步是第一要義。」但「倘使『民主』不被尊重。而『科學精神』也是無從發揚的。」

同日 發表《「時代錯誤」》（雜文）。載重慶《大公報·戰線》，現收《茅盾全集》第十六卷。該文抨擊了那些「戰國時代」記者，指出「今天抗戰中的一個中國如果只知有戰爭而不知戰爭有性質的不同，不瞭解我們的抗戰是自衛的求解放自由的戰爭」，「那實在是非常危險的一件事！」

六日 作《戲劇的民族形式問題》（評論）。載三月二十日《抗戰文藝》第七卷第二、三期合刊。曾收《文藝論文集》。現收《茅盾全集》第二十二卷。提出戲劇「民族形式」的建立，應做兩方面的工作：「一是改良舊戲而建立『民族形式』的新歌劇，又一個是在建立『民族形式』的目標下來繼續發展話劇。」

七日 作《一個讀者的要求》（雜感）。載一月十一日《新華日報》，現收《茅盾全集》第十六卷。本書為紀念《新華日報》創刊三週年而作。文中提出了三個要求：「為民喉舌」；「在國際政治上作指導的明燈」；「副刊更多充實，更加精彩」。

八日 出席由羅蓀主持召開的「作家的主觀與藝術的客觀性」座談會，並在會上發言。該發言初載一九四一年六月一日《文學月報》第三卷第一期。現收《茅盾全集》第二十二卷。發言中強調了「世界觀」在作家創作中的重要作用，並指出正確的世界觀，也應從書本知識中去獲得，「完全不經意理論學習，是不妥當的。」參加座談會的還有胡風、戈寶權、葉以群、艾青、光未然等。

上旬 為《文藝陣地》復刊而積極努力。徐伯昕幾位努力，終於從圖書

雜誌審查會搞到了「審查證」，正在上海的樓適夷一時不能前來重慶，即與葉以群、沙汀、宋之的、章泯、曹靖華、歐陽山等重新組織了一個編委會，並被推舉爲主編。在此期間，經常在家中與葉以群〔註1〕商討編輯計劃，研究組稿工作和稿件的審定等問題。（茅盾《在抗戰逆流中》——回憶錄（二十七），載《新文學史料》1985 年第 2 期）

十日　發表《風景談》（散文）。載《文藝陣地》第六卷第一期，曾收《時間的記錄》和《茅盾文集》第十卷，現收《茅盾全集》第十二卷。本書表面上好像在談風景，實際上卻是在讚頌陝北抗日根據地軍民的嶄新的精神面貌，從他們身上看到了未來的希望。那裡有「人類的高貴精神的輻射，塡補了自然界的貧乏，增添了景色。」「如果你也當它是『風景』，那便是眞的風景，是偉大中之最偉大者！」

十二日　下午，往嘉陵賓館，出席蘇聯塔斯社中國分社爲招待重慶文化界、新聞界人士而舉行的茶會。到會的還有郭沫若、沈鈞儒、鄒韜奮、侯外廬、章漢夫、戈寶權、王世杰等。（13 日《新華日報》）

十二日　發表《今後文藝界的兩件事》（評論）。該文原是一九四〇年十二月二十八日在文化工作委員會所作的演講、應記者子？的要求整理而成的。原載一九四一年一月十二日重慶《大公報》。曾收《文藝論文集》。現收《茅盾全集》第二十二卷。文章說，今後文藝界的第一件事是加強青年文藝工作者的「基本文藝修養」，第二件事是要及時總結抗戰文藝中「工作經驗」。

十五日　作《『家』與解放》（雜感）。載一九四一年二月十日《文藝陣地》第六卷第二期，現收《茅盾全集》第十六卷。本書駁斥了沈從文先生認爲婦女解放的要求，僅僅是「想要一個家而得不到，或者有了家又太不像家」的觀點。

同日　發表《糧食問題淺見》（雜感）。載《抗戰月刊》第三卷第四期「糧

〔註1〕茅盾在《回憶錄》還談到：「從此（指葉以群來商談《文藝陣地》復刊事），以群就成爲我家常客。後來我發現，他還是恩來同志派來專門『照顧』我這個黨外人士的聯絡員，凡黨內有什麼重要活動或會議需要我參加時，常由他來通知我，一般的黨內文件、指示或周恩來的講話，則由他向我轉達。一直到 1948 年底我進解放區之前，我與黨的聯繫，黨對我的指示，一般地都是通過以群。他也總是在我周圍配合我工作，必要時，還照顧我的生活。」（《在抗戰逆流中》）

食公賣問題專號」，現收《茅盾全集》第十六卷。

十七日　沈鈞儒來，告知剛剛得到的消息：國共兩黨在皖南地區發生了衝突，今日蔣介石發佈命令，宣布取消新四軍番號，葉挺交軍法審判。得此新聞，大爲驚愕，並對沈說，老蔣這種做法是不打算抗日了。他一點退路也不給自己留下。（《在抗戰逆流中——回憶錄（二十七）》）

十八日　見《新華日報》刊登了周恩來爲抗議國民黨製造「皖南事變」，屠殺新四軍將士的題詩：「千古奇冤，江南一葉，同室操戈，相煎何急。」知形勢嚴峻。

下午，葉以群來，講了當日《新華日報》出版的經過，以及周恩來和辦事處的同志親自上街賣報並發表即席演講的情形。並告知，現在中共中央應變方針尚未收到，估計一、二天內周恩來或徐冰會來傳達，要作好變動的思想準備。（《在抗戰逆流中——回憶錄（二十七）》）

二十日　得到通知：中共中央已任命陳毅爲新四軍代理軍長，劉少奇爲政治委員，張雲逸爲副軍長，鄧子恢爲政治部主任。

二十三日或二十四日　應周恩來之召，與若干民主黨派和無黨派人士一起聽他介紹了「皖南事變」的前因後果以及中共中央的嚴正立場。

徐冰來打招呼，鑒於目前鬥爭形勢的複雜與險惡，爲了防止意外變故，過於集中的重慶文化人要作適當的疏散。當即向徐冰表示：服從工作需要，去哪裡都一樣。（《在抗戰逆流中——回憶錄（二十七）》）

二十五日　發表《談「中國人真有辦法」之類》（雜感）。載《全民抗戰》第一五五期，現收《茅盾全集》第十六卷。文章駁斥了「戰國策派」所鼓吹的一些觀點。這些「宣稱中國文化『頗屬無力』者，應該先自肅清他意識上的舊鬼魂才是啊」！

三十日　作《現實主義的道路——雜談二十年來的中國文學》（評論）。該文是爲《新蜀報》二十週年紀念而作。載一九四一年二月一日《新蜀報》、亦見於二月十七日香港《立報》。曾收《茅盾文藝雜論集》。現收《茅盾全集》第二十二卷。文章指出「中國新文學二十年來所走的路，是現實主義的路」，「現實主義屹然始終爲主潮」。文章還強調了重振雜文雄風的必要，因爲在這個時代裡，可以發揮「突擊隊」的作用。

同月 發表《喜悅和希望——讀了〈中國工人〉的文學作品以後》（評論）。載《中國工人》第十一期。曾收《茅盾文藝雜論集》。現收《茅盾全集》第二十二卷。對於《中國工人》上發表的業餘作者的文學作品給予較高的評價，並提出了兩點希望：第一，不要過多地顧及技巧問題，「只是大膽地照自己的樣子寫了下去，依著自己最眞摯的情緒、最深刻的印象，寫出來就是。」第二，在技巧方面，除了向前人學習外，還應該「創造出新的合於『勞動的律動』的技巧，把勞動組織和機械運動，反映在技巧中，以補充我們文學技巧上的偏枯與不足。」

同月 董必武讀了有深刻政治寓意的散文《風景談》之後，對茅盾說，你寫得很好，國民黨審查官低能得很，你談風景，他們就沒有辦法了。（《在抗戰逆流中》）

同月 七日，《新華日報》刊載署名驚秋的文章《陝甘寧×區新文化運動的現狀》，該文說，延安設有「文藝顧問委員會」，一些作家及文藝上有素養的同志均被聘爲委員，有組織地來指導新作家，解答理論及創作上的一般疑問。茅盾曾被該委員會聘請在文化俱樂部作「新文學運動史」講座。

本月

一日 「文協」桂林分會、中華全國木刻界抗敵協會，漫畫協會聯合在桂舉行街頭詩畫展，地點是樂群社。

四日 新四軍在北進途中，行至皖南涇縣茂林地區時，突遭國民黨軍隊的包圍襲擊。軍長葉挺被俘、副軍長項英遇害。此即震驚中外的「皖南事變」。

十五日 延安魯迅研究會在延安文化俱樂部正式成立。到會的有艾思奇、周揚、丁玲、蕭軍、周文、立波等。

二月

一日 發表《雜談二則》（雜感）。署名佩韋。載《野草》第一卷第六期。

同日 發表《在戲劇的民族形式問題座談會上的講話》（座談紀要）。載《戲劇春秋》第一卷第三期，現收《茅盾全集》第二十二卷。向參加座談會的人介紹了西北及新疆的情況，並指出「建立中國文藝的民族形式要緊的是深入今日中國的民族現實。」

　　五日　晨，洪深一家五口服藥自殺，遺言有「一切都無辦法，政治、事業、家庭、經濟如此艱難，不如且去。」後經及時搶救才幸免於死。聞此消息，感概頗多：這樣一位聞名全國的教授、學者和戲劇家卻被迫走此絕路，正說明了政治的黑暗和人性的被摧殘。但洪深畢竟太悲觀了。(《在抗戰逆流中──回憶錄（二十七）》)

　　十二日　作《聽說》（雜感）。載二月十七日《新蜀報・七天文藝》。現收《茅盾全集》第十六卷。文章談了對歷史劇和現實主義的一些看法。

　　十六日　連夜作雜感《霧中偶記》（散文）。載二月十五日《國訊》第二六一期。曾收《茅盾散文速寫集》。現收《茅盾全集》第十二卷。傾吐了洪深自殺及政治黑暗在心中引起的鬱悶。

　　下旬　由徐冰安排見到了周恩來。在曾家岩四十號的小客廳，周恩來對茅盾說，我們把你從延安請到重慶，想不到政局發生這樣大的變化，現在又要請你離開重慶了。這次我們建議你到香港去。三八年你在香港編過《文藝陣地》，對那裡比較熟悉。現在香港有很大的變化，所處地位十分重要，是我們向資本主義國家和海外華僑宣傳中國共產黨的政策、爭取國際輿論同情和愛國僑胞支持的窗口，又是國內與上海孤島聯繫的橋樑。萬一國內政局發生劇變，香港將成為我們重要的戰鬥堡壘。因此我們要加強香港的力量，在那裡開闢一個新陣線。已經從重慶和桂林等地抽調一些人去了。其中有夏衍和范長江，韜奮先生也要去，他在這裡不安全。他打算讓葉以群去，所以《文藝陣地》辦不下去了。孔大姐（德沚）是不是去延安？這樣可以同兩個孩子在一起，也免得惦記。茅盾回答說，對於我的安排，我沒有意見，德沚的事，等我回去問問她，讓她自己拿主意。徐冰又對茅盾說，幾天之內你就要離家，先搬到郊區一個地方去。在這段時間裡，沈太太（德沚）仍舊住棗子嵐埡，活動照常，以迷惑特務們。

　　回家後，將與周恩來面談的事告訴德沚。德沚表示：不去延安去香港。將此意見轉告了徐冰。徐冰說，可以，但不能一道走，待你到達香港之後，沈太太再走。

　　與周恩來談話後的第二天，由徐冰派人護送轉移至離重慶約二十公里的南溫泉。住的是黃炎培職業教育社的房子。因為要等到正在召開的第二屆國民參政會結束才能離開重慶，於是就利用這段時間繼續寫「見聞錄」。因為這

些材料早已爛熟於心，所以提起筆來，文思洶湧，一口氣寫了六篇。《蘭州雜碎》發表於《華商報》四月八、九、十日；《風雪華家嶺》發表於四月十、十一、十三日《華商報》；《白楊禮讚》發表於四月十三、十四日《華商報》；《西京插曲》發表於四月十四、十五、十七、十八日《華商報》；《市場》發表於四月十八、二十日《華商報》；《「霧重慶」拾零》發表於五月一、二、四、四日《華商報》。以上各篇一九四三年匯集出版時定題爲《見聞雜記》。曾收《茅盾文集》第九卷。現收《茅盾全集》第十二卷。

《西京插曲》（散文），以諷刺的筆調，點明了國民黨當局之所以當時「請」以陳嘉庚先生爲團長的「華僑慰勞團」到華山去住，表面上是爲了安全，事實上是怕慰勞團和群眾接觸。

《「霧重慶」拾零》（散文），也用筆刺了一下重慶圖書雜誌審查會的老爺們。

《白楊禮讚》（散文），作者以眞摯的感情，託物寄意，以白楊樹象徵中華民族的堅韌不拔的精神和意志，禮讚了不畏強暴、堅持抗戰的革命人民。

下旬　與以群商量如何結束《文藝陣地》的工作。因爲編委歐陽山將去延安，宋之的、章泯、以群都要去香港，只有沙汀、曹靖華還留在四川，而他們兩位又不可能實際擔負編輯工作，所以周恩來的意見是停刊。茅盾則認爲：不要停刊。就這樣拖下去，既不出，也不停刊，這也是一種抗議方式，抗議言論出版不自由。若停刊，再要復刊就不容易了。以群同意這個意見，並打算再與徐伯昕商量。（《在抗戰逆流中——回憶錄（二十七）》）。

本月

七日　國民黨成立中央文化運動委員會，主任委員是張道藩，副主任委員潘公展。

二十六日　馮雪峰在浙江義烏被捕，關押在上繞集中營。後經周恩來、董必武等多方營救，1943 年夏始出獄。

二十八日　國民黨中央軍事委員會成立戲劇指導委員會。主任委員張治中、副主任委員郭沫若、何浩若、常務委員洪深、田漢、熊佛西、應雲衛等。

三月

十五日　「文協」通信改選第三屆理事揭曉，與郭沫若、老舍、田漢、

馮玉祥、葉楚傖、姚蓬子、王平陵等當選爲在渝理事。

十九日　作《抗戰期間中國文藝運動的發展》（評論）。這篇文章是根據一九四〇年十二月八日在重慶中蘇文化聯歡會上的發言整理而成的。載《中蘇文化》第八卷第三、四期，曾收《文藝論文集》。現收《茅盾全集》第二十二卷。該文認爲，中國的文藝運動與抗戰以前「顯然不同」。認爲「抗戰以前的文藝的群眾基礎，主要還是小市民、知識分子（包括青年學生和學校出身的各種職員）和先進的工人，現在則擴大到士兵農民和落後的工人份子了。」談到內容和形式問題時，文章指出，在目前全民抗戰的形勢下，文藝的內容「無疑必須是抗戰的現實」，至於形式，則應由從前的「大眾化」而更進一步，注意「民族形式」的運用。作者自己認爲，這篇文章是這次在重慶的三個月期間「花精力最多、也比較重要的一篇。」（《在抗戰逆流中》）

二十日　發表《關於小說中的人物》（評論）。此文是根據一九四〇年十二月八日在「文協」總會組織的關於小說創作的專題討論會上的發言整理的。載《抗戰文藝》第七卷第二、三期合刊，曾收《茅盾文藝雜論集》。現收《茅盾全集》第二十二卷。認爲觀察人物首先必須有一個客觀真理的尺度；其次，要聯繫周圍的環境來觀察人；再次，要從發展中觀察人，即從社會矛盾的發展中去觀察人物。

下旬　在生活書店的程浩飛（掛著職業教育社職員的證章）和新知書店的一位職員（公開身份是馮玉祥的副官）護送下，秘密離開重慶，乘長途汽車赴桂林。

由重慶出發後一週左右到達桂林。當天由陳此生陪同去見了李任仁（李是廣西元老，國民黨左派，當時是廣西參議會的議長）。李寫了一封信給民政廳長邱向偉，隨後又與陳此生一起去見邱，終於取得了通行證。次日傍晚，與程浩飛登機赴香港，新知書店的那位職員則留在桂林工作。子夜一點多鐘抵達香港。〔註2〕

〔註2〕關於茅盾1941年離重慶去香港的具體日期，他本人就有多種說法。他在給史明的信中說：「可能是二月尾離渝。」（史明《茅盾譯著年表》補正，載1983年第5期《華東師大學報》）。在回答瞿同泰提問時說：「離渝時間是在重慶《新華日報》刊登『千古奇冤……』題詩以後，十多天。」（周恩來的題詩發表在1941年1月18日《新華日報》）（瞿同泰《茅盾同志問答》載《文教資料簡編》1981年11期），在茅盾所寫的《渝桂道中口占》詩附記中稱：「余與韜奮同日離渝，但不同路。」查鄒韜奮《抗戰以來》序中所述：「我今年（指1941年）

到香港後，暫住旅館。第二天，得到消息的朋友紛紛前來看望。前後幾批計有許地山、蕭紅和端木蕻良、夏衍和范長江等。夏衍正在籌辦《華商報》，見面就湊稿，答應將「見聞錄」交他發表。（茅盾《戰鬥的 1941 年——回憶錄（二十八）》）

同月　作《渝桂道中口占一首》（詩）。詩曰：「存亡關頭逆流多，森嚴文網欲如何？驅車我走天南道，萬里江山一放歌。」儘管國民黨政府加緊迫害進步人士，但譜主對鬥爭勝利的前途充滿信心。現收《茅盾全集》第十卷。

本月

二十七日　「文協」舉行三週年成立紀念會，出席者有老舍、胡風、巴金、陽翰笙、姚蓬子、華林等五十餘人。

四月

四日　發表《「不許做夢」》（雜感），署名佩韋。載《立報·言林》。

八日　應香港業務聯誼社的邀請，講關於文藝的問題。載四月九日《立報》。

十一日　發表《「復活」》（雜感），署名明。載《華商報·燈塔》。現收《茅盾全集》第十六卷。以一則宗教的故事，來譏刺黑暗現實。

中旬　德沚與徐伯昕夫人先乘車到湛江，然後由湛江乘船抵達香港。隨後，從旅館搬到了香港半山堅尼地道的一所房子。同住的房客有《世界知識》社的編輯張鐵生，還有沈滋九和她的女兒。不久，沈滋九與女兒去新加坡，德沚等就又搬入沈茲九和她的女兒。原來住的廂房。（茅盾《〈脫險雜記〉前言》；《戰鬥的 1941——回憶錄（二十八）》）

二十日　發表《古已有之》（雜感），載《華商報·燈塔》。

同日　作《雜談延安的戲劇》（評論）。載一九四一年五月一日《電影與戲劇》第一卷第三期。曾收《茅盾文藝雜論集》，現收《茅盾全集》第二十二卷。文章談到，延安的條件雖然艱苦，但是戲劇活動卻十分活躍而卓有成效。

---

2 月 25 日離開陪都，3 月 5 日到了香港。」從以上材料看，似可確定茅盾是二月末離開重慶的，但新近發表的茅盾回憶錄《在抗戰逆流中》（載《新文學史料》1985 年第二期）卻說，是在二月下旬與周恩來談話後，又在南溫泉住了二十多天才離開重慶的。這樣從日期上算，離開重慶則是在三月中旬了。

之所以能取得這些成就，其原因在於「文化工作的民主主義的徹底實行。」

同月　爲了交付《華商報》所索要的稿件，給自己所寫的「見聞錄」起了一個總題，叫《如是我見我聞》，又寫了一個《弁言》作爲頭一篇。《弁言》中聲明：「這不是什麼遊記。……作者的我，未便在此自吹這些七零八落的記述，是什麼『觀察』，或什麼『印象』，老實一句話，只是所見所聞的流水帳；不過我自信，聞時既未重聽，見時亦未戴眼鏡，形諸筆墨，意在存眞，故曰《如是我見我聞》。」除了在南溫泉寫的六篇外，又接著寫了離開延安到重慶一路的「見聞」，即：《「戰時景氣」的寵兒——寶雞》（散文），載四月二十二、二十四日《華商報》；《拉拉車》（散文），載四月二十二、二十四日《華商報》、《秦嶺之夜》（散文），載四月二十四、二十五日《華商報》；《某鎭》（散文），載五月二十七日《華商報》、《「天府之國」的意義》（散文），載四月二十三日《華商報》；《成都——「民族形式」的大都會》（散文），載四月二十九日、五一日《華商報》。

後來又寫了離開重慶到桂林旅途中的「見聞」，即：

《最漂亮的生意》（散文），載五月六日《華商報》；《司機生活片斷》（散文），載五月九、十、十一日《華商報》；《「如何優待征屬」》（散文），載五月十一、十二日《華商報》；《貴陽巡禮》（散文），載五月十一、十二日《華商報》。以上這些文章，大都初收於一九四三年四月桂林文光書店版《見聞雜記》。茅盾在將這些文章收集成書時，曾因遺忘了題目和內容而漏收了三篇，即《弁言》、《如何優待征屬》和《旅店小景》，而補進了《海防風景》、《太平凡的故事》、《新疆風土雜憶》等三篇。《見聞雜記》曾收《茅盾文集》第九卷，現收《茅盾全集》第十二卷。

本月

夏衍主編的《華商報》在香港創刊。

十七日　蘇北文化界協會在鹽城魯迅藝術學院華中分院召開第一次大會。選舉錢俊瑞、夏征農、許幸之、薛暮橋、邱東平等人爲第一屆理事。

五月

二日　發表《事實最雄辯》（雜論），署名明。載《華商報・燈塔》現收《茅盾全集》第十六卷。文章駁斥了一種反共的奇談怪論。

三日　應鄒韜奮之邀，任《大眾生活》週刊的編委，並出席第一次編委會，討論出刊的有關事宜。出席會議的其他幾位編委是金仲華、夏衍、千家駒、胡繩、喬冠華。（《戰鬥的 1941 年》）

四日　下午，赴香港大學聖約翰堂，出席中華全國文藝界抗敵協會香港分會舉行的第三屆會員大會，並歡迎剛從內地來的作家和藝術家。在此次大會上，當選爲本屆新理事。（《戰鬥的 1941 年》）

同日　作《科學與民主》（雜論）。載五月五日《華商報・燈塔》。現收《茅盾全集》第十六卷。文章指出，「科學與民主」是「中國人希望能過人的生活的最根本的要求，也是中國人能立於世界所不可缺的最根本的與最起碼的要求。」「我們現在要告訴每一個有良心的中國人，我們要繼續發揚『五四』精神，我們要科學，同時要民主，科學與民主不能分家。」

五日　鄒韜奮專程從九龍趕來，要求爲《大眾生活》寫一部連載小說，並限定在一星期內交稿。答應了他的這個要求。送韜奮走後，即開始構思，考慮再三，決定通過一個被騙而陷入罪惡深淵的青年的經歷和遭遇，來暴露國民黨的累累罪惡。因爲時間緊迫，「決定採取日記體，因爲日記體不需要嚴格的結構，容易應付邊寫邊發表的要求。」至於小說中的主人公，「決定選一女性，因爲女子感情一般較男子豐富，便於在日記中作細膩的心理描寫。」（《戰鬥的 1941 年》）

八日　出席在許地山住宅舉行的「文協」香港分會的第一次新理事會，分工與夏衍、楊剛等負責研究部的工作。

十一日　發表《諾言與頭領》（雜感），署名明。載《華商報・燈塔》，現收《茅盾全集》第十六卷。文章告訴人們，法西斯們的「諾言」不可信的，「要『諾言』實現，只有一個辦法，就是有力量約束他，使他不能不守信。與其信賴一個早沒有信用的人的『諾言』，不如信賴自己的力量。」

中旬　在家趕寫《大眾生活》所要的長篇連載小說，並定題目爲《腐蝕》。爲此不得不中斷《華商報》的《如是我聞我見》的連載，並向夏衍表示了歉意。（《戰鬥的 1941 年》）

十七日　長篇小說《腐蝕》自今日起在韜奮主編的《大眾生活》新一號上刊載，至九月二十七日第二十號爲止。同年十月由上海華夏書店印成單行本。曾收《茅盾文集》第五卷，現收《茅盾全集》第五卷。

　　《腐蝕》以一九四〇年九月到一九四一年二月的重慶爲背景，通過失足落水的女青年趙惠明的日記，揭露了國民黨消極抗日、積極反共、血腥鎮壓民主運動和進步力量的罪行。作品中既寫了失足當了特務而又不甘沉淪的女青年趙惠明，又塑造了一些像小昭那樣敢於向反動勢力進行鬥爭的青年形象，也暴露了互相勾結、狼狽爲奸的蔣記和汪記特務的無恥嘴臉。特別值得一提的是，在當時文網森嚴的險惡形勢下，作者大膽地將剛發生不久的政治事件《皖南事變》反映在作品裡，表現出鮮明的政治傾向，使小說的批判力量和社會效果都得到了加強。

　　十八日　發表《中庸之道》（雜感）。載《華商報・燈塔》。現收《茅盾全集》第十六卷。本書列舉國民黨提出中庸的面孔，指責別人「偏狹」「意氣」的論調，隨後提出質問：「有人發國難財是事實，老百姓吃不飽也是事實，如果紀實即爲偏狹和意氣，那麼，大概說謊才是堪以嘉許的吧？」

　　十九日　發表《釋「謠」》（雜感）。載《華商報・燈塔》。現收《茅盾全集》第十六卷。文章指出，國民黨的所謂宣傳即是造謠，是「謠言重於宣傳。」

　　二十二日　發表《談所謂「暴露」》（雜論）。載《華商報・燈塔》。現收《茅盾全集》第十六卷，本書抨擊了當局封鎖言論之拙劣伎倆。發表時被港英當局刪去三十字。

　　二十四日　發表《關於「新中國研究」》（評論）。載《大眾生活》新二號。現收《茅盾全集》第十六卷。聞援華委員會發起的「新中國研究會」報名者甚眾，認爲這「熱心」的根源，是「由於中國人民四年英勇的抗戰」。但是，在中國「『一面是荒淫無恥，一面是嚴肅的工作』的現象，並未消除，而且變本加厲。」企圖瞭解和認識新中國的友邦人士必須注意這一事實，才能真正達到「援華」的目的。

　　二十七日　發表《「士」與「儒」之混協》（雜感）。載《華商報・燈塔》。現收《茅盾全集》第十六卷。此文擊刺了豪奴與清官的「文化」，既不是「服務於抗戰」、「抑且不足以愚民！」

　　二十九日　與鄒韜奮、范長江、金仲華、韓幽桐、沈茲九等聯名寫了《我們對於國是的態度和主張》，載香港《大眾文萃》第二輯。痛斥了國民黨反動派掀起的反共反人民的逆流，指出「要爭取抗戰的最後勝利和動員全民族的力量」，其主要條件是「實現政治民主」。表示了「對於陰謀出賣國家、破壞

抗戰之惡勢，則一息尚存，誓當與之奮鬥到底」的決心。

　　三十日　發表《再談「暴露」》（雜論）。載《華商報‧燈塔》。現收《茅盾全集》第十六卷。該文認爲「暴露之興是由於社會上政治缺點太多」。

本月

　　十六日　中共中央機關報《解放日報》創刊。

　　三十日　屈原忌日。中國詩歌工作者定是日爲詩人節，以資紀念。「文協」舉行首次詩人節慶祝活動。到會的有于右任、郭沫若、陽翰笙、老舍、姚蓬子、孔羅蓀等二百餘人。

六月

　　四日　作《高爾基與現實主義》（評論）。載六月十五日香港《大公報》，亦見於六月二十五日出版的《中蘇文化》第八卷第六期「文藝專號」。

　　五日　作《人權運動就是加強抗戰的力量》（評論）。載《時代批評》半月刊第四卷第七十三、七十四期合刊。現收《茅盾全集》第十六卷。認爲「人權是人人共有的要求」，但是許多人還不清楚人權在今日的必要以及人權與抗戰的關係，所以「解釋人權運動何以就是加強抗戰力量，擴大普遍的人權運動，則不能不是文化人知識分子的責任。」

　　六日　發表《〈孔夫子〉》（評論）。載《華商報‧燈塔》。現收《茅盾全集》第十六卷。本書評論費穆製作的影片《孔夫子》的得與失，指出孔夫子是「擁護傳統的思想制度、反對革新」的，這是孔夫子「『本來面目』中最主要的。」

　　同日　作《大題小作》（評論）。載七月一日《時代文學》第一卷第二期。同期刊有作者的照片及手跡。現收《茅盾全集》第二十二卷。

　　同日　發表《文化近事有感》（評論），載《大眾生活》新四號。曾收《茅盾文論雜論集》。現收《茅盾全集》第二十二卷。指出近來有些人以「提高民族意識」爲藉口，提倡「崇古」，而「排斥一切外來學術文藝思想」，這種觀點與抗戰時期文化建設的需要完全「背道而馳」的。

　　八日　發表《文化上的逆流》（雜感）。載南洋華僑《建國日報》。

　　九日　發表《談提倡學術之類》（雜論）。載《華商報‧燈塔》。現收《茅盾全集》第十六卷。針對當局一方面不准作家眞實地反映現實，另一方面又

搞所謂「學術獎金」的做法，憤而疾呼：「與其什麼獎金，還不如開放文網罷！」否則，「提倡學術」只能是一句空話。

　　同日　作《談自殺者盛裝新衣之心理》（雜感）。載六月二十二日《華商報・燈塔》。現收《茅盾全集》第十六卷。文章談到中國民間的自殺者而「盛妝新衣」，其實質是一種「生之執著」的表現。若將這種精神往積極方面引導，在民族的抗戰時代，是需要的。

　　十三日　發表《偶然看到》（雜感）。載《華商報・燈塔》，現收《茅盾全集》第十六卷。作者認爲歷史發展是有其規律的，站在今天的角度看，「至清被推翻爲止，凡想保持秦以來的大一統的中央集權封建帝國之政制者，莫不是在歷史上的開倒車的行動。」

　　十六日　寫《致××》（書信），載同年八月出版的《文化雜誌》創刊號。

　　十八日　發表《紀念高爾基》（散文）。載《華商報・燈塔》。現收《茅盾全集》第十六卷。認爲在現在的形勢下紀念高爾基更有其現實意義。我們不能只把高爾基當作一個「文藝大師」來紀念，而應把他作爲「不受誘惑、不畏強暴、不爲中傷、明是非、主公道、愛自由的磊落人格的象徵」來紀念，來張揚。

　　同日　作《再談孔夫子及其他》（雜感）。載六月二十日《華商報・燈塔》。現收《茅盾全集》第十六卷。此文是對有人批評他的《偶然看到》的再反駁。再次強調了逆歷史潮流而動者決無好下場，過去有想當「秦始皇第二」的袁世凱，今天想發揚「秦始大業」者也還未絕跡。

　　二十三日　作《如何加強我們的抗建文藝》（評論）。載《大眾生活》新八號。曾收《茅盾文藝雜論集》。現收《茅盾全集》第二十二卷。作者認爲「文藝工作者的視野還必須擴大」，「筆尖要橫掃全國，諸凡光明與黑暗的，進步的與倒退的，嚴肅的工作與荒淫無恥都必須舉其最典型者賦與形象。」「從而堅定民眾對於光明必能戰勝黑暗的信心，對於抗戰必得勝利、民族解放必能成功的信心。」同時，「還必須指出鬥爭的道路和方法，這才是文藝工作者今天的任務，這才是抗建文藝的主題！」

　　二十四日　發表《由「偵謊機」而建一議》（雜感）。載《華商報・燈塔》。現收《茅盾全集》第十六卷。聽說美國人發明了偵謊器，作者藉題發揮，認爲此種機器對於「神通廣大的囤積者，發國難財者」，對於以「造謠爲業、說

謊爲辦公」的人，「恐怕亦無可奈何」。有力地暴露了現實的黑暗與腐敗。

二十七日　發表《事實是最無情的》（雜論）。載《華商報·燈塔》。現收《茅盾全集》第十六卷。文章直斥國民黨作風之惡劣和機構之腐敗。儘管還有人在替主子掩飾，然而「事實是最無情的，可惜有些人的辭典中竟沒有這句話！」

三十日　發表《青年的痛苦》（雜論）。載《華商報·燈塔》。現收《茅盾全集》第十六卷。現在最痛苦的，「莫過於大後方的青年」。除了失學失業者外，即使在學校讀書的，也常常由於特務的橫行，而遭「暴力之摧殘、生命發生問題」。「於是乎青年苦了！」

本月

十八日　高爾基逝世五週年。全國「文協」和中蘇文化協會等十四個單位假中蘇文化協會舉行紀念會。到會的有周恩來、董必武、郭沫若、馮玉祥、沈鈞儒、老舍、張西曼、王崑崙、姚蓬子、曹靖華等。主席梁寒操。

二十二日　德國法西斯向蘇聯發動突然襲擊，蘇德戰爭爆發。

七月

三日　發表《記性之益》（雜感）。載《華商報·燈塔》。現收《茅盾全集》第十六卷。文章揭露了漢奸的醜惡嘴臉，「聽其言而觀其行，這本是評判人事的起碼尺度，可是在此時此地，對於有些人，甚至不必那麼費事，只要有記性，翻一翻他的老帳，也就『人馬廋哉』！」

同日　發表《論今日國內的復古傾向》（雜論）。載《華商報》。現收《茅盾全集》第十六卷。文章指出「中國要堅持抗戰並完成建國，則必須力求進步，倒退的『復古』是自取滅亡」。

五日　發表《談所謂「可塑性」》（雜論）。載《大眾生活》新八號。現收《茅盾全集》第十六卷。該文指出，希特勒之流的「可塑性」就是「一手皮鞭、一手金錢」來對待人民，但「歷史已一再證明、皮鞭與金錢的雙重手段，仍舊挽回不轉歷史前進的輪子。希特勒之流，不過在重重疊疊的歷史悲劇上再演一次『裸體跳舞』罷了。」該文發表時，被港英當局刪去二十字。

同日　發表《更須努力進步》（雜論）。載《上海週報》第四卷第二期。

現收《茅盾全集》第十六卷。文章論「我們努力的方向，簡言之，就是下面四句話：力求進步，政治民主化，加強團結，堅持抗戰國策！」該文七日轉載於《華商報》時，被港英當局刪去四十三字。

六日　發表《「古」與「今」》（雜感）。載《華商報・燈塔》。現收《茅盾全集》第十六卷。揭露了國民黨當局假民主眞獨裁的嘴臉。「君不見『民主』而外，還有勞動營、集中營？」

七日　發表爲紀念抗日戰爭四週年所寫的《題詞》。載《新華日報》。表示「個人所朝夕盼者，是不失時機，加緊團結，革新政治，勿受誘惑，立即一心一意組織對日寇的全面總反攻。」

同日　與郭沫若、許地山、巴金、夏衍、胡風等聯名發表《中國文藝家給歐美文化界的一封信》。呼籲盡快建立國際反法西斯聯合陣線。載《華商報》。

十日　發表《讀〈人權運動專號〉》（評論）。載《華商報・燈塔》。現收《茅盾全集》第十六卷。文章指出，在「民族存亡的關頭」，仍有大量的「蹂躪人權的事實」存在，「這是最辛辣的諷刺家也想像不出來的，」誰若要繼續倒行逆施侵犯「人權」，「請不要忘了歷史是無情的」。該文發表時，被港英當局刪去六十四字。（《人權運動專號》係《時代批評》雜誌新出版的）

十一日　與郭沫若、沈鈞儒、鄧初民、陶行知、柳亞子、郁達夫、曹靖華、翦伯贊等二百六十四人聯名發表《中國文化界致蘇聯科學院會員書》。載《新華日報》。響應蘇聯科學家的號召，呼籲全世界文化人士一致行動起來，反對文化與科學的最惡毒的敵人——法西斯強盜。

十二日　發表《獎勵學術之道》（雜感）。載《大眾生活》新九號，署名玄珠。現收《茅盾全集》第十六卷。就國民黨政府教育部設置「部聘教授」一案，發表了自己的看法，指出對大學教授「優其奉給，崇其地位」固然重要，但給予「研究自由、思想自由之權利，尤爲切要」。

十三日　發表《偶感》（雜感）。載《華商報・燈塔》。現收《茅盾全集》第十六卷。指出抗戰以來的婦女運動的現狀是：「一方面，期望婦女們盡國民的天職；」「另一方面，作爲一個公民的婦女應享有的權利卻屢加剝奪。」

十七日　發表《民主・人權・反法西斯》（雜論）。載《華商報・燈塔》。現收《茅盾全集》第十六卷。中國抗戰已經四年，可是人民仍然無民主、無

人權，老百姓雖不識字，卻認識事實，事實會教給百姓該走怎樣的一條路。深信爭民主爭人權之潮流不可逆轉。

二十二日　發表《釋「公務員」》（雜感）。載《華商報・燈塔》。現收《茅盾全集》第十六卷。駁斥了以「特殊國情」爲藉口，替國民黨政府特權階層辯解的謬論。

二十四日　發表《一個「妙喻」》（雜論）。載《華商報・燈塔》。現收《茅盾全集》第十六卷。文章責問道，中國政府一向自稱是「民主國家」，但爲何將老百姓的要人權和民主的要求，說成是「破壞政治中心」的大罪？

二十六日　發表《「善忘」與「不忘」》（雜感）。署名玄珠。載《大眾生活》新十一號。現收《茅盾全集》第十六卷。此文也談了民主與人權的問題，並指出，想用任何藉口來壓制民主與人權的要求都是不能得逞的。

三十一日　發表《成見與無知》（雜感）。載《華商報・燈塔》，現收《茅盾全集》第十六卷。指出那些至今對蘇聯抱有「成見」的人，實質上是一種「無知」。

當月

十五日　海燕發表《介紹〈子夜〉》，載香港《大公報》。

本月

八日　文工會主辦的文藝演講會假重慶抗建會堂舉行。郭沫若主席，鄭伯奇、應雲衛、陽翰笙、葉淺予等講文學、戲劇、電影、美術、音樂等藝術在抗戰時期的新任務。

三十日　日本侵略軍佔領鹽城。魯迅藝術學院蘇北分院教導主任丘東平、戲劇家許晴及學生五十餘人殉難。

八月

一日　發表《大題小解之一》（評論）。載《野草》第二卷第三期。現收《茅盾全集》第十六卷。文章列舉了抗戰文藝創作中的公式化概念化的傾向，並認爲這種傾向與作家的創作仍然受到種種限制有關。

二日　發表《V字運動的「雙包案」》（雜論）。署名玄珠。載《大眾生活》新十二號。現收《茅盾全集》第十六卷。文章要人們警惕希特勒法西斯「混亂人民的視聽、麻痺人民認識」的陰謀。

　　四日　作《悼許地山先生》（散文）。載《華商報》，亦見於八月二十一日《星洲日報》和九月二日《新華日報》。現收《茅盾全集》第二十二卷。對許地山的猝然病逝，表示了深切的哀悼。認為他所做的研究，「方法是完全科學的」，許多觀點是針對中國的現狀「對症發藥」的。同人們只有努力工作，才能無愧於這位「卓犖的戰士」和「敬愛的良友」。

　　六日　發表《如何縮短距離》（評論）。載《青年知識》創刊號，同年九月十四日轉載於《新華日報》時，改題為《如何欣賞文藝作品》。現收《茅盾全集》第二十二卷。文章認為，一部好的文藝作品，既能滿足人們「娛樂」的要求，又有引起人們的「深思」。以「娛樂」始而以「深思」終，這正是文藝作品的「妙用」！

　　十日　發表《大題小解之二》（評論）。載《文化雜誌》創刊號。文章稱，隨著社會生活的發展，文學作品的描寫技巧也要隨之而發生變化。「它不可能超時代，但萬萬不應落在時代之後。」

　　上旬　《腐蝕》發表後，在社會上引起了強烈的反響，作者原打算寫到小昭犧牲就結束。當小說連載到第十四期，即將結束時，在一次編委會上韜奮對茅盾說：「我已看完《腐蝕》的結尾，不少讀者來信，希望作者在小說中給趙惠明一條自新之路。請你考慮，能示否再續幾節，給主人公一個光明的前途。」同時，《大眾生活》編輯部也希望能拖至二十期，以便能保證訂成一個完整的合訂本。於是在原定的結構上「再生枝節」，「而且給了趙惠明一條自新之路」。（《〈腐蝕〉後記》，《戰鬥的 1941 年》）

　　十三日　作《談一件歷史公案》（雜論）。載《筆談》第三期，現收《茅盾全集》第十六卷。本書談了宋朝岳飛的冤獄。認為殺岳飛是宋高宗和秦檜「串通了幹的把戲」！文中還轉詳盡地分析了宋高宗之所以要殺岳飛的原因。作者在以後談到寫作該文的動機時曾說：「這是我的一篇託古諷今的文章，抗戰初期，蔣介石也曾被稱為『民族英雄』，可是曾幾何時，這頂桂冠就被人們從他的光頭上摘下來了，原因就是他想學宋高宗。」（《戰鬥的 1941 年》）

　　同日　發表《「八一三」紀念感言》（雜感）。載《華商報・燈塔》，現收《茅盾全集》第十六卷。文章譏刺了國民黨官吏的「抗戰」只是「紙面上奉行公事」。然而「在淪陷的華北卻有無數抗日根據地區」。該文發表時，被港英當局刪去一百七十六字。

三十日　發表《民主原來還是要得的》（雜論），署名浦。載《大眾生活》新十六號。對國民黨政府不准老百姓說「民主」的做法，提出了責問。

本月

三日　中華全國文藝界抗敵協會延安分會召開委員大會。歐陽山、丁玲、艾思奇、艾青、周揚、周文、蕭軍、蕭三、羅烽等當選爲理事。

四日　著名現代作家許地山（落華生）在香港病逝，終年四十八歲。

七日　印度著名詩人泰戈爾在加爾各答逝世。

九月

一日　茅盾主編的文藝性綜合刊物《筆談》在香港創刊。發表的文章有：

《徵稿簡約》中說：「經常供給的，是一些短小精悍的文字，莊諧並收、辛甘兼備，也談天說地，也畫龍畫狗。也有創作，也有翻譯。不敢自詡多麼富於營養，但敢保證沒有麻醉，也沒有毒。」現收《茅盾全集》第二十二卷。

《編輯室》。現收《茅盾全集》第二十二卷。

《兩週間》（時事綜述）。現收《茅盾全集》第十六卷，在綜述了國際形勢和蘇德戰場的現狀後，感嘆報上還缺少「中國積極準備反攻的消息」。

《大地山河》（散文），曾收《茅盾散文速寫集》。現收《茅盾全集》第十二卷。本書以自己的親身經歷，描述了大西北的山川河流、風光景色。

《寓言式之預言》（雜感），署名明。現收《茅盾全集》第十六卷。寫了一個預言法西斯必敗的政治笑話。

《七筆勾》（雜論），署名來復。現收《茅盾全集》第十六卷。

《所謂「白夜」》（雜論），署名何典。現收《茅盾全集》第十六卷。

《乩語》（雜論），署名文直。現收《茅盾全集》第十六卷。

《國粹與扶箕的迷信——紀念許地山先生》（評論）。現收《茅盾全集》第十六卷。該文認爲許地山去世前不久所著的《扶箕迷信底研究》一書，是給那些「國粹論者」的「當頭棒喝」。「在抗戰已滿四年，國內文化上頗爲猖狂的今日，中國的抗建文化戰線上，極端需要像地山先生那樣學養有素而思想正確的戰士。」

《客座雜憶之一：〈新青年〉談政治之前後》（散文），署名形天。曾收《茅

盾散文速寫集》。現收《茅盾全集》第十二卷。本書回憶了陳獨秀創辦《新青年》及中國共產黨成立前後的一些情況，認爲《新青年》由北平移滬出版後，即結束了「文學革命」，而以「政治革命」爲自己的「中心任務」。但是，《新青年》在開談政治之後，「理論方面，實甚駁雜。」

《客座雜憶之二：周、楊姻緣之一幕》（散文），署名形天。曾收《茅盾散文速寫集》。現收《茅盾全集》第十二卷。此文談了周佛海婚事的一段軼聞，嘲笑了某些勢利者。

《〈科學先生活捉小魔王的故事〉》（書評），署名明。現收《茅盾全集》第二十二卷。認爲這本供青少年閱讀的科普讀物，不僅使人們獲得這方面的知識，而且與「抗戰時代的現實生活」有密切的聯繫，能夠激發讀者的「民族意識」和「嫉惡如仇的正義感。」（《科學先生活捉小魔王的故事》，高士其著，讀書出版社初版）

《〈憶蘭州〉》（書評），署名玄。現收《茅盾全集》第十六卷。（《憶蘭州》，許方之著，中國國貨實業服務社發行）

《〈簡明中國通史〉》《書評》，署名甫。現收《茅盾全集》第十六卷。對此書予以很高的評價，認爲是改變長期以來「中國有史料而無史」現狀的一個良好開端。（《簡明中國通史》，呂振羽著。）

《〈劉明的苦惱〉》（書評），署名仲。現收《茅盾全集》第二十二卷。認爲以抗戰中的青年知識分子爲描寫對象的文藝作品雖然不少，然而此小說卻是這方面「最爲優秀的一部」，美中不足是「只寫了青年知識分子性格消極的一面。」（《劉明的苦惱》，嚴文井著，炎黃出版社發行）

二日　作《爲什麼我們要求進步的文化》（評論）。載十六日《時代批評》第四卷第七十九期；現收《茅盾全集》第十六卷。文章提出，要收復失地，「不但要武力進攻，也要作文化鬥爭。」

六日　發表《國際青年日》（雜論），署名玄珠。載《大眾生活》新十七號，現收《茅盾全集》第十六卷。文章稱「我們相信，全世界青年之崇高的理想，正義的要求，是沒有民族界限的，國際青年之目標與要求的實現，也就是中國青年對民族自身之目標與要求的實現。」

十日　作《某一天》（短篇小說）。載同年十月十日《國訊》港版第一期（總第二八三號），現收《茅盾全集》第九卷。這是抗戰以來寫的第一篇短篇

小說，小說諷刺和暴露了國民黨某些所謂「抗戰到底派」的眞面目。

十一日　發表《研究魯迅的必要》（評論）。載《華商報・燈塔》，現收《茅盾全集》第二十二卷。文章指出，「在我們中國現代，魯迅先生的作品，不但在今天，而且將在此後長時期，爲研究此一時期的文化思想者所不可或缺的遺產。」即將出版的《魯迅三十年集》是「中國文化優秀成果的結晶，是三十年來中國文化思想大變動時代的分析鏡，是民族文化繼往開來的著作。」

十二日　發表《爲了〈霧重慶〉的演出》（評論）。載《華商報・舞臺與銀幕》，現收《茅盾全集》第二十二卷。抗戰以來，「話劇在文化水準低下的觀衆中也建立起信仰，確立了基礎。」《霧重慶》是「表現抗戰現實的一本好劇本」，其中交織著「光明進步與黑暗腐化」的鬥爭。（《霧重慶》五幕話劇，宋之的著）

十三日　作《論許地山的小說》（評論）。載二十一日香港《大公報》，亦見於二十九日桂林《大公報》，曾收《茅盾文藝雜論集》。現收《茅盾全集》第二十二卷。文章認爲，許地山的小說「在外表浪漫主義風度之下，有一副寫實的骨格而且終於連這風度也漸淡以至於無。」

同日　發表《克復福州感言》（雜感）。署名玄珠。載《大眾生活》新十八號。現收《茅盾全集》第十六卷。

十四日　作《從「九一八」十週年想到文學》（雜感）。載同月十八日《光明報・雞鳴》九一八特輯。現收《茅盾全集》第二十二卷，該文認爲，十年來，一些「理論的實踐問題還沒有得到圓滿的解決」，例如大眾化和民族形式問題，而民族形式問題，同時也是一個內容問題，還有「研究和發展之大大的必要。」

十五日　發表《我寫文章的經驗──中國文藝通訊社座談會記錄》，載桂林《力報》副刊《半月文萃》，這是在中國文藝通訊社召開的座談會上作的一次演講的記錄。該通訊社由葉以群負責，工作對象是香港的文藝愛好者。（《戰鬥的 1941 年》）

同日　發表《我們的狗之死》（雜感）。署名佩韋。載《野草》第三卷第一期。

十六日　《筆談》第二期出版。發表的文章有：

《編輯室》，現收《茅盾全集》第二十二卷。文中說「這一期出版的時候，

『九一八』這慘痛的紀念又在眼前，想到了東北的同胞這麼多年以來所受的荼毒、痛苦。同時又想到了他這麼多年以來英勇不屈的鬥爭，我們謹致最誠摯的懷念與致敬。」

《兩週間》（時事述評）。現收《茅盾全集》第十六卷。述評著重分析了蘇德戰場的形勢。

《〈我是勞動人民的兒子〉》（書評），署名文。要想瞭解爲什麼蘇聯人民一定能戰勝德國法西斯，則看了這部小說，「一定大有幫助」。（《我是勞動人民的兒子》〔蘇聯〕卡達耶夫著，曹靖華翻譯，文學出版社印行）

《〈法蘭西崩潰內幕〉》（書評），署名玄。認爲這部書雖然還有許多不足，但至少可使讀者明白，「政治上的腐化」乃是法蘭西迅速崩潰的根本原因。（《法蘭西崩潰內幕》〔法國〕莫洛華著，趙自強譯，商務印書館出版）

《妙聯二則》（雜感），署名明。現收《茅盾全集》第十六卷。

《客座雜憶之三：民九以後滬報之副刊》（散文），署名形天。曾收《茅盾散文速寫集》，現收《茅盾全集》第十二卷。本書回憶了五四前後上海報刊發行的一些情況，談到了當時有「明顯黨派關係及政治立場」的三種報紙：《民國日報》、《時事新報》和《中華新報》以及它們的副刊在社會上的影響。

《客坐雜憶之四：陳某之春婆一夢》（散文），署名形天。曾收《茅盾散文速寫集》，現收《茅盾全集》第十二卷。本書回憶了曾經接編《民國日報》副刊《覺悟》的陳某，如何投機鑽營革命及其下場。

《法國革命空氣濃厚》（雜感），署名民。現收《茅盾全集》第十六卷。

《納粹德國的宗教如此》（雜感），署名亮。現收《茅盾全集》第十六卷。

《「夥頤」》（雜感），署名文直。現收《茅盾全集》第十六卷。

《納粹人員之惡魔的生活》（雜感），署名文。現收《茅盾全集》第十六卷。

同日　作《希特勒怎及拿破崙》（雜論）。十九日載《華商報·燈塔》，現收《茅盾全集》第十六卷。文章指出，希特勒想摹仿拿破崙，但將兩者比較，「拿破崙不失爲一英雄，希特勒則是一個喝血的魔王」，拿破崙的軍事行動，有「破壞歐洲封建勢力的前進的作用，」希特勒則企圖「復舊黑暗的中世紀」。

十七日　發表《〈希特勒的傑作〉上演感言》（雜感）。載《華商報》。該

劇的上演，使人們認識到：「凡是納粹作風的一切制度，全是危害現代文明的，我們都應當堅決反對！」

二十六日 作《最理想的人性——爲紀念魯迅先生逝世五週年》（評論）。載《筆談》第四期，曾收《時間的記錄》和《茅盾文論雜論集》，現收《茅盾全集》第二十二卷，該文爲紀念魯迅先生逝世五週年而作，文中談到魯迅年輕時常常提到三個相關聯的問題：（1）怎樣才是最理想的人？（2）中國國民性最缺乏的是什麼？（3）它的病根何在？魯迅一生的努力，除了其他的重大意義外，還有一重要貢獻，就是「給這三個相聯的問題開創了光輝的道路。」魯迅就是「古往今來若干偉大的 Humanist 中間的一個。」

二十七日 發表《統一、團結與民主》（雜論），署名玄珠。載《大眾生活》新二十號。現收《茅盾全集》第十六卷。文章認爲，「天下事又不能沒有根本，倘就統一、團結與民主而言，亦應是後者爲本。一九四一年的今日，除了侵略的法西斯國家，應該再沒有人不承認民主是統一、團結的根本。」

同月 《腐蝕》在《大眾生活》新二十期連載完畢。

當月

消愁的《對「惠明」的又一看法》發表在《大眾生活》新十八號。

本月

七日 詩人艾青、蕭三、柯仲平等在延安俱樂部召開座談會、籌劃出版《詩刊》，由艾青主編。

十六日 《解放日報》副刊《文藝》創刊，丁玲主編。

十月

一日 《筆談》第三期出版。發表的文章有：

《編輯室》，現收《茅盾全集》第二十二卷。

《兩週間》（時事述評）。現收《茅盾全集》第十六卷。本書以太平洋與大西洋，希特勒與拿破侖鬼魂對話的形式，分析了國際、國內的形勢，特別提到了希特勒在蘇德戰爭中的困境。

《挪威一店主》（雜感），署名威。現收《茅盾全集》第十六卷。

《婦女運動》（雜感），署名文。現收《茅盾全集》第十六卷。

《軍犬團》（雜感），署名文。現收《茅盾全集》第十六卷。

《戰時英國之科學家》（雜感），署名華。現收《茅盾全集》第十六卷。

《客座雜憶之五：記李漢俊》（散文），署名形天。曾收《茅盾散文速寫集》，現收《茅盾全集》第十二卷。本書介紹了早期中國共產黨人李漢俊的生平，稱其「品行學問實有足多」，他的「不幸而罹禍」，「實亦中國革命一大損失也。」

《客座雜憶之六：民十前後上海戲劇界》（散文），署名形天。曾收《茅盾散文速寫集》，現收《茅盾全集》第十二卷。憶及當年上海戲劇運動的大致情況，認爲《春柳社》之歐陽予倩、民鳴社之鄭正秋，以及「海派新戲」的設計者與演員之重要人物之一的汪優游，在戲劇史上的「地位和貢獻是重要的」。

《〈希特勒的傑作〉》（書評），署名直。（《希特勒的傑作》〔德國〕烏爾夫著，吳天、陳非璜合譯，上海潮鋒出版社出版）

《中國文字拉丁化運動年表》（書評），署名文。現收《茅盾全集》第十六卷。文章指出，不少人對漢字拉丁化還不理解，實際上「努力想把漢字改成拼音文字的嘗試，數百年來不絕如縷。」這本書的出版，對於拉丁化運動之推廣，將有「不少的助力。」（《中國字拉丁化運動年表》倪海曙著，中國拉丁化書店出版）

《「翠盤」》（雜感），署名明。現收《茅盾全集》第十六卷。

同日 發表《店員們向前進》（雜感），署名微明。載《青年知識》第九號，現收《茅盾全集》第十六卷。希望年輕人有正確的人生態度，「學習高爾基這個店員出身的英雄，學習他戰勝自己、戰勝環境」。

同日 發表《談新疆各回教民族的文化工作》（散文）。載《回教文化》第一卷第一期，現收《茅盾全集》第二十二卷。

四日 發表《科學與民主》（雜論），署名玄珠。載《大眾生活》新二十一號。現收《茅盾全集》第十六卷。文章認爲「科學與民主不可分離」，五四時期的這種倡導，還需繼續發揚。

九日 作《研究、學習、並且發展他》（評論）。載十月十八日《大眾生活》新二十三號。曾收《茅盾文藝雜論集》，現收《茅盾全集》第二十二卷。作者認爲：「魯迅先生畫得最多的，有這幾個：比它的主人更嚴厲的狗，媚態

的貓，未叮人之前還要哼哼地發一篇大議論的蚊子，嗡著營營地叫著戰士們的缺點和傷痕的蒼蠅，以及脖子掛著一個小鈴鐺的山羊。」同時提出，學習魯迅有兩種態度。一種是把魯迅「當作偶像」，把他的學說思想「當作死的教條。」另一種態度是把魯迅當作「戰士」，將其著作當成「鬥爭的指南」和瞭解社會、世界、認明敵友的「活的方法」。只有取後一種態度，魯迅的著作才能真正成為「鬥爭的武器」，他的思想才可能在今後的實踐中「繼續發展成為民族文化最燦爛的一部分」。

上旬　史沫特萊突然來訪，她即將回美國，特來辭行。談到了延安等抗日民主根據地和八路軍的情況，她表示回國後，要將中國抗戰的真實情況告訴美國人民。並說：「毛主席身邊的那個女人（指江青）不是好人！」「她這個人，妒忌心極重。」茅盾問：「您看日本人會不會進攻香港？」史沫特萊認為，日本很快就會進攻香港，而且香港是守不住的。她建議茅盾去新加坡，因為那裡可以堅守。茅盾表示：「我不能離開香港，我在這裡有工作。」（《脫險雜記・前言》，《戰鬥的 1941 年》）

十一日　發表《卅雙十感言》（雜感）。載《華商報・燈塔》，現收《茅盾全集》第十六卷。文章指出，要使中國有真正的前途，「首先要團結，其次民主政治必須實現，最後必須使人民有權。」該文發表時，被港英當局刪去五十二個字。

十六日　《筆談》第四期出版。發表的文章有：

《編輯室》，現收《茅盾全集》第二十二卷。文中指出「魯迅先生平生吃過三樣東西的虧：一、比它的主人更嚴厲的狗；二、媚態的貓；三、未叮人之前還要哼哼地發一篇大議論的蚊子」。魯迅還討厭「脖子上掛著一個鈴鐺的山羊」。若認真地做，這四個東西都可以「做一篇有內容的文章」，但若「浮光掠影」，那就只能是「洋八股」。

《兩週間》（時事述評），現收《茅盾全集》第十六卷。首先分析了中國戰場的形勢，揭露了日本侵略者色厲內荏，外強中乾的本質。其次，對中央社的一則電文談了自己的看法。（重慶 9 月 21 日中央社電：數十萬市民於 21 日觀日蝕奇象……一般長者咸認為，日全蝕為我抗戰接近勝利之預示……云云）認為「中國老百姓的宿命觀念本極濃厚」，如果再這樣進行宣傳煽動，那只會「鬆懈了『自力更生』的努力」，對抗戰絕無益處。

《捷克人民的反抗精神》（雜論），署名克。現收《茅盾全集》第十六卷。

《蘇聯的文藝陣線》（雜論），署名文。本書介紹了戰爭時期，蘇聯的文藝工作者如何積極有效地爲戰爭服務。

《指模》（雜感），署名明。現收《茅盾全集》第十六卷。

《武王侯殷》（雜感），署名玄。現收《茅盾全集》第十六卷。

《廷杖與黥刑》（雜感），署名文。現收《茅盾全集》第十六卷。

《小市民畫像（讀書記）》（書評）。本書談了讀高爾基的小說《奧克洛夫鎮》的感想。

《希特勒的「文化政策」》（雜論），署名華。現收《茅盾全集》第十六卷。

《客座雜憶之七：蕭楚女與惲代英》（散文），署名形天。曾收《茅盾散文速寫集》，現收《茅盾全集》第十二卷。本文回憶了蕭楚女和惲代英烈士在大革命年代的一些軼事。稱「二人皆健筆，又同爲天才的雄辯家，其生活之刻苦又相似」，而二人文章之風格卻不同，代英「綿密」，「莊諧雜作中見其煽動力」；楚女則「豪放」，「剽悍勁拔，氣勢奪人」。他們的被害，是「中國革命的一大損失」。

《客座雜憶之八：武漢時代之民運》（散文），署名形天。曾收《茅盾散文速寫集》，現收《茅盾全集》第十二卷。認爲武漢時代的民運雖尚有幼稚行爲，但「方向對頭」。那些認爲當時的民運「過火」者，實質是「根本討厭民運。」

《〈生命在呼喚〉》（書評），署名玄。認爲這個劇本可以「幫助我們瞭解蘇聯人民」，可以使我們看到「新社會制度會孕育出怎樣新的人類來。」（《生命在呼喚》〔蘇聯〕貝洛・貝爾來可夫斯基著，葛一虹譯，四幕劇）

《〈人之初〉》（書評），署名葉明。本書痛斥了那些「發國難財」者。並說，在法國人的這部著作裡，也可以清晰地看到這類人的「畫像」。（《人之初》〔法國〕巴若來著，顧仲彝改編，新青年書店出版）

同日　發表《記「魯迅藝術文學院」（上）》（散文），載《學習》半月刊第五卷第二期。現收《茅盾全集》第十二卷。該文的下半部分發表在《學習》半月刊第五卷第四期，現收《茅盾全集》第十二卷。文章介紹了延安「魯藝」

欣欣向榮、生機勃勃的景象，並指出「把文學藝術理論研究與創作實踐，和生活認識與革命經驗密切聯繫配合起來的，現在還只有一個『魯迅藝術文學院』」。

同日　又發表《關於〈吶喊〉和〈彷徨〉──讀書雜記》（評論），載《學習》半月刊第五卷第二期。現收《茅盾全集》第二十二卷。文章認爲「《吶喊》和《彷徨》是兩種不同觀念下所產生的作品」，「作者宇宙觀並無二致，但是作者觀察現實所取的角度，卻顯然有殊」。「《彷徨》應該看作是《吶喊》的發展，是更積極的探索」。對於那些認爲《吶喊》《彷徨》表現了「悲觀思想」的皮相之談，文章強調指出，作品「只是對於當時資產階級的代言人所企望的目標，表示了悲觀，即懷疑其可能實現，而不是對於中國人民大眾的終於得到解放表示了悲觀。」

十七日　作《耿譯〈兄弟們〉書後》（書評）。載《上海週報》第四卷第二十四期。

二十日　出席黃炎培、俞寰澄、俞頌華舉行的招待文化界人士的茶會，參加茶會的還有陽翰笙、夏衍、喬冠華、范長江、金仲華、柳亞子、胡仲持、沈志遠等。（《黃炎培年譜》許漢三編，文史資料出版社，1985 年版）

同日　與杜國庠等聯名發表《郭沫若先生創作生活二十五週年及五十壽辰紀念論文集》徵稿啓事。載《光明報·雞鳴》

同月　長篇小說《腐蝕》單行本，由華夏書店初版印行。該小說原收《茅盾文集》第五卷，現收《茅盾全集》第五卷。

同月　爲耿濟之所翻譯的俄國文學名著《兄弟們》（陀斯妥也夫斯基著）的出版，寫了一些推薦的話：「這是一部世界名著，無論如何中國人應該讀一讀，對於中國的文藝工作者，這部書在技巧方面的助益也是絕不容低估的。」這篇評價文章由香港寄去上海，刊載在一九四一年十月《良友畫報》第一七一期上。（趙家璧《懷念耿濟之在「孤島」的上海》。載《新文學史料》1980 年第 4 期）

當月

二十一日　《解放日報》刊載消息：香港出版新聞界甚爲活躍，茅盾所主編的《筆談》等均暢銷。

本月

五日　《新中國劇社》在桂林成立。田漢任名譽社長，杜宣任社長。

十九日　魯迅逝世五週年。「文協」等八團體聯合在重慶抗建禮堂舉行紀念晚會。主席馮玉祥，郭沫若、曹靖華等演講。

十一月

一日　《筆談》第五期出版。發表的文章有：

《編輯室》，現收《茅盾全集》第二十二卷。

《兩週間》（時事述評）。現收《茅盾全集》第十六卷。評析了近來的國際形勢，認爲德國久攻不下的莫斯科，已經從「政治中心」，而變爲「鋼鐵的要塞」。

《八股之害》（雜感），署名明。現收《茅盾全集》第十六卷。文章要人們警惕現在又有人提倡新八股。

《衣冠之盜》（雜感），署名玄。現收《茅盾全集》第十六卷。

《客座雜憶之九：工商學聯合會時代之上海學聯會》（散文），署名形天。曾收《茅盾散文速寫集》，現收《茅盾全集》第十二卷。文章談到了一九二四年前後上海的學生運動狀況及以後分化、終結之原因。認爲「上海學生群眾之爲革命的小布爾知識分子的先驅，蓋無疑義。」在上海學運中，「艱苦卓越之人才脫穎而出者亦頗有之」，這些人都是大革命時代的「精華」，「然厥後十年安內，又摧殘殆盡矣。」

《客座雜憶之十：湘人之幽默》（散文），署名形天。曾收《茅盾散文速寫集》，現收《茅盾全集》第十二卷。此文回憶了一九二七年的湖南農民運動，當時武漢方面一直指責農民運動「過火」，其依據即是給土豪劣紳「戴高帽子」等行爲。作者認爲，農民的這些做法「固甚幽默」而亦爲土劣所自取。」

《〈波蘭烽火抒情〉》（書評），署名蘭。（《波蘭烽火抒情》〔波蘭〕W・華西列夫斯卡等著。陳原譯，孟夏書店出版）

《〈油船德賓特號〉》（書評），署名德。

《漂亮名詞》（雜感），署名德。現收《茅盾全集》第十六卷。

《柏林人的榮單》（雜感），署名華。現收《茅盾全集》第十六卷。揭露

了侵略戰爭給德國人民帶來的災難。

《吏之權威》（雜感），署名文。現收《茅盾全集》第十六卷。

同日　發表《無話以後》（雜論），署名玄珠。載《大眾生活》新二十三號。現收《茅盾全集》第十六卷。本書嘲諷了那些針對民主社團的奇談怪論。該文發表時，被港英當局刪除了二百十一字。

七日　與廖沫沙等十一人聯名提議組織反法西斯作家同盟，並發表致世界作家書。

十二日　作《談技巧、生活、思想及其他》（評論），載同年十二月四日——六日《星洲日報・晨星》，亦見於十二月五日《奔流新集》第二集《橫眉》，曾收《茅盾文藝雜論集》，現收《茅盾全集》第二十二卷。作者認爲，文藝作家應以「表現時代」爲自己的任務，並且認爲抗戰以來出現的「文壇貧血症」，主要原因是「思想深度的問題」，所以，「武裝頭腦之重要在今天仍居於第一位。」

同日　出席在柳亞子寓所舉行的紀念孫中山先生誕辰集會。與柳亞子一起回顧中國革命之往事。柳亞子有詩記之：「各有肺肝期報國，相憐吳越半無家。萍蹤難得成高會，明鏡明朝鬢不華！」（陳福康《柳亞子詩中評茅盾》，載《西湖》1982 年第 3 期）

十五日　與柳亞子等聯名發表《敬祝沫若先生五十初度》。

十六日　下午，出席香港文化界在溫莎餐廳舉行的紀念會，慶祝郭沫若先生五十壽辰和創作二十五週年。與郭步陶、馬鑒、柳亞子、韜奮、葉靈鳳、杜國庠等被推選爲主席團成員。在會上發表了演講，主要談了三點感想，除了向郭沫若表示祝賀之外，強調了抗戰期間文化界團結的重要和可貴。（文藝《熱烈歡欣——港文化界祝郭沫若壽》，載 1941 年 11 月 26 日《新華日報》；徐封《香港通訊》，載 1941 年 11 月 28 日《時事新報》）

同日　發表《爲祖國珍重——祝郭沫若先生五十壽辰》（散文）。載《華商報》，現收《茅盾全集》第二十二卷。文章高度評價郭沫若的人格和在文藝發展史上作出的重大貢獻。認爲他的文藝活動與中國的新文藝史有著「不可分離」的關係，「他所走過的路，正代表了近二十五年中國前進知識分子所度過的『向眞理』的『天路歷程』！」

同日　發表《記「魯迅藝術文學院」（下）》（散文）。載《學習》半月刊第五卷第四期，現收《茅盾全集》第十二卷。

同日　《筆談》第六期出版。發表的文章有：

《編輯室》，現收《茅盾全集》第二十二卷。

《兩週間》（時事述評）。現收《茅盾全集》第十六卷。

《開荒》（散文）。曾收《茅盾散文速寫集》，現收《茅盾全集》第十二卷。本文由描寫陝北黃土高原的景色，轉而讚頌了邊區抗日民主根據地軍民的偉大創造精神。「從前大自然的力量，曾經創造了這黃土高原，懷抱著崇高理想的人們，正在改造這黃土高原。」

《軸心國的衣著》（雜感），署名明。現收《茅盾全集》第十六卷，本書寫了戰爭給德意日三國人民帶來的災難。

《飢餓的希臘》（雜感），署名希。現收《茅盾全集》第十六卷。

《武器與人》（雜論），署名明甫。現收《茅盾全集》第十六卷。作者有感於希特勒下令德國女子必須與德國出征之將士生育男女一事，指出「打仗要有武器，更要有人。赤手空拳固然不能上陣，光有了武器而沒有使用武器的可靠的人，也是不行的。」德國法西斯兵源枯竭，希特勒要稱霸世界只能是個「迷夢」。

《〈兄弟們〉》（書評），署名玄。（《兄弟們》〔俄〕陀思托也夫斯基著，耿濟之譯，上海良友復興圖書印刷公司印行）

《〈菌兒自傳〉》（書評），署名明。現收《茅盾全集》第二十二卷。（《菌兒自傳》，高士其著，開明書店出版）

《客座雜憶之十一：「算盤珠」與「醬色的心」》（散文）。曾收《茅盾散文速寫集》，現收《茅盾全集》第十二卷。本書暴露了大革命時期投機革命的陳某之醜惡嘴臉。

《客座雜憶之十二：所謂「小拉塞爾」者》（散文）。曾收《茅盾散文速寫集》，現收《茅盾全集》第十二卷。「小拉塞爾」者，即張國燾。此文撕破了他的偽裝，指出他一貫在黨內搞宗派、分裂的事實，而終於「以一紙自白作裸體舞」，成為可恥的叛徒。

《「兩湖書院」之風光》（散文）。現收《茅盾全集》第十二卷。本書回憶

了北伐時期，設在武昌「兩湖書院」的中央軍事政治學校的一些舊事。

二十八日　與郭沫若、沈鈞儒、張一麟、柳亞子、鄒韜奮、許廣平等六十八人，聯名發表《文化界人士致蘇聯人民書》，向在反法西斯前線的蘇聯人民致敬，並表示將永遠站在他們一邊。載《新華日報》。

二十一日　接郭沫若發表的感謝電，電曰：「香港張仲老、柳亞子、茅盾諸先生並轉香港文化界：五十之餘，毫無建樹，猶蒙紀念，彌深謙愧，然一息尚存，誓當爲文化與革命奮鬥到底。」載《解放日報》。

二十二日　發表《談「提高」和「增加」之類》（雜論）。載《大眾生活》新二十八號，現收《茅盾全集》第十六卷。作者在此文中提到：「《子夜》中間，確實寫了些『立三』路線的人物，因爲這是那時的一件人事，是那時一大問題。然而我頗有遺憾，即沒有寫進幾個托派。」

同日　發表《「人心不古」》（文論），署名玄珠。載《大眾生活》第二十八號，現收《茅盾全集》第十六卷。

二十三日　作《讀〈北京人〉》（評論）。載同年十二月九日香港《大公報》，亦見於一九四二年五月《戲劇崗位》第三卷第五、六期。曾收《茅盾隨筆》和《茅盾文藝雜論集》，現收《茅盾全集》第二十二卷。作者認爲曹禺的《北京人》是成功的，主要表現在「成功的人物描寫」和「對於封建的舊制度和人物的暴露和諷刺。」同時又率直地提出了該劇的幾點不足。

同日　發表《這是他們的本色》（雜論）。載《華商報》，現收《茅盾全集》第十六卷。本文藉談宗教問題，諷刺了社會上的「酒肉和尚」的虛僞的「本色」。

同日　作《一段回憶》（散文）。載二十八日《華商報》，現收《茅盾全集》第十二卷。文章回憶了與鄧演達（擇生）先生的交往，認爲鄧先生「性格剛強」，「胸中永遠燃燒著一腔烈火」，是一個眞正的「熱血男兒」。

二十九日　發表《十月狂想曲》（評論）。載《國訊》旬刊。

三十日　爲影片《東亞之光》上映題詞：《東亞之光》爲民族解放戰爭中偉大的文化武器。載同年十二月二日香港《大公報》。

當月

十二日　鄭學稼發表《茅盾論》，載《文藝青年》第二卷第四、五期合刊。作者認爲《幻滅》、《動搖》、《追求》是眞實的，是「史詩」式的

作品，給予了充分的肯定。但認爲「子夜」是「全部當日中共理論的小説化，」「《子夜》是一部政治小説，按既定路線而使之小説化的小説。」其意義自然不能與上述三部曲相比。作者最後在總結茅盾的創作歷程時，下了這樣的結論：「他已成了這麼一個人：由呼喊需要民族主義色彩的文學研究會的健將，走上所羨慕之自然主義文學的路而寫出他的《三部曲》，後來又轉入『普羅文學』。」

本月

十六日　郭沫若五十壽辰和創作生活二十五週年慶祝會在重慶舉行。馮玉祥致開幕詞，周恩來等在會上演講。

十九日　文藝生活社在桂林三教咖啡廳行「1941年文藝運動的檢討」座談會，出席的有田漢、邵荃麟、艾蕪、孟超、呂復、杜宣等。

十二月

一日　《筆談》第七期出版。發表的文章有：

《本刊啓事》廣告一則。

《編輯室》，現收《茅盾全集》第二十二卷。就不少讀者來信詢問可否代收贈送英、蘇將士的聖誕節禮物的代金一事，作了如下答覆：「我們已經和《大眾生活》社商妥，兩雜誌共同辦理，可出臨時收據，然後匯《交華商報》，將來一總轉送英蘇關係方面，捐款人台銜亦當一總在報上披露。」

《兩週間》（時事述評），現收《茅盾全集》第十六卷。先談了今年十月革命紀念日的意義和蘇德戰場的形勢。隨後報導：「國內渝、桂、西北、海外港星兩地同時舉行郭沫若文藝生活二十五年及五十初度紀念會。」

《〈麵包〉》（書評），署名文。（《麵包》A‧托爾斯泰著，俞獲、葉菡譯，言行社出版）

《〈直入〉和〈刀筆〉》（評論），署名華。現收《茅盾全集》第二十二卷。（《直入》係《奔流新集》之一，《刀筆》係文藝性綜合刊物，均在上海出版）

《〈醫師懺悔錄〉》（書評），署名曉。（《醫師懺悔錄》魏列沙益夫著，祝秋江譯，開明書店印行）

六日　發表《關於〈北京人〉》（評論）。載《大眾生活》新三十號，現收《茅盾全集》第十六卷。作者借題發揮，稱「原始人都求進步，現在有些人

卻只想『開倒車』」。

八日　日本偷襲珍珠港，太平洋戰爭爆發。日軍同時開始進攻香港。與夫人德沚分工，由她去銀行取款和採購生活必須品，自己則去找朋友和打聽消息，但卻未能找到葉以群。

九日　忙著整理行裝，並等候葉以群。而房東太太則不停地催促搬家。去地下室檢查東西時發現，兩網籃的舊稿和日記全不見了，原來房東太太懷疑這些東西與「抗日」有關，已經指使人把這些材料燒掉了。自知此地已不宜久留。

上午，駱賓基來，也是送蕭紅去醫院途經此地。蕭紅的病已十分沉重，駱賓基看了看這裡的準備，不需要再幫什麼忙，就匆匆走了。

中午，鄒韜奮來，他全家剛從九龍逃到香港，已找到臨時避難所，簡單吃了點飯以後，楊潮（羊棗）（原《星島日報》記者）來找韜奮，二人即離去。

下午，在應先生的幫助下，搬入軒尼詩道的一所設在三層樓的「跳舞學校」避難。（這位應先生是開戰前二、三天由葉以群介紹認識的，後來知道他是徐光霄（戈茅）的大舅子。徐當時在新四軍，他的夫人住在哥哥家中。）

晚九時許，葉以群和戈寶權冒險從九龍渡海過來，同住「跳舞學校」。對外面稱自己是從九龍逃過來的一家紙張文具店的「老闆」，葉以群則是該店的「伙計」。（《生活之一頁》、《〈脫險雜記〉前言》，《戰鬥的 1941 年》；戈寶權《憶茅盾同志——記太平洋戰爭初期在香港共患難的日子》，載《散文》1986年第 6 期；胡耐秋《韜奮的流亡生活》）

十日　宋之的夫婦和他們的小女兒，文藝通訊社的高汾和一位演員，也到「跳舞學校」來避難。在戰時的香港重新組成了一個「大家庭」。

上午，德沚回堅尼地道舊寓取東西，卻受到房東太太的糾纏，逼德沚搬走《世界知識》雜誌編輯張鐵生的兩架書籍，幸虧葉以群隨後趕到，找挑夫搬走了書，事情才算了結。但是張鐵生的這些書，卻在搬運途中，被頑童和「爛仔」們一搶而空。

十三日　九龍陷落。

十九日　日軍在香港北角登陸。

二十四日　日軍進入市區，已在離「跳舞學校」不遠的地方進行巷戰。

晚，一顆炮彈擊穿這棟樓的房頂。同住的八人立即召開緊急會議，決定搬到較安全的市中心中環去。(《生活之一頁》，《戰鬥的 1941 年》)

同日　香港英軍投降。

二十五日　雇了人力車，與大家一起搬出這所「跳舞學校」。先去了某銀號。可是地方太狹窄，容不下這個「大家庭」。決定再轉移，最後在高汾、陳紫秋和林仰崢的幫助下，搬入中環德輔道的大中華旅社。這時發現帶在身上的唯一的書《元曲選》遺忘在「跳舞學校」了。甚惋惜。(《生活之一頁》、《戰鬥的 1941 年》)

二十六日　晨，起床後朝窗外看，發現街上站崗的已經都是日本兵。

二十七日　因爲旅館斷水，只得與市民們擠在街上「搶水」。

二十九日　日軍部分徵用了大中華旅社，幾個日本兵還「光顧」了茅盾等居住的房間。大家立即聚在一起商量辦法，一致認爲，再這樣住下去很不安全。最後決定：化整爲零分頭出發，各找地方，誰先找到誰就先搬，分散以後仍舊保持聯繫。

三十一日　日軍宣布要全部徵用大中華旅社。晚，在禁止通行前五分鐘，匆匆搬入大同旅社，這是一個三等旅館，正因爲它小，日本兵不太注意，反倒安全。仍與葉以群同住，高汾住到了一家銀號裡，戈寶權是住到了皇后土近東附近的貧民住宅區。(《生活之一頁》、《戰鬥的 1941 年》)

同月　太平洋戰爭爆發，《筆談》被迫停刊。

同年　曾向高長虹約稿，請他寫些關於魯迅先生的文章，因爲這樣才能更加客觀一些。高長虹亦寄來多篇文章供發表。(青苗《高長虹片斷》，載《新文學史料》1984 年第 2 期)

本月

七日　「文協」桂林分會在廣西劇場舉行年會。歐陽予倩任主席。

八日　日本法西斯在太平洋上對美、英同時發動突然襲擊，美、英對日宣戰，太平洋戰爭爆發。

十日　由艾青、蕭三等發起的「延安詩會」召開成立大會。到會的新老詩人五十餘人。選舉艾青、高長虹、艾思奇、柯仲平、蕭三、何其芳等理事，決定出版會刊《詩刊》。

一九四二年（四十七歲）

一月

一日 仍住在旅館內，極少外出，主要由以群上街打聽消息對外聯絡。（《生活之一頁》，《戰鬥的 1941 年——回憶錄（二十八）》）

二日 以群從外面得來消息，九龍正在疏散人口，而港九交通依然嚴格禁止，估計是日軍藉疏散人口之名以行獵捕反日分子之實，聽說香港這面馬上也開始清查人口。當時與以群商定：盡快找到住房，在日本人動手之前，爭取搬出旅館。

三日 下午，以群從街上帶來一位見過面的朋友，這位寫詩的青年朋友悄聲告知，明天可以離開香港，但只能單獨行動，不能與德沚同行。當即表示：要走，則一起走，否則，寧願再等幾天。送走這位朋友後，將此事告訴了德沚，德沚也不願意分開走。自己認為，這一決定的做出是「理智」的。因為出走香港總要請「熟悉本地情形的朋友幫忙」，「一次走比分幾次走較為簡便，就是說只要麻煩人家一次而已」。

四日 根據當時的局勢，原來估計找住房搬家不容易很快解決。然而事出意外，以群從外回來告知，住房已經找到。新寓所在西區，二房東是寧波人，大北電報公司的職員。下午即搬家。（《回憶之一頁》、《戰鬥的 1941 年》）

八日 下午，以群從街上回來，悄悄地說，明天可以過海去九龍了，但須輕裝，行李也不能多帶。隨即與德沚多買了一套黑布短袖衫褲（香港人稱之為「唐裝」），以便化裝偷渡，並整理隨身所帶的簡單行李。（《脫險雜記》）

九日 上午，由戈寶權接至東環貧民住宅區的一棟房子內。下午五時，就夾在難民中沿皇后大道向銅鑼灣出發。天將黑時，上了一條大船，受到負責此次偷渡工作的連貫同志的接待。同在這條船上的還有韜奮、胡繩、于伶等。與韜奮談了各自在這幾天戰亂中的經歷。開飯時，連貫同志進艙來告訴大家：明天一早過海去九龍，進入內地後，沿路都有布置，可保平安。

十日 天未亮，就從大船轉登至一艘小艇，即向九龍方向開去。艇上除了德沚外，還有以群、高汾、戈寶權和胡繩夫婦。上岸後，與以群、戈寶權為一組，行至一棟住宅，進屋時發現韜奮等已先期到達這裡。當晚在九龍過

夜。

十一日　四時即起，打點行裝，與大家一起離開九龍市區。沿青山道往前走。十時左右，到達荃灣。飯後，繼續上路。休息時，見到了張鐵生，他仍在腹瀉。此時，人稱「江大哥」的港九地區手槍隊長江水同志來接替護送工作。黃昏時分，住進元朗鎮外的一所大住宅，又遇黃文俞。這一天走了七十多里地，而且一多半是山路，可以說是有生以來第一次。當晚，就在走廊的稻草上和衣而睡。（《脫險雜記》、《戰鬥的 1941 年》、李筱峰《在艱難的歲月裡——回憶護送茅盾同志離香港》載《羊城晚報》1981 年 5 月 19 日）

十二日　因天冷，天不亮就醒了。早晨八時左右，又與隊伍一起出發。嚮導見韜奮腳扭傷了，行走不便，就雇來一頂轎子，韜奮不肯坐，讓德沚坐，德沚也不坐，仍舊徒步而行。穿過元朗鎮後，又乘船渡過深圳河口海灣。由於連日趕路，頗覺疲勞。與德沚商量決定，丟下一個衣包，以減輕些負擔。但是，這個衣包又被護送人員撿到，送了回來。當晚，在寶安附近的小鎮上過夜。

十三日　清早，就收拾好行李，等候出發。平安地通過了日本兵檢查的關卡，越過叫做梅嶺的山崗，終於進入了東江游擊區。此時，大家都像鬆了一口氣，興奮地談笑起來。黃昏前，到達一個叫白石龍的村莊，這就是東江縱隊總部所在地。當晚，與韜奮、戈寶權等受到東江游擊縱隊司令員曾生、副司令王作堯和政委林平的接見，並以狗肉款待。是夜，就睡司令部樓上。

十四日　因敵人可能要掃蕩，轉移至離白石龍幾里遠的一個山窩裡。同去的一批人中，除德沚而外，還有宋之的夫婦、胡繩夫婦、于伶、戈寶權、姜君辰、沈志遠、劉清楊、沈茲九、胡風、沙蒙、葛一虹、袁水拍、黎澍等。茅盾說，在這裡住的是草棚，睡的是竹鋪，這是臥薪嘗膽，對付日本侵略者，應該有這種革命精神。此後，為了增強化妝效果，開始留唇髭。（《脫險雜記》、《桂林春秋——回憶錄（二十九）》，載《新文學史料》1985 年第 4 期；李筱峰《在艱難的歲月裡——回憶護送茅盾同志離香港》；胡風《在東江》，載《新文學史料》1988 年第 2 期）

約同日　在與胡風、胡繩閒聊時，就日軍進攻香港前，黨在文藝方面的負責人發放避難費的問題，表示了自己的看法。（胡風《在東江》，載《新文學史料》1988 年第 2 期）

十五日　與韜奮等參觀東江游擊縱隊機關報《東江民報》，並爲副刊《民聲》題字。(《鄒韜奮年譜》；李筱峰《在艱難的歲月裡》)

中旬　東江游擊縱隊舉行盛大歡迎會，歡迎茅盾、韜奮等文化人從香港脫險歸來。曾生和林平講了話，介紹了東江游擊縱隊發展的過程及目前的處境。

在一次暢談游擊生活感受的民主會上，談了自己的體會：這是作家與抗戰實踐的結合，是創造革命文藝的最好機會。

在此期間，還聽取了一位叫陸仲亨的游擊小隊長所講的「東征」故事，(即1940年3月，東江縱隊在國民黨頑固派的壓力下，一千二百多名指戰員被迫撤出東江，途中突遭襲擊，結果只剩二百多人重新回到保安敵後。) 在談到對這次突然襲擊事件應該吸取什麼教訓時，茅盾說：「這恐怕還是對國民黨頑固派抱有幻想吧。」

爲了避免給東江游擊縱隊增添更多的麻煩和負擔，便向林平政委提出走的要求。林平答應了這個要求，但說，這次不能大隊人馬一起行動，只能三、五人爲一組分頭走。即與以群商量，以群也同意這樣走。隨後，以群又去聯繫了胡仲持和廖沫沙。韜奮本來也想一起走，因爲太太一、二天內可能就要到，最後決定等太太來後再一起走。安排妥當後，大家分頭做出發的準備。(《桂林春秋——回憶錄(二十九)》；李筱峰《在艱難的歲月裡》)

二十日　下午三時，與德沚以及葉以群、胡仲持、廖沫沙，加上二位持槍護送者和兩位挑夫，一行共九人離開白石龍。臨行前，向曾生司令員和林平政委道別，並表示感謝。走不多久，就遇到剛剛到的鳳子和劇團的一些演員，互相道聲「內地再見」，就繼續趕路。午夜時分，才停止行路，在山上的草棚裡過夜。

二十一日　下午四時，又出發。鑒於前幾次行走的經驗，向大家提出「十里一休息，每休息十分鐘」，以求走得持久些，同行的各位都表示同意。半夜行至預先安排的住宿處時，因發現敵哨，急轉移至附近山中。是夜，就在山上背靠背地熬了一夜。(《脫險雜記》、《桂林春秋》)

二十二日　天亮後，才得以進村。中午，因附近又出現敵情，只得又上山隱蔽。傍晚，回到村裡。飯後，繼續趁夜趕路。半夜過後，住宿在一家小鎮客店內。

二十三日　上午九時左右，被葉以群、胡仲持、廖沫沙叫醒。商量如何慰勞護送的戰士和挑夫，因爲他們已經完成任務，當天就要歸隊了。最後，託人在鎮上買了二十斤豬肉送去，略表心意。下午，忽有人來訪，見面一看，竟是張友漁夫婦，他們從香港取道鯊魚溝進入內地，已經到達此地二、三天了。在這種情況下的不期而遇，更是令人興奮，忙向張友漁打聽其他朋友的近況，才知道香港文化人除在游擊隊保護下，取道東江進入內地的之外，還有十幾位是取道澳門回內地的。

二十五日　在小鎮休息了二天，今天繼續行軍，大家情緒很高。這是第一次白天行軍，張友漁夫婦亦同行。晚，到一個名叫洲田的小村，在一座已被廢置的土糖廠裡過夜。

二十六日　一早，又搬入村中一座最好的房子。張友漁夫婦則被安置到另一村子去暫住，游擊隊的一位隊長來說，剛剛得到消息，敵人攻佔了博羅，有進攻惠陽的可能，是否能走，要根據形勢變化而定。

二十七日至二十九日　一直住在洲田村靜候消息。

三十日　聽東江游擊縱隊的一位大隊長說，敵人已經進攻惠陽，估計一、二天之內就會陷落，因此，現在根本不能走。聽到這個意外的消息，大家都不免有些焦灼。

本月

蘇、美、英、中等二十六國在華盛頓簽署了共同反對法西斯侵略國家的聯合宣言。

五日　延安成立「文化工作委員會」，吳玉章任主任、林伯渠、周揚等爲委員。

二十二日　女作家蕭紅在香港逝世，終年三十一歲。

二月

上旬　敵人佔領惠陽後，暫時並無撤退的跡象。整個上旬，就在這離惠陽七十里地的洲田村困坐靜待。(《脫險雜記》、《桂林春秋——回憶錄（二十九）》

十三日　離舊曆大年除夕只有兩天了。形勢突然出現了變化：敵人撤出了惠陽。午後，就得到了明天去惠陽的通知。

十四日　早飯後即上路，此次行軍，喬裝成逃難的商人，並由武裝護衛改爲不帶武器的嚮導。在路上又遇到了張友漁夫婦，隨即同行。同行的還有胡風等。天黑時，經過小鎮三棟，爲了安全起見，又花錢請了國民黨保安隊的兩個保鏢，然後冒雨繼續向惠陽行進。途中，德沚不愼落入一條河裡，幸好是枯水期，並未發生意外，但著實驚嚇了一場。（《脫險雜記》、《桂林春秋》；胡風《在東江》）

十五日　半夜兩點左右，終於進了惠陽城，宿於惠陽唯一的大旅館。這已經是舊曆年關了。黨的負責人廖承志、連貫同志也在這裡領導轉移文化人的工作。下午，與同行者一起去碼頭，上了一條預先包下的船。碼頭在中山公園望江亭後面，公園裡矗立著廖仲愷先生紀念碑和黃埔軍校東征陣亡將士紀念碑。見此情景，頓時詩興大發，取出偷藏在身上的筆記本和筆就作起詩來。護送人員怕暴露了身份，急忙勸阻。由是發起脾氣，表示不上這條船了。後經廖承志、連貫的勸說，才又上了船。（《歸途雜拾》；連貫《我所經歷的營救工作——憶東團博羅隊和香港知名文化人脫險》；盧偉如《1942年春在惠州護送文化人的經過》，均載《東江縱隊史料》廣東人民出版社）

十八日　因過春節，船老闆一直挨到今日（舊曆年初三）才開船。當日到達水口。（《歸途雜拾》）

十九日　由水口出發，船經橫瀝，晚泊瘦狗壠。

三十日　走了十幾天的水路，船終到達老隆。小鎮的鎮民們正在鬧元宵。（茅盾《太平凡的故事》、《桂林春秋——回憶錄（二十九）》）

本月

七日　「文化界宣傳週」在重慶開始。這是文化運動員會聯合三十六個機關團體舉辦的。主持人潘公展。

十七日　王實味的《政治家·藝術家》在《穀雨》雜誌第一卷第四期上發表。

三月

一日　以「義僑」的身份，搭上了一輛去曲江的軍用卡車。當日車子發生故障，只得在柳林鎮過夜。（《太平凡的故事》、《桂林春秋》）

二日　坐著這輛有毛病的汽車開開停停，夜宿登塔。

　　上旬　汽車途中，曾在忠信停一夜。當晚宿廣東省緊急救僑委員會忠信站，自己化名孫家祿，德沚則叫孫陳氏，與同行者每人領得義僑證明一張，生活補助十八元。到曲江後，又乘上了去桂林的火車。

　　九日　與德沚和葉以群、胡仲持、廖沫沙在東江游擊縱隊的護送下，經過種種困難與險阻，終於到達桂林。（葉以群以後回憶與茅盾一起從香港脫險的這段經歷時說：1942 年太平洋戰爭爆發，那時先生（指茅盾）正在香港，從 12 月 8 日戰事發生一直到脫險這 2、3 個月的時間，我和他差不多是完全在一起的。在我的心目中，總覺得他應該特別珍重，而且在敵偽眼裡，他又是一個最大的目標，可是他卻一向滿不在乎，整天談笑自若，而且不愛躲藏。那時我們住屋的周圍，炮火是非常猛烈的，屋頂也給炮彈炸穿了，同屋的人差不多整天躲在地層的樓梯底。可是他卻不去躲，而且常常要蹓到屋頂曬台上去看看戰時的香港風景！碰到這類場合，他夫人責備他，他往往泰然地說：『我總覺得死也沒有什麼怕，像我現在，死也沒有什麼可遺憾了！』從這一句家常的話裡，我懂得了他為什麼能坦然地度過多少生死的難關。香港淪陷後，我們從九龍步行出來，他也像我們一樣，自己背著包袱，一天走幾十里路，臨近敵人的封鎖線或者碰到小股敵人出來騷擾的時候，往往摸夜趕路，一天走上一百幾十里，在風寒露冷的山野歇宿，他也安之若素，從不叫苦發怒，而且愈走愈健旺，愈走愈有精神，這種艱難的旅途倒好像正象徵著他的一生。）（葉以群《雁冰先生生活點滴》，載《文哨》第一卷第三期）

　　中旬，到桂林後不幾天，「文協」桂林分會就在正陽路大華飯店開了一個近兩百人的茶會，歡迎從香港脫險歸來的茅盾、夏衍等文化人，會場氣氛十分熱烈。（彭燕郊《從一個歡迎會說起》載 1980 年 9 月 24 日《廣西日報》）

　　初到桂林，找房子十分困難。最後，幸虧住在麗君路南一巷廣西文化供應社的邵荃麟、葛琴夫婦把他家作廚房的一間小屋讓出，才有了棲身之地。在同一屋樓裡住的還有宋雲彬及其妻、女，金仲華及其妹，還住著一位「皮包書店」老闆的外屋。〔註3〕（《在桂林第一次會見邵荃麟》，《桂林春秋》；胡風《惠陽──桂林》載《新文學史料》1988 年第 3 期）

────────────────

〔註 3〕宋雲彬曾在《沈雁冰──作家在「開明」之二》一文中說：「……雁冰到桂林，一見面就要求我替他找房子。這是一個難題目，那時候桂林房子不容易租到，沒奈何，我就清出廚房隔壁的一間房子來，請他看看，還可以暫住一時否，他看了說『還可以』，從此我們就住在一起。」與茅盾的說法，似有出入。

　　此間，認眞考慮了自己今後的去向，斟酌再三後決定：暫時在桂林住一個時期。一方面可以估量一下太平洋戰爭後國內的政治形勢，另一方面也可以觀察重慶方面在《腐蝕》出版後對自己的態度如何。以便審時度勢，決定將來的行動方向。所以，當田漢、歐陽予倩、王魯彥、孟超、宋雲彬、艾蕪、司馬文森，以及先期從香港脫險的夏衍、金仲華等朋友聞訊後來探望，並問有什麼打算時，只告訴各位：打算好好休整一下。(《桂林春秋》)

　　同月　後期到達桂林的戈寶權來訪，一起回憶在香港共患難的日子，並聽戈寶權介紹了他與韜奮在陽台山的生活情景。(戈寶權《憶和茅盾同志相處的日子》)

　　同月　青年作家丁逢來訪，並提出爲他創作的小說《鄉下姑娘》作序。婉言回絕了他的要求，但答應待出版後，可以「鼓吹鼓吹」。同時，還讀完了易鞏的小說《伙伴們》，並且提了具體意見。(于逢《不滅的光輝——悼念沈雁冰同志》載 1981 年 4 月 11 日《羊城晚報》)

　　同月　結識了青年詩人方敬，並勸他試著寫寫小說。(方敬《緬懷茅盾同志》，載《抗戰文藝研究》1982 年第 1 期)

　　同月　作《仍是紀念而已》(雜論)，載四月二十五日《文化雜誌》第二卷第二期，現收《茅盾全集》第二十二卷。本文批判了國民黨御用文人否定五四傳統的陳詞濫調，指出：「『五四』所提出的課題，一向沒有作完篇。今天還不是否定五四傳統的時期」，「今後我們還必須繼續發揚五四傳統」。

本月

　　　十三日　王實味的《野百合花》開始在《解放日報》副刊《文藝》上發表。

四月

　　八日　發表《致姚蓬子》(書信)，載《新蜀報‧蜀道》，現收《茅盾書信集》。談及物價飛漲，生活窘迫狀。

　　中旬　應邵荃麟之邀給「文協」桂林分會辦的一個文藝講習班講課，題目是《雜談文學修養》，漫談式地給學員講了讀、觀察和寫三個方面的問題，特別強調了「讀、寫和觀察，必然要聯繫起來，寫的時候，一它要聯繫到觀察，同樣觀察也要聯繫到寫。」(《桂林春秋》)

二十六日 下午，在藝術館主持「文協」桂林分會召開的「保障作家合法權益」座談會，並向會議報告了保障作家合法權益，爭取提高版稅和稿費的建議以及醞釀和提出的經過。最後，與田漢、胡風、司馬文森、宋雲彬、艾蕪、李文劍、秦似、胡危舟等九人被推爲主要交涉人。（《桂林春秋》；李建平《簡編1942年茅盾在桂林的活動》，載《茅盾研究論文集》）

本月 因爲對桂林各方面的情況還不甚清楚，加之國民黨圖書檢查十分嚴厲，人身自由也無法保障，因此，沒有像往常那樣，寫作爲投搶的短論和雜文。但家中又需維持生活，於是就決定先寫長篇。最先動筆的是中篇報告文學《劫後拾遺》，試圖給香港戰爭中的種種面相畫一張速寫。並答應交給學藝出版社出版。（《桂林春秋》）

本月

二日 《解放日報》報導：毛澤東在《解放日報》舉行的改版座談會上發表講話，號召整頓三風。整風運動由此在延安開始。

三日 中華藝術劇社在重慶公演郭沫若的五幕歷史劇《屈原》。引起山城轟動。

五月

一日 中篇報告文學《劫後拾遺》脫稿。作品描寫了香港陷落後的情景，既暴露了日本侵略者的殘暴，也譴責了港英當局的無能。

五日 發表《雜談文學修養》（評論），（茅盾講、潤青記）。載《中學生》第五十五期。曾收《茅盾論創作》，現收《茅盾全集》第二十二卷。此文即是在「文協」桂林分會舉辦的講習班上的演講。

月初，應劉百閔之邀，赴樂群社午餐。劉百閔此次奉蔣介石之命來桂林，邀請由香港歸來的文化人去重慶。席間，劉說：「蔣先生特意要我來請沈先生以及其他原來在重慶的委員回重慶去。至於工作問題，生活安排都好說。」當時即向劉表示，因剛到桂林，需要休整一下，加之手頭又正寫一部小說，不好隨便中斷，所以，暫時無去重慶的打算。（《桂林春秋》）

十日 下午，參加「文協」桂林分會召開的「保障作家權益」代表會，前次會議推定的幾位交涉人胡風、田漢等均出席了會議。會議認爲目前桂林偷印書籍，不付版稅損害作家權益的事件屢有發生，特別是偷印魯迅作品的

情況更爲嚴重，必須認眞清查。在隨後的調查中，不僅查到了偷印魯迅作品的書店，也查到了偷印茅盾作品的書店，並立即採取了封存紙型、補付版稅的措施。會議最後決定短期內召開本市各文藝刊物或類似文藝刊物之編輯人會議，交換關於稿費方面的意見；另日招待各大書店負責人。（胡風《惠陽——桂林》，載《新文學史料》1988 年第 3 期；李建平《簡評 1942 年茅盾在桂林的活動》，魏齡華《「文協」桂林分會紀事》載《抗戰文藝研究》1983 年第 2 期）

二十五日　出席廣西省緊急救僑會在樂群社舉行的招待滬港脫險來桂文化人茶會，並商討救僑事宜。（李建平《簡評 1942 年茅盾在桂林的活動》）

二十六日　作《有意爲之——談如何收集題材》（評論）。載同年八月《新文學連叢》之一《孟復集》。曾收《茅盾論創作》，現收《茅盾全集》第二十二卷。該文是應華之書店老闆孫懷琛之約而作的。文章指出，搜集材料，首先要「貪多務得」，「貪多務得」之後，就要「百般挑剔」。這是矛盾，然而也「在這矛盾的統一中，方見功力。」文章還認爲，一個作家的「修養」決不限於寫作技巧之類，他還必須具有「廣博的人生經驗」和正確的社會科會知識」。

三十一日　作《大題小解》及《前記》（評論）。載同年六月三日、七月二日、五日重慶《時事新報‧青光》，曾收《茅盾文集》第十卷和《茅盾論創作》，現收《茅盾全集》第二十二卷。文章認爲，初學寫作者除了在技巧諸問題上下一番功夫外、更應在「觀察力的養成」方面下苦功；技巧固然可以從前人的作品中獲得，但更需「求諸活生活的現實」，否則就只能是「井底之蛙」。對於文學遺產「要有學習精神」，同時也應該有「批評的精神。」

本月　出席由廣西李濟琛、黃旭初招待脫險文化人的茶會，主人代表劉百閔向大家表示了慰問。出席茶會的還有胡風、沈志遠等。（胡風《惠陽——桂林》，載《新文學史料》1988 年第 3 期）

本月

一日　延安文藝界舉行追悼蕭紅大會。丁玲、蕭軍、舒群、周文、何其芳、劉白羽講話。

二日　毛澤東出席延安文藝座談會並講話。（即《在延安文藝座談會上的講話》的「引言」部分）

二十三日　毛澤東再次出席延安文藝座談會並講話。(即《在延安文藝座談會上的講話》的「結論」部分)

六月

月初　開始醞釀和構思長篇小說《霜葉紅似二月花》,打算在這部作品裡反映「五四到一九二七年這一時期的政治、社會和思想大變動」。預計分三部,第一部寫五四前後,第二步寫北伐戰爭,第三部寫大革命失敗後。寫這樣一部作品的打算,在抗戰前夕就已產生,後因抗戰爆發,生活動蕩不安,就擱置了下來,現在暫居桂林,決定捉筆來完成這一計劃。於是,就在這「方桌上擺著油鹽醬醋的瓶瓶罐罐」的斗室裡,在「兩部鼓吹」〔註4〕聲中開始了這部小說的創作。(《〈霜葉紅似二月花〉新版後記》,《桂林春秋》;莊鍾慶《茅盾史實發微》)

四日　下午,在宋雲彬寓中與剛從成都到桂林的葉聖陶晤談。(葉聖陶《蓉桂之旅》載《新文學史料》1982年第4期)

五日　下午五時,應李任仁(廣西省參議會議長)和陳劭先(文化供應社社長)的邀請,出席在建設研究會舉行的便宴。出席者還有葉聖陶、宋雲彬、傅彬然、金仲華等。(葉聖陶《蓉桂之旅》)

同日　發表《材料的搜集與研究》(創作談)。載《新華日報》。作者認為,在文學創作中只講「寫你自己熟悉的生活」,是一種「片面的真理」,正確的做法是「探頭到你自己生活圈子以外」,去搜集材料。而材料不是什麼時候需要了才去「搜集」,它應該是經常的工作,時時處處「留意」和「聚集」。在運用這些「材料」時,則應認真選擇,遵循「取精用宏」的原則。

七日　與夫人德沚一起出席宋雲彬在文化供應社舉行的為柳亞子先生洗塵的宴會。出席者還有金仲華、夏衍、邵荃麟、葛琴、傅彬然、范洗人等。此後,與柳亞子過從甚密,談論的中心話題是「論史」。(《桂林春秋》,柳無忌《柳亞子年譜》)

〔註4〕「兩部鼓吹」——茅盾在《〈霜葉紅似二月花〉新版後記》中說:「當時我的小房旁邊就是頗大的一個天井(院子)。每天在一定時候,天井裡非常熱鬧。樓上經常是兩三位太太,有時亦夾著個把先生,倚欄而縱談賭徑,樓下則是三、四位女佣在洗衣弄菜的同時,交換著各家的新聞,雜以詬誶,樓上樓下,交相應和;因為樓上的是站著發議論,而樓下的是坐著罵山門,這就叫我想起了唐朝的坐部伎和立部伎,而戲稱之為「兩部鼓吹」。

晚，與德沚至天然餐館，出席諸友之聚餐會，席間向葉聖陶談了自己在新疆的生活情景。（葉聖陶《蓉桂之旅》）

九日　中午，設家宴招待葉聖陶。此為到桂林後第一次請客。德沚親自烹飪。席間與葉聖陶談了新疆的生活和見聞，以及香港脫險的經過，興致甚高。雖然防空警報迭起，亦不躲避。（葉聖陶《蓉桂之旅》）

十四日　與德沚及葉聖陶等至聯棠家，參加朋友聚餐會，仍由德沚烹調。（葉聖陶《蓉桂之旅》）

同日　發表《最後一次防空演習——〈劫後拾遺〉中之一節》（報告文學）。載《野草》第四卷第三期。

二十日　發表《「扭紋柴」——〈劫後拾遺〉中之一節》（報告文學。載《半月文萃》第一卷第二期。

二十二日　與郭沫若等聯名發表《致斯大林先生及全體蘇聯戰士書》（書信）。在蘇聯的反法西斯戰爭一週年之際，向斯大林和蘇聯戰士致敬，稱頌蘇聯「為全世界做出了光輝的典範，保證了勝利的前途。」載《新華日報》。

二十四日　作《雨天雜寫之一》（雜論）。載同年十二月一日《山水文藝叢刊》第二輯《荒谷之夜》，現收《茅盾全集》第十六卷。該文指出了文藝界的一些不盡人意的現象。「我們的確維持了一個文化市場，弄得相當熱鬧，但是我們何嘗揭露了讀者心靈上的一層膜，而給予他以震撼的滿足？」

二十五日　作《雨天雜寫之二》（雜論）。載一九四三年七月貴州集美書店《藝術新叢·陽光》，現收《茅盾全集》第十六卷。回顧了中國的歷史，並對胡適的有關中國封建制度的某些觀點，提出了自己不同的看法。

二十七日　作《雨天雜寫之三》（雜論），載同年十月十五日《人世間》復刊第一卷第一期，後收入《時間的記錄》一書時，改題為《雨天雜寫之一》，現收《茅盾全集》第十六卷。文中談了一些歷史掌故，如希特勒與拿破崙，秦始皇與漢武帝、李斯與董仲舒等，想以此暗示人們：對於歷史人物的功罪各有評論，但有一點是無法改變的，即凡不順應歷史潮流而妄圖阻攔社會經濟之發展者，必遭世人唾罵。

三十日　與德沚同去樂群社，出席《旅行雜誌》主編孫春台所舉辦的招待宴會。參加者還有葉聖陶、范洗人以及在桂林的一些作家和畫家。席間，孫春台為《旅行雜誌》向在座的各位約稿，只得應承寫一篇。（《桂林春秋》；

葉聖陶《蓉桂之旅》)

　　同日　作《雨天雜寫之四》（雜論）。載一九四三年四月一日《人世間》第一卷第四期。現收《茅盾全集》第十六卷。作者對桂林的「文化市場」頗爲不滿，用了八個字來形容「文化市場」的特點：「雞零狗碎、酒囊飯桶。」

　　同日　發表《〈大題小解〉前記》（序跋），載《時事新報・青光》。現收《茅盾序跋集》。

　　下旬　接葉以群自重慶的來信（葉以群 4、5 月間去了重慶），稱《文藝陣地》還在繼續出刊，並建議寫完《霜葉紅似二月花》後就去重慶，還希望能對《文藝陣地》的編輯方針提出意見和推薦、提供一篇創作。立即回信表示：暫不打算去重慶，但可將《霜葉紅似二月花》在《文藝陣地》上連載。(《桂林春秋》)

　　同月　作《談描寫技巧──大題小解之二》（創作談）。載同年八月十日《文化雜誌》第一卷第一期，曾收《茅盾文集》第十卷和《茅盾論創作》，現收《茅盾全集》第二十二卷。作者認爲，隨著社會生活的發展，文學作品的描寫技巧也要隨之而發生變化，「它不可能超時代，但萬萬不應落在時代之後。」

　　同月　中篇報告文學《劫後拾遺》由桂林學藝出版社出版。曾收《茅盾文集》第五卷，現收《茅盾全集》第五卷。

當月

　　二十八日　葉聖陶在桂林看了茅盾的《如是我聞我見》的小冊子後，感到「如此做法似欠缺誠摯態度」。（葉聖陶《蓉桂之旅》）

本月

　　十三日　延安文藝界四十餘人座談，批判王實味思想。

　　十八日　高爾基逝世六週年暨詩人節。

七月

　　三日　應熊佛西之邀，赴功德林會餐，同座的還有柳亞子父女，葉聖陶、洪深、孫春台、胡風和安娥等。（葉聖陶《蓉桂之旅》）

　　六日　作《我對於〈文陣〉的意見》（雜論）。（按：《文陣》即《文藝陣

地》)。載同年八月三十日《文藝陣地》第七卷第一期，曾收《茅盾文藝雜論集》，現收《茅盾全集》第二十二卷。作者認為，《文陣》的每期內容不必要「五花八門」，但要有「五、六篇有份量的文章」，無論是文學批評或作品都要有點「新知灼見」和「創造性」。文章最後還給《文陣》提出一個「目標」：即從「適應多方面讀者的口味」，而發展成為「專門從事文藝的人們在進修上不可或離的伴侶」。這樣「對文藝的發展也更多貢獻。」(當時《文陣》是由葉以群負責編輯的，據他回憶，此文是「我們徵求對今後的編輯方針的意見而得到的回音。雖然七卷的幾期未能編得符合他的期望，但可以看出，他雖不在重慶，而對《文陣》關懷是始終不變的。」見葉以群《〈文藝陣地〉雜憶》

十一日　與郭沫若等聯名發表《致蘇聯科學院會員書》，堅決聲援蘇聯的反法西斯正義戰爭。載《新華日報》。

十四日　應田漢邀請，前往七星岩，參加「歷史劇問題座談會。」在會上說：「大體歷史劇可以有兩個目的。第一是使當時的歷史情形再現，即如實地表現當時的歷史真實。第二是從歷史真實中抓住一個要點來發揮，而不必完全顧及歷史事實。」隨後又說到了「史家和作家的任務不同。我們不必完全依照史實。作者可能有所感慨，採取與當前現實有關的歷史題材而藉題發揮。本來中國的歷史沒有經過好好的整理，它的真實性是不太可靠的。中國歷史上的許多問題，現在還沒有得到一致的意見。因此，要做史劇作家，似乎還意先做史家，這是中國劇作者的雙重負擔。」出席座談會的還有歐陽予倩、胡風、宋雲彬、于伶、安娥、蔡楚生、周鋼鳴、端木蕻良等。載十月三十日《戲劇春秋》第二卷第四期。

二十五日　作《雨天雜寫之五》(雜論)。載同年十一月一日《野草》第四卷第六期。本書收入《茅盾文集》第十卷時，改題為《雨天雜寫之二》，現收《茅盾全集》第十六卷。本書講的是佛教歷史故事，而實際上也是對現實的某種暗示。

同月　秦似為《野草》雜誌約稿，常去茅盾處。茅盾每次對刊物的內容和編排提出許多意見，也常常談及中外文學的有關問題。(秦似《回憶〈野草〉》載《新文學史料》1979 年第 2 期)

本月

二十八日　《解放日報》發表周揚的文章《王實味的文藝觀與我們的文藝觀》。

八月

月初 熊佛西爲辦大型文學刊物《文學創作》來約稿。覺得在當時的形勢下，辦這樣一個雜誌很有必要，與柳亞子、田漢共同商定，大力支持《文學創作》，並答應每期至少寫一篇文章。(《桂林春秋》，《〈茅盾文集〉第八卷‧後記》)

五日 作《耶穌之死》(小說)。載同年十月十五日《文學創作》第一卷第一期，曾收《茅盾文集》第八卷，現收《茅盾全集》第九卷。這篇小說用耶穌與法利賽人鬥爭的故事，詛咒了國民黨的法西斯統治。因爲國民黨圖書雜誌檢查制度很嚴。所以就藉《聖經》中的故事來一點「指桑罵槐」的小把戲。

十三日 作《〈煙雲集〉內地版後記》(序跋)。現收《茅盾序跋集》。作者在「後記」結束時云：「文壇寂寞，余亦意興闌珊，獨紛紜之出版界似尙餘勇可賈，功罪如何，正未易言也。」

十五日 發表《偷渡》(報告文學)。載《創作月刊》第一卷第三號。(此文乃是《劫後拾遺》中的一節)

二十三日 作《「詩論」管窺》(評論)。載同年十月三十日《詩創作》第十五期，曾收《時間的記錄》和《茅盾文集》第十卷，現收《茅盾全集》第二十二卷。針對詩壇上關於「小詩」與「長詩」，即抒情詩與敘事詩的爭論，較全面地談了自己的看法。作者認爲。「中國敘事詩之發展實始於六朝」，其標誌則是《孔雀東南飛》。而敘事詩在元白之後不再發展的原因之一，則在於「更新的形式」的出現。敘事詩所擔負的任務，可以由「曲、傳奇、彈詞、小說等形式來擔負了。」這一變革。「正是文學多部門形式隨社會演變而產生而發展的自然結果。」雖然敘事詩較之抒情詩「難寫」，但仍有「偉大的前途。」

三十日 長篇小說《霜葉紅似二月花》開始在《文藝陣地》上連載。(小說的第一章至第九章連載在《文藝陣地》第七卷第一期至第四期)小說眞實地再現了辛亥革命到「五四」前夕這一歷史階段的社會生活。通過某輪船公司經理王伯申和封建地主階級的頑固派趙守義之間的矛盾衝突，以及具有資產階級改良主義思想的年輕地主錢良材在這場衝突中的遭遇，讓人們看到了在中國這種新舊勢力鬥爭的嚴重意義，以引起人們對中國前途命運的深層思

考。作者力圖在小說中體現「中國作風」、「中國氣派」。書名則由杜牧《山行》中「霜葉紅於二月花」演化而來，將「於」字改爲「似」字，來暗示作品中的主人公多是「霜葉」而不是「紅花」，故取名《霜葉紅似二月花》。茅盾後來在《〈霜葉紅似二月花〉新版後記》中說，「本來打算寫從『五四』到一九二七年這一時期的政治、社會和思想的大變動，想在總的方面指出這時期革命雖遭挫折，反革命雖暫時佔了上風，但革命必然取得最後勝利。」但後來形勢發生變化，作者不得不去重慶，「沒有時間再來續寫此書，」所以未能在作品中最終實現自己的構思和意圖。(《桂林春秋》,《〈霜葉紅似二月花〉新版後記》)

本月

二十九日　中蘇文化協會舉辦的文化講座在重慶舉行，戈寶權講蘇聯的文學。

九月

一日　發表《新疆風土雜憶》(散文)。載《旅行雜誌》第十六卷第九、十期。初收《見聞雜記》，曾收《茅盾文集》第九卷，現收《茅盾全集》第十二卷。

六日　作《記溫濤的刻——香港之劫》(評論)。載一九四三年一月一日《野草》第五卷第二期，現收《茅盾全集》第二十二卷。

十日　作《關於研究魯迅的一點感想》(評論)。載同年十月三十一日《文藝陣地》第七卷第三期。曾收《茅盾文藝雜論集》，現收《茅盾全集》第二十二卷。該文認爲，「要想學習魯迅，必須研究魯迅」，在研究的同時，還必須「加強批評」，否則研究「亦難深刻」。文章還提出，在魯迅研究中，應該「包括一本正確而詳盡的《魯迅傳》」，這樣才能爲進一步深入研究打下「基礎」。

二十四日　作《序獄中記——〈種子〉》(序跋)。(中篇小說《種子》，張煌著，桂林文學編譯社出版)，現收《茅盾全集》第二十二卷。在序中說:「我們的血，灌漑著複雜的種子，侵略者愈瘋狂愈殘酷，我們的種子散播得愈廣遠，苗長的愈燦爛，這是五年的抗戰給證明了的!」該序結尾，還有作者的附記:「時則中秋月圓，史大林城(即斯大林格勒)保衛戰已屆一月，納粹鐵蹄被阻於市郊，全世界人民爲之興奮而驚嘆。」

同日　中秋節。與柳亞子、熊佛西等去牯牛嶺賞月，泛舟江上。(柳無忌

《柳亞子年譜》）

當月

二十五日 谷虹的書評《〈劫後拾遺〉》發表。載《現代文藝》第五卷第六期。

本月

九日 「文協」成都分會在青年會開會歡近到蓉的老舍、馮玉祥。老舍報告了「文協」的工作。

十五日 《文學創作》在桂林創刊，主編熊佛西。

十月

十日 發表《談「人物描寫」》（評論）。這是根據在藝術師資訓練班的講稿整理而成的。載《青年文藝》創刊號，曾收《茅盾論創作》，現收《茅盾全集》第二十二卷。作者詳盡地談了描寫人物的基本要求，並強調「構思的時候應先有人物，然後想出故事」，「要使故事服從人物」，不是使人物服從於故事。」

同日 發表《回憶是辛酸的罷，然而只有激起我們的奮發之心！》（散文）。載桂林《大公報文藝》第二○一期。初收《時間的記錄》，現收《茅盾全集》第十二卷。文章回憶了自己在辛亥革命時的一些經歷和想法之後，指出「中國革命是艱苦而冗長的過程，在抗戰第六年的今天來回憶已往的種種，多少烈士的熱血和頭顱，無數千萬民眾的痛苦與犧牲，然後把中華民國的招牌撐到今天，然後把一代一代的青年教育培養成革命的繼承人，而尤其把這艱苦的抗戰撐柱到而今，這是辛酸的罷，但只有激起我們的感奮，只有加強我們的信心，我們的為求民族自由解放的抗戰必得最後的勝利，中國的革命大業最後必得全部完全。」

十五日 發表《歷史會證明》（雜論）。載《文學創作》第一卷第二期，現收《茅盾全集》第十六卷。作者確信「法西斯惡魔必將被消滅、民主自由必得勝利。」「正義與真理終將戰勝偏見與固執。」

同日 發表《列那和吉地》（小說）。載《文學創作》第一卷第二期，亦見於一九四三年三月十日《天下文章》創刊號，曾收《耶穌之死》和《茅盾文集》第十卷，現收《茅盾全集》」第九卷。作品通過對兩隻頗通人性的小狗

的描寫，寄託了對正在受迫害的幾位在新疆的朋友的懷念。

十六日　應廣西藝術師資訓練班之邀，在藝術館向該班師生作《文學之產生、發展及其影響》的報告。（李建平《簡評 1942 年茅盾在桂林的活動》）

二十八日　應柳亞子之邀，與德沚、熊佛西、田漢、楊東純、葉仲寅、朱蔭龍、任珍琰夫婦同乘船於月夜順灕江而下，飲酒吟詩，觀景賞月。（《桂林春秋》，柳無忌《柳亞子年譜》）

二十九日　晨，船抵陽朔，登岸遊覽。下午乘汽車返桂林。

下旬　寫完《霜葉紅似二月花》，這實際上只是整個寫作計劃的第一部，計十五萬字，還看不出最初的創作意圖。書即成，柳亞子、田漢、孟超、周鋼鳴等就來登門祝賀。稱這是一部「寓意深刻」的作品。（《桂林春秋》；周鋼鳴《先驅者的足跡》載 1981 年 4 月 10 日《南方日報》）

月末　決定離開桂林去重慶。作出這個決定是出於幾個方面的考慮：在重慶自己可以以合法的身份（國民黨軍事委員會政治部文化工作委員會常務委員）進行活動；中共辦事處和周恩來也在重慶；亦可配合郭沫若、老舍和陽翰笙的工作；加之葉以群又來信，希望自己去主編《文藝陣地》；況且在成都重慶，國民黨礙於各方面輿論，也不敢輕易對自己下毒手。將這個決定通知劉百閔後，劉百閔喜出望外，馬上來問有何困難，可以幫助解決。當即表示：一切自理，不用政府操心。（《桂林春秋》）

秋　作七律《無題》（詩）。詩曰：「搏天鷹隼困藩溷，拜月狐狸戴冕旒。落落人間啼笑寂，側身北望思悠悠。」既有對現實的憂憤，又有對延安的思念。

同季　作五律《感懷》（詩）。有詩句云「雙雙小兒女、馳書訴契闊」，流露出對仍然留在延安的一雙兒女的深深懷念。這兩首詩曾收《茅盾文集》第十卷，現收《茅盾全集》第十卷。

本月

一日　《文藝先鋒》在重慶創刊，文化工作委員會主辦。創刊號上發表了張道藩的《我們所需要的文藝政策》，提出了「六不」和「五要」政策。

十日　《青年文藝》在桂林創刊，葛琴主編。

十一月

七日　與郭沫若、夏衍、胡風等百餘人聯名發表《向蘇聯文化界致書》，向蘇聯文化界致敬，並祝賀十月革命二十五週年。載《新華日報》

同日　發表《打擊共同的敵人》（雜論）。載桂林《大公報》，現收《茅盾全集》第十六卷。文章指出，「在這反法西斯，求民主自由的共同目標下，中蘇兩大民族的文化戰士應該加緊切磋聯繫。」

十二日　作《〈白楊禮讚〉自序》（序跋）。載柔草社一九四三年二月版《白楊禮讚》，現收《茅盾全集》第二十二卷。序中說，這本集子是應柔草社之請，將來桂林後寫的五六篇雜文，加之舊作若干，「雜湊而成一冊」的。因為近年來奔波於西南和西北，「眼界是放寬了些」，但是「書卷拋荒」，「學殖荒蕪」，所以是寫不出什麼像樣的雜文來的。這些舊作再印，自己「實在並無一點喜悅，倒是午夜自訟，常常弄成失眠的。」給集子題名《白楊禮讚》，是為了「自誌五年漫遊中所得最深刻之印象。」

十五日　發表《虛驚》（小說）。載《文學創作》第一卷第三期，曾收《耶穌之死》和《茅盾文集》第八卷，現收《茅盾全集》第九卷。這是一篇以香港脫險為內容的小說，為了通過檢查，在作品中未提東江游擊隊。作者以後在《茅盾文集》第八卷「後記」中說：「《虛驚》和《過封鎖線》實在只能算是『特寫』，擱在這裡是很勉強的。這兩篇是真人真事；五個客人是廖沫沙、葉以群、胡仲持、和作者夫婦，事情是我們在東江游擊隊的大力保護之下從淪陷了的香港通過敵佔區到桂林——這一旅程中的片段。」

中旬　參觀沈逸千個人畫展。與沈是在一九四○年的延安認識的，這次在展廳重逢，高興非常。參觀後應邀去沈之寓所，沈取出一幅題名《白楊圖》的水墨畫，並解釋說，這是讀了散文《白楊禮讚》後，取其意而畫的，希望能在上面題幾個字。一時高興，信筆題詩一首：「北方的佳樹，挺立攬斜暉。葉葉皆團結，枝枝爭上游。羞擠楠枋死，甘居榆棗儔。丹青留風格，感此倍徘徊」。以後發表時，又作了些改動，並以《題白楊圖》命之。該詩現收《茅盾全集》第十卷。

二十三日　發表《對逸千畫展的感想》（雜感）。載衡陽《力報・沈逸千寫生畫專刊》，現收《茅盾全集》第二十二卷。

二十九日　應柳亞子、田漢夫婦之邀，到月牙山吃豆腐。在這算作餞行

的聚會上，柳亞子即興賦詩以贈，詩曰：「遠道馳驅入蜀京，月牙山下送君行；離惜別緒渾難說，惜少當延醉巨觥。」席間，田漢說，其長子海男正好也要去重慶，可以同行，路上也可以有個照顧。當即向田漢表示感謝。（《桂林春秋》）

同月　因科學書店和文獻出版社偷印魯迅作品，與胡風一起前往交涉。後又應胡風之約，與巴金、胡仲持等共商處置偷印魯迅作品的辦法。最後決定，偷印者必須算清版稅、交出紙型。（胡風：《惠陽——桂林》，載《新文學史料》1988 年第 3 期。）

同月　作《〈見聞雜記〉後記》（序跋）。載一九四三年四月文光書店版《見聞雜記》。現收《茅盾全集》第二十二卷。後記中說，這本集子，可以讓人們看到「一九四〇年冬至一九四一年春」，大後方的生活「正起著如何的變化」。

同月　爲了湊夠去重慶的資金，除編了《白楊禮讚》、《見聞雜記》兩個集子外，還選編了一本《茅盾自選短篇集》。而這本集子在審查時未通過，理由是：查該集《創造》與《陀螺》兩篇查禁有案，應予扣存，某餘各篇不適抗戰要求，應予免印，原稿姑准發還。」此間，劉百閔又數次來催問何時動身赴渝。回答說，說話算數，儘管放心。（《桂林春秋》）

本月

十九日　蘇聯紅軍在斯大林格勒對德國侵略者進行反擊。

羅果夫編輯的《蘇聯文藝》月刊在上海創刊。（按：此係當時國內唯一專載蘇聯作品的文藝刊物。）

十二月

一日　作《將赴重慶，贈陳此生伉儷》（詩）。曾收《茅盾文集》第十卷，現收《茅盾全集》第十卷。詩中曰：「慷慨上征途，賦此寄衷臆。風雨正作秋，後會知何日！」表達了自己已作好充分的思想準備，去迎接鬥爭的堅定信念。

月初　程思遠專程由重慶來桂林，催促文化人盡快去重慶。（胡風《惠陽——桂林》，載《新文學史料》1988 年第 3 期）

三日　與夫人德沚以及田漢的長子海男坐火車離開桂林。離開桂林後，就有國民黨的大、小兩個特務奉命前來「陪送」，實際上是要監督和限制這幾人的行動。當晚宿柳州。（《桂林春秋》）

四日　到金城江。順利地買到了去貴陽的汽車票，而海男卻未能買到車票，很可能是那兩位特務從中做了手腳。

五日　只得與海男分手。當天到獨山。

十日　發表《太平凡的故事》（散文）。載《文化雜誌》第三卷第二號，現收《茅盾全集》第十二卷。本書敘述了香港脫險過程中，由惠陽到曲江的一段經歷。

十五日　發表《參孫的復仇》（短篇小說）。載《創作月刊》第二卷第一期。曾收《耶穌之死》和《茅盾文集》第八卷，現收《茅盾全集》第九卷。小說也是藉《聖經》的故事，來影射國民黨的黑暗統治。

同日　發表《過封鎖線》（小說）。載《文藝雜誌》第三卷第一期，曾收《耶穌之死》和《茅盾文集》第八卷，現收《茅盾全集》第九卷。該篇與《虛驚》一樣，都是描寫在東江游擊隊的護送下，從香港脫險的經過。

十六日　到貴陽。住貴陽招待所。因為只買到三天後的汽車票，只得在貴陽逗留幾天。（《桂林春秋》）

十七日　去探望多年不見的老朋友謝六逸，未遇。得知他已擔任了貴陽文通書局的總編輯，留下名片、地址，即回。（《桂林春秋》、《憶謝六逸兄》）

十八日　下午，謝六逸來。一別五年之後，重新見面，覺得他「身心交疲」，談話間，亦能感到他「心境空虛而且寂寞」。留他吃飯，堅辭不受，隨後匆匆告辭。這是與謝六逸的最後一面。（《桂林春秋》、《憶謝六逸兄》）

十九日　可能是旅途疲勞所致，突發高燒、嗓子紅腫、說話幾乎失聲。恰好李達夫人王會悟來探望，見此情形，急請教會醫生來診治。

二十日　病情好轉，決定按原計劃乘車去重慶。兩位特務也跟車同行。

二十一日　到遵義，留宿。

二十二日　留夜綦江。

二十三日　上午，車到重慶海棠溪汽車站。出站時，簡單的行李遭到十分徹底的檢查。從桂林一路「陪送」的特務此時也走了，顯然已把監視的任務轉交給了重慶的同夥。事先得到消息的劉盛亞已在車站等候多時，在他的陪同下，渡江到了重慶市內，暫時安置在民生路生活書店樓上住宿。

中午，郭沫若和陽翰笙來，別後重逢，分外高興。向朋友們說，現在自

己的身體很好，完全是逃難的關係。

晚，在郭沫若寓所與在重慶的諸朋友歡宴，同座的有周恩來、林彪、陽翰笙等。宴會開得很熱烈。(《桂林春秋》;《陽翰笙日記》; S·Y（即劉盛亞，(《懷茅盾》，載《人民世紀》1946 年第 4 期）

二十四日　由劉盛亞陪同去南岸找房子。但德沚對南岸的房子頗不滿意。房子沒找到，傍晚回到市內。(茅盾《霧重慶的生活——回憶錄（三十)》)

二十五日　下午，劉盛亞專程過江來說，他家門口今早突然出現三個陌生人，整整徘徊了一上午。中午，他出門時，又被這幾個人拉住，問茅盾到哪裡去了？笑著對劉盛亞說，這些人是「保護」自己的特務，他們正為找不到「保護」的對象而著慌呢。

三十日　出席祝洪深五十歲壽辰茶會。出席茶會的還有沈鈞儒、郭沫若、老舍、張西曼、鹿地亘、曹禺、夏衍、曹靖華、張駿祥、應雲衛、鄭伯奇、陽翰笙、宋之的、王瑞麟、史東山等三百餘人。載《新華日報》。

三十一日　中午，參加周恩來舉辦的為洪深祝壽的宴會。午後，出席洪深先生五十壽辰座談會，並在會上發言。(《陽翰笙日記》)

同日　發表《祝洪深先生》（散文）。載《新華日報》，現收《茅盾全集》第二十二卷。文章說，二十多年來，經過了很多年的變化和曲折，然而「洪深先生的熱情和他的藝術家風度總是一個寶貴的力量。」文章希望洪深「永遠保持他的熱情和青春」。

同月　某天上午，去天官府街文化工作委員會，遇石凌鶴，毫無拘束地談了當前的形勢和機關內部的情形。談及蔣介石還在加緊製造磨擦時，順手拿起桌上的毛筆，在拍紙簿上寫「合作」「鬥爭」一類字樣。石凌鶴一見這清瘦秀麗的瘦金體，十分喜歡，立即找來一方宣紙，請茅盾即興揮毫、留作紀念。茅盾當場為他寫了一首唐人絕句。(石凌鶴《且拋心力寄哀思》，載《海峽》1981 年第 2 期）

同月　《文藝論文集》，由重慶群益出版社印行，其中部分文章，現收《茅盾全集》第二十二卷。作者在「後記」中稱：該集中的一些文章，是「當前文藝上的諸問題，輒貢淺見，吶喊助陣。」

本月

各解放區軍民開展大生產運動，自力更生、克服困難。

三日 「文協」桂林分會在廣西劇場召開會員大會，田漢任主席。李文釗報告會務。選舉田漢、歐陽予倩、宋雲彬、王魯彥、胡危舟、巴金等二十人爲理事。

十二日 《新華日報》刊登「文協」《保障作家稿費權意見書》。

同年

茅盾等著的《中國作家與魯迅》，由桂林學習出版社出版。

茅盾、郭沫若等著的《文藝新論》，由成都莽原出版社出版。

約冬 作《渝桂道中雜詩——寄桂友》（詩）。這是贈柳亞子先生的四首絕句，曾收《茅盾文集》第十卷，現收《茅盾全集》第十卷。這些詩篇既有對國民黨的譏刺：「職方如狗滿街走，劍佩『成仁』秦則那」。也有對延安的懷念和嚮往，「卻憶清涼山下路，千紅萬紫鬥春風」。

當年

約秋末一天，重慶八路軍辦事處幾個青年同志在一起議論茅盾的《腐蝕》。有的人肯定這部作品，有的人則持否定態度。正在這時周恩來進來了。他聽了雙方的意見後，沒有表示贊成哪一種意見，只是說，作者所反映的生活是有現實基礎的，至於抱什麼觀點去反映現實，解剖現實，那是作家自己的事。作家對生活的看法正確與否，當然可以研究和討論，也可以批評。但有些作品需經過時間的考驗；不僅文學作品，甚至科學和真理，也還需要經過時間的考驗呢！何必倉促作出一致的肯定或否定的結論。（張穎《懷念尊敬的茅盾同志》，載《劇本》1981 年第 7 期）

一九四三年（四十八歲）

一月

一日　發表《希望二三》（雜感）。載《新華日報》，現收《茅盾全集》第十六卷。在新的一年裡，希望「黔桂路修通」；希望「將敵人趕出緬甸」；希望「物價平定」；希望「作家和出版家合力以求質的提高」，同時，「加強批評介紹工作，使廣大讀者易於抉擇」，使「出版事業更加健全起來」。

同日　發表《明年展望》（雜感）。載《學習生活》第四卷第一期。現收《茅盾全集》第十六卷。云：「筆墨的經濟，我想無論如何是寫作的第一義。」作者今後應「取精用宏」，都求能使讀者再三咀嚼。

同日　與郭沫若、老舍、田漢、鄧初民、翦伯贊、鄭伯奇、馮乃超、陽翰笙、夏衍、于立群、姚蓬子、洪深等文化界人士爲沈衡山（鈞儒）祝壽。作《沈衡山先生七十壽辰》：「衡山先生愛石，凡有所遊，必拾一石以歸焉。」「先生今年七十，精神之堅毅也如石，身體之健康也石，守道之篤實也如石，愛國之純摯也如石，受先生之感召者，世之青年，亦皆如先生之如石也。」載本月三日《新華日報》）。

五日　發表《一年回顧》（雜論）。載一九四三年《半月文萃》第一卷第八號，現收《茅盾全集》第十六卷。文章指出，「一年來的嚴酷事實對於我們苦戰五年的中國人民不啻上了一堂政治課。這給了我們不少寶貴的教訓，破碎了不少人的幻想和美夢，至少至少，讓我們更深切地體認到我們抗戰初期已提出來的兩句金言：發動民眾和自力更生。」

八日　作《談副刊——並祝新華日報發刊五週年紀念》（評論）。載本月十一日《新華日報》。現收《茅盾全集》第二十二卷。該文認爲「新華副刊最近的新作風，似乎就想糾正公式主義、教條主義的毛病，同時切切實實地談一點學術思想，這樣的作風倘能繼續加強發揮，對於培養青年的深思好學的風尚，相信它必有不少的助力。」作者還希望副刊「書評的範圍擴大到一切學術著作，不要限於文哲方面，不但是單行本的學術著作，其他期刊上立論精闢、或材料豐富的論著，」也要介紹。

十四日　出席國民黨中宣部爲慶祝英美取消不平等條約和另訂條約而舉

行的文化界茶話會。會上與張道藩見了面。(《霧重慶生活——回憶錄（三十）》)

十五日　發表爲紀念《新華日報》創刊五週年題詞：「加強團結、爭取進步」載《新華日報》。

同日　發表《新年感懷》（雜感）。載《文學創作》第一卷第四期，本文收入一九四三年七月人文出版社版《茅盾隨筆》時，改名爲《1943 年試筆》，現收《茅盾全集》第十六卷。作者認爲，「現在正是世界大戰的轉折點」，「又是中國抗戰的轉折點」。「世界和國內的局勢都要求我們不能不努力再求進步」。

十九日　爲紀念張靜廬先生從事出版活動二十五年，與老舍、夏衍、姚蓬子等二十五人發起徵文、徵畫活動。載《新華日報》。

二十二日　《秋潦》自本日起在重慶《時事新報・青光》上連載至六月九日止。茅盾在「解題」中說：「這是《霜葉紅似二月花》第一部的最後五章，前九章登在《文藝陣地》七卷一號至四號，……這部小說最後五章在全書中亦有相當的獨立性，——因爲故事集中在農民與輪船公司的鬥爭，所以又抽出來在《青光》上發表。」曾收《茅盾文集》第六卷，現收《茅盾全集》第六卷。

同月　發表《回憶》（散文）。載《天行雜誌》新一卷第一期。

本月

《戲劇月刊》創刊。陳白塵、張駿祥、曹禺等合編。

二月

月初　劉百閔來生活書店探望，並拿出張道藩請赴便宴的請柬。張道藩是國民黨中宣部長兼文化運動委員會主任。爲了以合法身份在重慶開展活動，與這樣身份的人物晤面也有必要，於是就接受了邀請。

便宴就設在張道藩的客廳，劉百閔也出席作陪。席間，張道藩對茅盾大加恭維，希望今後能與政府合作。茅盾說，原來想到重慶後繼續編《文藝陣地》，爲抗戰出份力，但現在《文藝陣地》出了重慶市就被查扣，無法辦下去了，實在使人無法理解。張道藩佯裝不知此事，隨後又對茅盾一來重慶就給《新華日報》寫文章，表示不滿。茅盾說，我是《新華日報》的老朋友，又恰逢該報創刊五週年，我焉能不寫文章祝賀？張道藩急忙解釋道，我不是這

個意思。只是希望能多方面地爲抗戰文化工作作貢獻。茅盾說，只要有益於抗戰，有利於團結的事，我都樂於從命。最後，張道藩提出，要茅盾爲文化運動委員會工作人員作一次演講，還希望能給他創辦的《文藝先鋒》雜誌提供一部長篇連載。茅盾表示，作演講可以，至於長篇，手頭現成的沒有，不過可以爲《文藝先鋒》寫些短文。張道藩表示歡迎。(《霧重慶生活——回憶錄（三十)》)

三日　作《〈祖國在呼喚〉讀後感》(評論)。載本月八日《新華日報》，曾收《茅盾文藝雜論集》，現收《茅盾全集》第二十二卷。認爲宋之的所創作的這個五幕話劇，在處理「香港之戰」這個題材時，是「抓住了最中心最重要的一點而加以深刻表現的。」那就是「如何搶救『那些敵人希望得到，而我們不能損失的人』。劇本《祖國在呼喚》抓住了這個主題，雖然還沒有盡可能展開，但結果已爲這偉大的『搶救』留一文藝的記錄，這是可喜的！」

十二日　作《給他們什麼》(評論)。載《國訊》旬刊第三二八期。現收《茅盾全集》第二十二卷。本文圍繞兒童讀物「神怪與現實」的問題，闡述了自己的看法：兒童讀物「一方面固然要照顧到兒童的好奇心，要發展他們的幼稚然而海闊天空的想像力，同時卻要加強他們對於人生的認識」，「將來做一個對現實有用的人。」如果以上的看法是對的，那麼兒童文學的寫作方式也就可以定下來，那「可以是神怪的，但必須具有深厚的現實基礎。」這是抗戰中寫的唯一的有關兒童文學的論文。

十七日　作《爲紀念不平等條約的取消——寫作方面的零碎感想》(雜感)。載五月十五日《抗戰文藝》第八卷第四期，現收《茅盾全集》第二十二卷。不平等條約的取消，引發了作者寫一部「廢舊約訂新約的小說的設想」，還認爲這部小說「應當就是中華民族的解放史」。

二十日　發表《文藝雜談》(雜感)。載《文藝先鋒》第二卷第二期。曾收《茅盾文藝雜論集》，現收《茅盾全集》第二十二卷。文章認爲，就目前長詩創作的現狀來說，已經有了「艾青的、田間的以及柯仲平的三種風格。」並且分析了三種風格形成的淵源及尚需努力探索的方面。該文就是上次答應張道藩後，給《文藝先鋒》送去的文章，因爲它只談藝術，不涉及政治，《文藝先鋒》的主編王進珊自然可以接受。(《霧重慶生活——回憶錄（三十)》)

二十五日　與郭沫若、沈鈞儒、黃炎培、陶行知等聯名發表致印度總督

林里資哥電，要求「爲人道起見，望即置甘地之釋放於考慮之中」。載《新華日報》。

　　同月　散文集《白楊禮讚》由桂林柔草社初版印行。

本月

　　二日　歷時五個多月的斯大林格勒保衛戰以德寇的慘敗而結束。

　　十六日　從本日起，楊華在《新華日報》上連續發表文章，批評陳銓、沈從文、梁實秋的文學觀念。

三月

　　六日　爲重慶《時事新報》的同人演講，題目是《新聞記者的文學修養》（講話）。載《半月文萃》第二卷第一期，曾收《茅盾文藝雜論集》，現收《茅盾全集》第二十二卷。演講中談到「具有新聞價值的報告文學，與一般報告文學本質上並無不同之處。」但前者更應注意：一「應寓於興趣有刺激性」，二「要受到報紙版面空間的限制」，三「文言愈少愈好，方言也應盡量少用」。

　　七日　應郵政儲匯局同人進修服務社之邀，在重慶上清寺儲江大樓講《從思想到技巧》。載重慶《儲匯服務》第二十六期。（文雨《文協大事記》。載《抗戰文藝研究》1982年第2期。）

　　十日　發表《希特勒的魔術》（雜論）。載《前鋒副刊》第六十五期，現收《茅盾全集》第十六卷。文章指出，希特勒的那些倒行逆施的「魔術」，「在眞理和正義的照耀下」，「終於要消滅」。

　　十一日　作《確有其事》（雜論）。載四月五日《國訊》第三三一期，現收《茅盾全集》第十六卷。本書揭露了德國法西斯虐殺蘇聯兒童的暴行。

　　十六日　作《「文協」五週年紀念感想》（評論）。載三月二十七日重慶《大公報》，曾收《時間的記錄》和《茅盾文藝雜論集》，現收《茅盾全集》第二十二卷。作者認爲，「文協是一切擁護抗建國策的文藝家的組織，文協是一切作家在擁護抗建國策這共同點上的大聯合，文協本身的存在就代表著一種精神力量。」「誠懇的互相督促，坦白地交接意見、熱誠的互助——這是全國作家們更團結得密切的精神基礎，而文協就是這一基礎上的一面旗。已經艱辛地支撐了五年的文協，希望它從此以後這精神基礎更加堅強，這就是它的比什麼都寶貴的成就了！」

十八日　應張道藩之邀，到中央會堂給文化運動委員會的工作人員作《認識與學習》的演講。該演講後來刊載在四月二十日《文藝先鋒》第二卷第四期，曾收《茅盾文藝雜論集》，現收《茅盾全集》第二十二卷。在演講中指出，「我們向生活學習，便是要理解生活；理解生活又可以歸納爲理解人與人的關係、人與歷史的關係、生活環境對個人的影響及人怎樣改造生活四個方面。」又說：「對生活的認識也有幾個具體條件：第一，我們要明白怎樣的生活才是合理的生活。第二，不合理的生活怎樣造成，根源何在？第三，怎樣能使個個人都過合理的生活。」

二十五日　下午，至郭沫若寓所，聽戈寶權談近年來蘇聯的文藝論戰。還見到了剛到重慶不久的胡風，在場的還有陽翰笙、歐陽凡海、葉以群、馮乃超、鄭伯奇等。（《陽翰笙日記》；胡風《再返重慶》載《新文學史料》1988年第4期）

二十七日　出席在文化會堂召開的文協成立五週年紀念會和文協第五屆年會。與邵力子、張道藩、郭沫若、老舍、孫伏園等被推爲大會主席團成員，並在會上發表演講，祝文協更進一步發展，祝中國文藝家創作力旺盛及豐收。大會還進行了改選，因爲時間已晚，未能開票。（3月28日《新華日報》；文天行《國統區抗戰文藝運動大事記》）

同日　發表《抗戰以來的文藝理論的發展——爲「文協」五週年紀念作》（評論）。載重慶《大公報·戰線》，亦見於《抗戰文藝》的《文協成立五週年紀念特刊》，現收《茅盾全集》第二十二卷。作者認爲，民族化和大眾化的問題，「是這幾年來我們的理論工作」的「兩大項目」。創造民族化、大眾化的形式，還需要幾點正確認識：「第一，『五四』以來的新文藝一向就是朝著民族化和大眾化的方向走的」；「第二，文藝形式與內容的問題決非對立，亦不可能分離」；「第三，視野最廣闊、觀察最深刻的作品，也就是最能普及的作品」。

三十日　「文協」改選開票，仍當選爲理事。（文天行《國統區抗戰文藝大事記》）

同日　發表《在「洪深先生五十壽辰座談會」上的發言》。載《戲劇月報》第一卷第三期。

同月　發表《〈百貨商店〉序言》（序跋）。初載新生命書局出版的茅盾

根據左拉的長篇小說《太太們的樂園》縮寫的《百貨商店》，現收《茅盾序跋集》。

約同月　由市區生活書店樓上，遷至重慶郊區唐家沱新村天津路一號居住。這原是國訊書店存放紙型的庫房。樓上還住著國訊書店的幾個青年職工。自認爲住在此處有「三大好處」：「第一，遠離市井的喧囂，可以潛心寫作；第二，空氣新鮮，有益健康；第二，不必躲避警報。」在這裡時常閱讀、寫作到深刻，也經常去江邊漫步。有時也給樓上住的幾位愛好文學的書店職工講些文學方面的問題，要他們博覽群書，寫文章用字遣詞要健康、純潔、生動、樸實、準確、不要做文字遊戲，不要用浮華虛飾之詞，文藝作品要針對現實。給這些年輕人以頗大的啓示和教益。（《霧重慶生活——回憶錄（三十）》；尚丁《茅盾在唐家沱》載 1981 年 6 月 14 日《光明日報》）

同月　杜宣受黨的委託去昆明創辦《群報》，臨行前，專程來唐家沱向茅盾辭行，並希望給即將出版的《群報》以大力支持，提供一部能連載的作品。茅盾表示，手頭沒有現成的作品，但一定給予支持。（杜宣《雨瀟瀟……》，載 1981 年 4 月 2 日《文學報》創刊號）

同月　應蕭蔓若之邀，去一家飯館便餐。十分關心地問及蕭的小說創作，並說：「要一氣寫成，寫完了再回頭修改好。」以後，又爲蕭的中篇小說提出若干條具體的修改意見，並取名爲《解凍》，推薦給了陸夢生的文光書店。（蕭蔓若《難忘與茅盾同志交往的日子》載 1982 年第 1 期《抗戰文藝研究》）

約春　作《贈桂林友人》（詩）。詩曰：「豈緣離別故依依，但恨重逢未可期。羿狗無靈怨聖德，木龍有洞且潛居。憂時不忍效鄉愿，論史非爲驚陋儒。南國人間啼笑寂，雞鳴風雨寸知心。」發表時，作者又作些改動。曾收《茅盾文集》第十卷，現收《茅盾全集》第十卷。

本月

十日　中共中央文委與中央組織部召集延安從事文藝工作的黨員五十多人開會。凱豐、陳雲、劉少奇、博古、李卓然在會上講話。號召貫徹毛澤東《在延安文藝座談會上的講話》的精神。

二十四日　《新華日報》以「中共中央召開文藝工作者會議」爲題，首次在國統區報導了毛澤東《在延安文藝座談會上的講話》的消息。

四月

十五日 發表《讀書偶記》二則（雜感）。評價了孟德斯鳩的《波斯信札》和伏爾泰的《哲學信札》。載《筆陣》新八期。

二十日 作《論所謂「生活的三度」》（評論）。載本年九月出版的《中原》第一卷第二期，曾收《茅盾文藝雜論集》，現收《茅盾全集》第二十二卷。文章論述了「生活的廣度、深度、密度」——這個還未引起人們充分注意的問題。「生活三度對於文藝工作者的用處，就是它把一向成為口頭禪的『充實生活』、『向人民大眾的生活學習』等口號都組織起來，給以具體的內容。」廣度即「見世面大」，深度即「閱世深」，密度即「貼近人民」或「近人情」。「一個文藝工作者不怕生活之廣度不夠，而怕密度不足」。「生活有了密度的作家」，才能見出他「對於人民大眾的命運」的「熱情和關心」。

二十六日 作《委屈》（短篇小說）。載七月一日《文學創作》第二卷第三期，曾收《茅盾文集》第八卷，現收《茅盾全集》第九卷。小說通過一位隨政府西遷的姓張的技術員的遭遇，從一個側面反映了抗戰時期國民黨統治區的社會現實。

同月 作《〈復仇的火焰〉序》（序跋）。載五月《中蘇文化》第十三卷第九、十期，現收《茅盾序跋集》。

《見聞雜記》由文光書店印行。

當月

法國白禮哀發表《茅盾——一個時代的描繪者》。載《震旦學報》（法文版）。

本月

一日 「文協」召開理事會，選出老舍、王平陵、胡風、姚蓬子、徐霞村為常務理事。

國民黨政府公佈《非常時期報社通訊雜誌社登記管制暫行辦法》。

五月

十三日 下午三時，在國民黨中央宣傳部集中，由張道藩領頭去上清寺某巷面見蔣介石。見面期間，蔣介石曾問及對於他的《中國之命運》的意見，

同去參加見面的還有胡風、沈志遠、錢納水等。（胡風《再返重慶》，載《新文學史料》1988 年第 4 期）

十五日　發表譯作《共同的語言》（〔蘇〕西蒙諾夫著），載《國訊》三三五期。」

十九日　作《關於〈脫韁的馬〉》（序跋）。載自強出版社十二月印行的《脫韁的馬》，曾收《時間的記錄》和《茅盾文藝雜論集》，現收《茅盾全集》第二十二卷。這是為一個山西的作者穗青的中篇小說《脫韁的馬》所寫的評論文章。小說描述了抗戰初期一個青年農民怎樣堅決地走上了抗戰所開闢的道路。認為這是一部「故事結構嚴謹、心理描寫細緻」的「佳作」。文章還對小說的人物對話用「口語」，而敘述部分卻是「半文半白」的文字，提出了自己的看法。

同日　作《序〈沒有結局的故事〉》（序跋）。載一九四四年九月重慶自強出版社出版的《沒有結局的故事》（王維鎬著）。現收《茅盾序跋集》。認為該小說「不但引起同情，而且是深思，將不但是一面鏡子，讓人家從它那裡照見了自己，而且也是一記當頭棒喝，使人憬然覺悟到孤傲不等於剛毅，不修邊幅和胸襟闊大亦頗有別，有熱也不一定能發光，而有病呻吟，也並不是怎樣可以自滿的。」

三十日　作《致徐霞村》（書信）。徐霞村有再版茅盾的《漢譯世界名著提要》的設想。在回信中說「查此書當初已將版權售脫，故目下已無權再將此書補充或增訂點。」（按：徐霞村當時是「文協」常務理事。現名徐元度，在廈門大學外文系任教）（陳勇《茅盾的一封軼信》，載 1984 年 2 月 16 日《文學報》）

同月　發表《我的小學時代——自傳一章》（回憶）。載《風雨談》第二期，文章深切地回憶了小學時代的學習生活以及父親的死。

同月　《戲劇的民族形式問題》（論著），由桂林白虹書店初版印行。

本月

一日　延安「文協」分會會員響應中央文委「文藝與實際結合，文藝與工農兵結合」的號召，紛紛下鄉、原會址停止辦公、設通訊處於邊區文協。

共產國際主席團為適應新的鬥爭形勢的需要，提議解散共產國際。

中共中央表示「完全同意」這項決議。

六月

十四日　作《讀〈鄉下姑娘〉》（評論）。載一九四四年二月一日《抗戰文藝》第九卷第一、二期。認爲這是一部反映抗戰現實的比較成功的作品。作品中的主人公「何桂花這一個人物即使不能說是我們現在所有的農村婦女典型人物寫得最好的一個，那就一定是最有力的一個。」

十五日　發表譯作《亞爾方斯・蕭爾的軍功》（〔蘇〕E・petrov 著）。載《國訊》第三三八期，初收一九四六年十月永祥印書館《蘇聯愛國戰爭短篇小說譯叢》。

二十四日　作《七七感言》（雜感），署名未明。載七月出版的《現代婦女》第二卷第一期，曾收《時間的記錄》，現收《茅盾全集》第十六卷。文章批評了「前方緊張，後方恐慌；前方平靜，後方鬆弛」的不良傾向。表示「要用筆用舌把戰爭初年的興奮亢揚的熱情再度在廣大的國土上燃燒起來！」「迎頭擊退那些鬆懈、萎靡消沉，奢侈的不祥之風。」

三十日　作《船上》（短篇小說）。載十月一日出版的《文學創作》第二卷第四期。曾收《茅盾文集》第八卷，現收《茅盾全集》第九卷。小說通過輪船上幾位乘客的對話，透露出國民黨統治區物價上漲，貨幣貶值的不景氣現實，反映了廣大人民的憤懣的心情。

同月　發表譯作《〈審問〉及其他》（〔蘇〕E・petrov 著）其中包括：《審問》、《音樂教師》、並《前記》一則。載《中原》創刊號。《前記》現收《茅盾序跋集》。

同月　出版譯作《復仇的火焰》（〔蘇〕巴甫林科著），由重慶中蘇文協編譯委員會出版。這部小說是曹靖華推薦並要求翻譯的，前後共花了兩個月的時間。

同月　發表《關於〈復仇的火陷〉譯後記》（序跋）。載《中蘇文化》第十三卷第九、十期，現收《茅盾序跋集》。

同月　短篇小說集《耶穌之死》，由重慶作家書屋印行。

本月

　　郭沫若主編的《中原》，在重慶創刊。

國民黨利用共產國際解散的時機，提出「解散共產黨」、「取消陝北特區」。掀起了第三次反共高潮。

七月

五日 發表《對抗戰文藝第七年的期待》（雜感）。載《國訊》第三四○期，現收《茅盾全集》第二十二卷。作者認為，「文藝還應該繼續站在時代的陣頭，吹起前進的號角」，反映抗戰的現實。

八日 開始寫作中篇小說《走上崗位》。

二十二日 作《報施》（短篇小說）。載《文陣新輯》之一《去國》。曾收《茅盾文集》第八卷，現收《茅盾全集》第九卷。小說通過軍人張文安的一千元養傷費只能買「半條牛腿」的事實，揭示了國民黨統治下的農民在貧困和死亡線上掙扎的悲慘命運。

二十四日 作《暑期隨筆》（隨筆）。載八月十三日《國訊》第三四三期，現收《茅盾全集》第十六卷。認為，抗戰以來，中國的「文盲」並未掃除多少，但民眾的「生活之豐富，眼界之擴大」也是事實。

二十七日 下午三時，出席文化工作委員會委員會議。出席會議的還有郭沫若、陽翰笙、孫伏園、胡風等。會後聚餐，餐後晚會。（《陽翰笙日記》）。

同月 散文雜文集《茅盾隨筆》。由桂林文人出版社出版。收入《1943年試筆》等八篇。

約夏 在唐家沱到重慶朝天門碼頭的班輪上，偶然地結識了載英中學的高中生胡錫培（按：即田苗），胡是個喜歡文學的青年，還與重慶一些大、中學生組織了一個「突兀文藝社」。以後，這個文藝社的成員就常在茅盾的寓所聚會，討論文學創作的各種問題。茅盾對於他們提出的問題，也總是給予耐心的指教，並給他們題字留念：「讀書即求知識，求知識亦即求認識真理，認識真理然後知如何處身立世。」一九四四年，又為這些文學青年辦的文藝刊物《突兀文藝》題寫了刊頭，並寫了一篇短論《什麼是基本的》。給予這一新生事物以熱情的支持。以後，又介紹胡錫培去陶行知創辦的育才學校學文學和進新民報社工作，使他最終走上了革命的道路。（《霧重慶生活——回憶錄（三十）》；田苗《您，還在朗朗談笑——悼念茅盾先生》，載 1982 年第 6 期《四川文學》）

接王魯彥從桂林的來信，信中流露了貧病交加之中的極端苦悶的心情。接信後即匯款補其醫藥費。《霧重慶的生活》」

本月

四日至六日　八路軍朱德總司令分別致電胡宗南、蔣介石，抗議國民黨軍隊進犯陝甘寧邊區。

八月

月初　在《文藝先鋒》主編王進珊的三番五次的催促下，終於以中篇小說《走上崗位》交了稿。這篇小說是從在桂林時醞釀的題材中抽取一部分寫的。敘述了抗戰初期上海的一位愛國資本家阮仲平，在工人的支持下把工廠遷往內地，支持長期抗戰的故事。原打算寫中國民族資產階級在抗戰中的辛酸史，但寫完遷廠的故事就擱筆了，因為再寫下去勢必要觸及到官僚資本的種種罪惡，而這樣的內容在當時的重慶是不可能發表的。在已寫出的這一部分裡，也都採用了側筆和暗示。對於這部在極不自由的特殊環境下寫的小說，作者本人也是很不滿意的。(《霧重慶的生活》)

二十日　《走上崗位》開始在《文藝先鋒》上連載，到一九四四年十二月二十日載完。現收《茅盾全集》第六卷。

約同月　《走上崗位》在《文藝先鋒》上的連載，在外人看來似乎對張道藩採取了「合作」的態度，朋友中間開始有了微詞。葉以群曾好心地將這些閒言碎語轉告。當時就對葉以群說，為什麼我們的工作方式只能是劍拔弩張呢？我們不是還在和國民黨搞統一戰線嗎？只憑熱情去革命是容易的，但革命不是為了去犧牲，而是為了改造世界。與張道藩翻臉很容易，然而工作就不好開展了。想當初讓我到重慶來，不是要我來拚命，而是要我以公開合法的身份，儘可能多做些工作。(《霧重慶的生活》)

本月

十五日　《新華日報》發表社論《為抗戰文化著想》，社論指出，物價上漲、作家生活貧苦，要求「提高稿費，保障劇作稅、設法改善作家生活」。

國民黨政府在桂林封閉了《文學月報》、《音樂與藝術》等刊物。

九月

十八日　作《一點零星的意見》（雜論）。載二十日《新華日報》，現收《茅盾全集》第二十二卷。此文爲紀念新華副刊週年而作。文章指出「讀者對於副刊的屬望之殷，無過於今日，然而副刊之難爲，恐亦以今日爲尤甚。」在目前的情況下，副刊「恐怕也只能在可能的範圍內給讀者一點眞實的知識，讓讀者在紛紜萬象中看到一點可喜可愛的，並且，也給讀者一塊發表意見抒述感情的自由園地。」

同月　發表譯作《上尉什哈夫降科夫》（〔蘇〕Ｖ·考茲夫尼可夫著）。載《文陣新輯》之三《縱橫前後方》，初收一九四六年十月永祥印書館版《蘇聯愛國戰爭短篇小說譯叢》。

當月

六日　譚文發表《讀〈耶穌之死〉》，載重慶《新華日報》。文章認爲，在這本小說集裡「茅盾先生是盡可能地努力地用他的筆，反映出時代的風貌，反映出知識分子在這時代的情緒，他沒有使自己的筆逃到現實外面去」，而「使我們看到了一些眞實的東西。」

本月

趙樹理的短篇小說《小二黑結婚》出版。

意大利墨索里尼法西斯政府宣布投降。

十月

一日　發表《歸途雜拾：一、九龍遊記，二、東江鄉村》（散文）。載桂林《半月文萃》第二卷第三期，曾收《茅盾文集》第七卷，現收《茅盾全集》第十二卷。

同日　發表譯作《他的意中人》（〔蘇〕蘇呵萊夫著）。載《文藝雜誌》第二卷第五期。

本月　作《「愛讀的書」》（評論）。初載報刊未詳，曾收《茅盾文藝雜論集》和《茅盾文集》第十卷，現收《茅盾全集》第二十二卷。文章指出，「文學傑作之永久性和普通性」，在於這些作品表現了「自由、平等、博愛」和「因爭取此三者而表現之勇敢、堅決與犧牲的精神。」「超然物外的純趣味，實際上是沒有的。」文章還將歷來的文學作品分爲「歷史的、當代現實

的、和幻想的（靈怪變異）三類。」並列舉了自己所喜愛的一些中外文學作品。作者在該文的「附記」中說：「這是某刊物出題，奉命『賦得』的。某刊物，在那時候是進步刊物，理應捧場。」

同月　作《序〈一個人的煩惱〉》（序跋）。載一九四四年重慶建國書店版《一個人的煩惱》，現收《茅盾序跋集》。這部小說是當時在延安的嚴文井所著的，由周揚託人捎來重慶，希望在大後方找一個願意出版的書店。閱讀原稿後，覺得人物描寫生動細膩，文字樸素且委婉多姿。爲該小說作序後，推薦給了建國書店。序中說：「戰爭的時代，人們的善良的天性會比平時更加輝煌地發展起來，然而同時，貪婪卑劣的人欲也會比平時更加肆無忌憚，伺隙橫行。」雖然小說中的主人公劉明——一個青年知識分子，是一個最初熱情參加抗戰，而終於「從鬥爭中逃陣下來的人物」，但「劉明的故事還是具有積極的教育意義的：因爲這是一面鏡子——可以促起反省的一面鏡子。」

同月　長篇小說《霜葉紅似二月花》，由桂林華華書店出版。

當月

二十曰　桂林《自學》雜誌和《讀書俱樂部》（桂林《廣西日報》副刊，每逢月半出版一次）聯合在蜀腴川菜館舉行《霜葉紅似二月花》座談會。到會的有巴金、艾蕪、田漢、安娥、孟超、林煥平、周鋼鳴、洪道、胡仲持、胡明樹、孫懷琛、黃藥眠、韓北屏、靈株、司馬文森，端木蕻良等。

座談會上大家發言踴躍。周鋼鳴說：「關於這本書的中心主題，我看是寫新舊之間的鬥爭。……王伯申是新興民族資產階級的代表，趙守義是封建沒落地主的代表，展開勾心鬥角的場面，從而及於土地問題，青年思想問題。……錢良材這個人是在新舊兩者之間搖動的一個典型，在這本書裡尚未看出思想問題。」艾蕪說：「（王伯申、趙守義）這兩種人物的利益是互相衝突的。然而在這一點上是共同的：對農民的剝削。」孟超說：「……我看作者寄託最大希望的是良材。」田漢說：「（小說的背景）是五四運動退潮的時代。……照書名來說，十月間楓葉快要脫落的時候，主要的還是寫中國的社會的沒落層。如同趙剝皮之流，當時是被革命的對象，又是在這時還相當得勢。這就是『紅似二月花』的意思。……對革命運動有更多障礙的，不但是以高利貸爲剝削手段的趙剝皮之流封建地主，即是王伯申，這些民族資產階級，對農民犯的罪過亦不可饒恕

的。錢良材也許是其中光明人物，但不是主要的。」參加座談會的各位還談了該小說在寫作技巧方面的特點及不足。最後，與會者聯名給茅盾發電，慰勞他的辛勤努力。電文如下：

> 茅盾先生：

> 《霜葉紅似二月花》第一部在桂出版，同人等特於十月二十日舉行座談，共認先生此作，爲抗戰以來，文藝上巨大之收穫，除將記錄及摘記分別刊載《自學》雜誌及廣西日報《讀書俱樂部》外，先電馳；並盼早竟全功。此祝筆健。(載《自學》1943 年第 2 卷第 1 期；李建平《茅盾在桂林的文學活動》，載《語文園地》1981 年第 3 期)

本月

十九日　《解放日報》全文發表毛澤東的《在延安文藝座談會上的講話》。

十一月

月初　接曹靖華來信，要求代爲翻譯蘇聯作家格羅斯曼的長篇小說《人民是不朽的》。信中說：「現得英文全譯本，極望兄能分神譯出，以不朽之筆，譯不朽之文，寫「不朽之人」，則巧在三不朽矣。盼兄無論如何，能允如所請，代爲譯出，列入《蘇聯文學叢書》，則感激不盡矣。」考慮後，決定接受這一要求，因爲這是一項具有現實意義的工作。不久，見到曹靖華時，曾對他說，這是藉別人的鏡子，也照出了中國反動派的反民主、反人民的嘴臉，是大合時宜的工作。(《霧重慶的生活》；曹靖華《別夢依依懷雁冰》載 1981 年 4 月 1 日《光明日報》)

一日　發表譯作《母親》並附「後記」。([蘇] 吉洪諾夫著) 載《中外春秋》第一卷第三期。《〈母親〉後記》(序跋) 現收《茅盾序跋集》。

五日　致戈寶權信一件並贈送《霜葉紅似二月花》一冊。信中說：「《不朽人民》英譯本已由靖華兄寄來，謝謝兄爲我弄到材料。……靖華希望我譯此書，我亦想一試，但如英譯本除刪節外，尚有與原文不同之處甚多，則我以爲應從原文譯，省得校補，反倒費事。望爲我決之。」又說：「附奉拙作《霜葉紅似二月花》，聊爲病榻消遣。倘不妨礙兄之攝養，請給我以批評。」(戈寶權《憶和茅盾同志相處的日子——抗戰期間從桂林到重慶》，載《新文學史料》1982 年第 1 期)

七日　與郭沫若、馮玉祥、邵力子、沈鈞儒、陶行知等聯名發表《中國文化界給蘇聯領袖和人民的信》，藉十月革命之機，向戰鬥在反法西斯第一線的蘇聯人民致敬和表示節日的祝賀。載《新華日報》。

同日　上午到重慶琵琶山蘇聯大使館祝賀十月革命紀念節。「大廳上，多半是中國文藝界的朋友」，「大使館以俄式點心和伏特加酒熱情款待中國朋友」。經葉以群介紹，認識了碧野並稱讚他的《奴隸的花果》寫的很好。（碧野《憶雁冰師》，載《新文學史料》1981年第3期）

十一日　作《致戈寶權》（書信）。信中說：「……《不朽的人民》弟當努力試譯之。承兄允代寫序，並為校勘，尤為感謝。」（戈寶權《憶和茅盾同志相處的日子——抗戰時期從桂林到重慶》）

當月

黃果夫發表《記茅盾》，載《人物種種》。文章回憶了與茅盾的交往，特別談到了寫《子夜》時，茅盾如何到交易所進行「實地的觀察」，「活躍得像一個商人，擠在生意買賣的人叢中去打聽行情」，「表現得是那樣地認真，又是那樣老練。」文章還認為，《腐蝕》是「茅盾整個的心情流露與對重慶不滿的呼聲」！

本月

二十二日　中、美、英三國首腦在開羅舉行會議，並發表《開羅宣言》，宣稱：三國必戰到日本無條件投降為止。

十二月

十八日　下午，在梁寒操家商量有關事宜，並共進晚餐。在座的還有郭沫若、陽翰笙等。（按：梁寒操係國民黨太子派孫科系統的人，其時在國民黨中宣部任要職）（《陽翰笙日記》）

二十日　發表《雜談思想與技巧、學力與經驗》（評論）。載《文學修養》第二卷第二期，曾收《茅盾文集》第十卷，現收《茅盾全集》第二十二卷。文章首先闡述了生活經驗在文學創作中的重要作用，「新的形式和新技巧之創造與發展，不能僅恃前人的遺產，必須於現實生活中求之。」其次，又論述了作家思想修養的必要。「思想有基礎，自然讀書時有眼光，看人看事能深入。」，同時強調「人格修養應當是文藝作家所有修養中最重要的一項，而人格修養則可被包含在思想修養之內的。」

二十一日　下午，往百齡餐廳，出席重慶各界爲祝賀沈鈞儒七十壽辰而舉行的盛大茶會。到會的還有董必武、郭沫若、于右任、邵力子、陶行知等。（載 22 日《新華日報》）

同月　茅盾主編的《新綠叢輯》開始出書。編這套叢書的目的，是想打破出版界只發名人作品的陋習，給一些有才華的無名作者發表作品的機會。茅盾在叢書的第一輯前面的《〈新綠叢輯〉誌趣》中說：「作者天南地北，既非相識，故無所謂好惡，倘有衡鑒失當，罪在我們的學力不夠，但珍惜寫作者的心血之心，自信還是誠懇的。」該文現收《茅盾全集》第二十二卷。這套叢書由葉以群等創辦的自強出版社出版。

同月　葉以群轉來一位名叫錢玉茹的女青年寫的一篇小說，希望提些意見，以資鼓勵。錢玉茹是《文藝陣地》社唯一的工作人員，以前僅有些工作上的關係。送來的這些稿子只是小說的後半部，寫一位年輕女子，終於掙脫了小家庭的愛情圈子而投入了大時代的洪流。看完後，覺得作品具有女性作家所擅長的那種抒情氣氛，且有細膩的心理描寫和俊逸的格調。即讓葉以群轉囑作者一定要把前半部趕寫出來。給該小說題名爲《遙遠的愛》，又爲作者取筆名「郁茹」，準備將該小說收入《新綠叢輯》發表。（《霧重慶的生活》；郁茹《悼念我的第一位老師——茅盾》，載 1981 年 4 月 5 日《羊城晚報》）

本月

斯大林、羅斯福、邱吉爾舉行德黑蘭會議，共商戰勝希特勒的決策。

同年

參加「文協」組織的讀書小組。同組的還有葉以群、姚雪垠、劉盛亞、臧克家。曾在生活書店宿舍和張友漁家中各開過一次會，討論文藝方面的問題，交換對一些作品的意見。（臧克家《少見太陽多見霧》載重慶出版社出版的《作家在重慶》）

參加爲救濟貧病作家而舉辦的義賣捐獻活動，又賣剛出版的《霜葉紅似二月花》。（《霧重慶的生活》）

主編《國訊》文藝叢書。這套叢書由國訊書店出版，這個書店是在生活書店被國民黨查封後，爲了保全力量，由中華職業教育社作掩護而創辦的。

一九四四年（四十九歲）

一月

一日　發表《小圈圈裡的人物》（短篇小說）。載《當代文藝》創刊號，曾收《委屈》和《茅盾文集》第八卷，現收《茅盾全集》第九卷。

十九日　作《從百分之四十五說起》（評論）。載二月出版的《中原》第一卷第四期，現收《茅盾文藝雜論集》。文章指出，文藝書刊「在今天尚能擁有比較多數讀者的原因」，是因為人們「渴求要理解這現實」。「現在這世界，到處展開了善與善的鬥爭，前進與倒退的矛盾，光明與黑暗的激蕩：這就是現實。單單挑出一面來寫，就非現實。」現實主義的文藝就必須真實地反映現實，「困難雖然千重萬重，然而現實主義文藝必將朝前發展，必無疑義。」

同月　發表譯作《作戰前的晚上》（〔蘇〕A·杜甫仁科著，1943 年 8 月 18 日譯完）。載《中蘇文化》第十五卷第一期。

當月

一日　志堅的《懷茅盾》發表於《文壇史料》（楊之華編·中華月報社）。作者是茅盾的同鄉、同學和商務印書館時期的同事。文章說，茅盾「對於文學抱著一種嚴謹態度」，在文學論爭中有一種「不妥協的態度」，在這方面「有些像魯迅」。對於不合自己創造宗旨的文學刊物，不管對方怎樣要求，都決不投稿，「嚴守自己的立場，不輕遷就」。認為茅盾「不愧為一革命作家」。

三日　埃藍的《讀〈霜葉紅似二月花〉》發表於《新華日報》。文章認為，描寫五四前後的時代的人和事的文藝作品，「從未有一本像《霜葉紅似二月花》中所分析的那樣詳盡真實，描寫得那樣親切，並且規模那樣宏大的。」

十二日　諸君發表《讀〈列那和吉地〉》，載重慶《中央日報》。

本月

九日　毛澤東看平劇《逼上梁山》以後，給楊紹萱、齊燕銘寫信，對該劇改編演出的成功，給予熱情的鼓勵。

桂林《野草》、《戲劇生活》等刊物被國民黨政府查封。

二月

一日　作《關於〈遙遠的愛〉》（序跋）。載四月自強出版社版《遙遠的愛》，初收一九四六年十一月大地書屋版《時間的記錄》，現收《茅盾文集》第十卷和《茅盾序跋集》。認爲這部小說「給我們這偉大時代的新型女性描繪出了一個明晰的面目來了。……我們看見一個昂首闊步的新女性堅決地趕上了時代的主潮──全身心貢獻給民族」。並告誡作家們：「熱愛人生、認清現實，這在一個作家，比技巧熟練，其可寶貴，何止百倍；這在一篇作品中，其可寶貴，亦何止百倍；忠實於人生的作家又何必自餒。」

十四日　作《爲〈親人們〉》（序跋）。收入一九四六年十一月大地書屋版《時間的記錄》，現收《茅盾文藝雜論集》和《茅盾文集》第十卷，亦收入《茅盾序跋集》。該文認爲，這本詩集中的許多作者，雖然他們的創作風格多不相同，但「他們都有一點相同：抒寫眞情、面對光明。他們更給我們同一的確信：『參橫斗轉欲三更，苦雨終風也解晴。』」

二十三日　作《致熊佛西》（書信）。載《當代文藝》第一卷第四期，現收《茅盾書信集》。寄上短篇小說《過年》，並告知近來身體欠佳，打算下個月去北碚休息幾天。

同月　發表《對青年從軍運動的看法》（雜論）。載《中外春秋》第三卷第一期。

當月

四日　徐中玉的《〈委屈〉──小說評選札記（十一）》發表在《江西幹報》增刊《收穫》新二十三期。

本月

十五日　戲劇節。中華全國戲劇界抗敵協會在文化會堂召開紀念大會。到會的有邵力子、梁寒操、郭沫若、顧毓綉、潘公展、黃少谷、洪深等二百多人。

三月

十一日　作《致戈寶權》（書信）。信中說：「我的失眠還很厲害，……因

此狼狽不堪。」所以，雖決定翻譯蘇聯小說《人民是不朽的》，但尚未正式動手試譯。並請戈寶權代交贈費德林手書一幅。（戈寶權《憶和茅盾同志相處的日子》）

十七日　作《談鼠——閒談之一》（雜論）。載六月十日《文風雜誌》第一卷第四、五期合刊。初收良友版《時間的記錄》，曾收《茅盾文集》第十卷，現收《茅盾全集》第十二卷。文章由談老鼠的狡猾和可惡，轉而議論現實。「凡有人類居住的地方就不會沒有又狡猾又貪婪的醜類。」

二十四日　「文協」召開理事會，決定四月十六日舉行成立六週年紀念大會。根據張道藩提議，應向大會提交一篇有份量的論文，與胡風、李辰冬、王平陵被推為論文的起草人，由胡風執筆。（按：該論文後由胡風在「文協」紀念會上宣讀，題目是《文藝工作的發展及其努力的方向》）（胡風《再返重慶》，載《新文學史料》1989 年第 3 期；文雨《「文協」大事記》載《抗戰文藝研究》1982 年第 3 期）

二十五日　作《蘇聯紅軍節祝詞》（雜論）。載一九四四年四月十六日重慶《大公報》副刊《文藝》第二十四號。現收《茅盾文藝雜論集》。文章指出，「生活安定」對於作家來說，也是至關重要的，但生活是否「安定」，不能僅用「物質條件來衝量」。「所謂『生活安定』，應當作如是解釋：必要的時間加上相當安定的心境。何謂『安定的心境』，就是精神上不感到桎梏與壓迫」。「沒有自由精神的作家不可能是一個健全的現實主義者；創作自由受了桎梏和壓迫的時代，也就很難使現實主義文學得到高度的發展」。

同月　發表譯作《我們的落手越來越重了》並附後記（〔蘇〕F・潘菲洛夫著）。載《天下文章》第二卷第二期。初收一九四六年十月永祥印書館版《蘇聯愛國戰爭短篇小說譯叢》。

同月　發表《怎樣選取題材》（論文）。載福建南平戰時文化供應社版《文化寫作講話》。

本月

一日　西南第一屆戲劇展覽會在廣西藝術館新廈舉行，到會的戲劇工作者千餘人。這是抗戰時期進步戲劇界的一次大規模的集會。

春

約初春 一個星期六的下午，胡子嬰由重慶坐船來訪，表示要寫一部小說，特來請教寫作方法。與胡子嬰是在「五卅」運動前的上海認識的，當時她在工廠做工，年僅十六、七歲。而在戰時的重慶，她已是一個女企業家和婦女運動的頭面人物了。在聽了胡子嬰的創作意圖之後，就極力給予鼓勵。因為寫這樣一部以民族工商業者在抗戰中苦難經歷為題材的小說，藉以揭露國民黨政府對於民族工商業者的壓迫和摧殘是很有現實意義的。然後，不厭其煩地解答胡子嬰提出的各種問題和分析寫作方法，並強調首先必須把全書的佈局處理好，然後細節就容易修改。

二、三個月後，胡子嬰第二次來唐家沱，交來了小說的初稿，看後既親切又嚴肅地對胡子嬰說：「這不是小說，這只是政治口號加些藝術的內容。」整部小說必須「重新寫過」。

又隔了三、四個月，胡子嬰再次來唐家沱。送上了十萬字的修改稿。閱後，覺得人物的刻劃較之第一稿大大加強了。以後，像批改作文卷子似的在原稿上作了細密的文字修飾，並推薦給了開明書店。一年後，胡子嬰的這部小說《灘》（署筆名宋霖）終於出版了。（《霧重慶的生活》；胡子嬰《回憶茅盾同志二三事》，載 1981 年 4 月 20 日《人民日報》。）

四月

七日 作《如何把工作做好——為「文協」六週年紀念作》（評論）。後收入七月重慶良友圖書公司出版的《時間的記錄》。該文指出，「近來作者常感到題材之窘，讀者亦對文藝作品不滿足」。若要改變這種現狀，「歸根一句話：如何把工作做好，作家們自身固須努力，然而也得給以更大更多的創作自由。」

同日 作《光輝工作二十年的老舍先生》（評論）。載同年四月一日《新華日報》，亦見於《抗戰文藝》第九卷第三、四期。本文高度評價了老舍先生的文學創作和抗戰以來所做的貢獻。抗戰開始時，老舍先生就「置個人私事於不顧，盡力謀『文協』之實現。」「如果沒有老舍先生的任勞任怨，這一件大事——抗戰的文藝家大團結，恐怕不能那樣順利迅速地完成，而且恐怕也不能艱難困苦地支持到今天了。」

十五日　與郭沫若、孫伏園等二十餘人提議十七日在重慶百齡餐廳舉行「老舍先生創作生活二十週年紀念茶會」。（載《新華日報》）

同日　出席「文協」舉辦的題爲「文藝與社會風氣」的討論會。到會的還有胡風、老舍、馬宗融、姚蓬子、王平陵等。（文雨《「文協」大事記》）

十六日　出席「文協」在文化運動委員會舉行的成立六週年紀念會。到會的還有老舍、胡風、曹禺、夏衍、張道藩、潘公展等共一百五十餘人。在這次會上初識吳組緗。（文天行《國統區抗戰文藝運動大事紀》；吳組緗《雁冰先生印象記》，載 1945 年 10 月 1 日《千哨》第一卷第三期）

十七日　出席重慶文藝界在百齡餐廳舉行的「老舍先生創作生活二十週年紀念茶會」，並在會上致詞。到會的還有邵力子、郭沫若、黃炎培、鄧初民、程中行、顧毓綉、張道藩、沈鈞儒等。

晚，出席在郭沫若寓所舉行的向老舍致賀的宴會。散席後，與葉以群、吳組緗等四、五人一起去「文協」宿舍過夜。在路上，有人建議也應該爲茅盾先生做紀念，因爲他的創作生活也不短了。茅盾笑著，遠遠地避開了。是夜，與葉以群、吳組緗同寢一室。（文天行《國統區抗戰文藝運動大事記》；《陽翰笙日記》；吳組緗《雁冰先生印象記》）

二十八日　應左舜生、沈鈞儒、章伯鈞、章乃器之邀，出席文藝界同人午餐。席間大家對言論自由問題發表了許多意見。都主張目前的審查制度必須撤消。最後，與孫伏園等六人被推爲文章起草者，將以上的主張公開宣揚出去。（《陽翰笙日記》）

同月　書臧克家《柳蔭下》第一節條幅，贈臧克家。並附跋文：「克家遷居歌樂山後，遂少見面。頃寄紙來索書，謂將『懸之案頭，權當對語』，情不容卻，因錄克家《柳蔭下》第一節以寄相思。」

本月

一日　周揚的《馬克思主義與文藝——序言》，發表於《解放日報》。

五月

十二日　作《致熊佛西》（書信）。載《文學創作》第三卷第二期。現收《茅盾書信集》。稱近來身體「常患小恙」，所以「無所寫作」。

同日　作《「無關」與「忘了」》（雜論）。載同年八月出版的《微波》第

一卷第一期，現收《茅盾文藝雜論集》和《茅盾文集》第十卷。作者認爲，那些「與抗戰無關」的文章，尚能理解，那些「叫人忘了抗戰」的文章，是最令人深惡痛絕的。

十五日　發表《過年》（短篇小說）。載《文學創作》第三卷第一期，初收一九四五年三月建國書店版《委屈》，曾收《茅盾文集》第八卷，現收《茅盾全集》第九卷。小說通過某機關小職員老趙的遭遇，揭露了抗戰時期國統區政治腐敗、物價飛漲、民不聊生的黑暗現實。

二十日　爲了翻譯蘇聯小說《人民是不朽的》一事，致曹靖華信一件，信中說：「……「不朽的人民」一書擱了那麼久，弟亦心抱不安。但今夏以前，弟必極力趕出來。」現收《茅盾書信集》。

二十三日　作《幻想與現實》（雜論）。載六月二十七日重慶《時事新報》副刊《文林》第一期，現收《茅盾文藝雜論集》。作者認爲，「幻想」的作品，「不一定是逃避現實的」。「這幻想的世界是應當作爲現實世界的某些不合理狀態的誇張和放大來看的」。「針對現實的幻想作品之出現，正表示了言論的不自由」。「所以就文學而論，幻想色彩的題材也可以有積極的現實意義，問題在於作者對於現實的態度。」

二十四日　作《東條的「神符」》（雜論）。載同年月出版的《微波》第一卷第一期，初收一九四六年十一月大地書屋版《時間的記錄》，現收《茅盾全集》第十六卷。該文指出，日本軍閥東條英機之流用送「神符」的辦法，並挽救不了他們的敗局。「我們不但要用槍炮武裝我們的士兵，也要用進步的政治思想來武裝他們的頭腦。要用民族團結和民主政治來消解東條他們的一切五光十色的毒辣的『神符』！」（神符：大概就是「千人針」之類，佩帶了這種神符，據說可以消災免難）

本月

十六日　張恨水五十壽辰。重慶新聞界、文藝界擬舉行茶會，以示慶祝。然而張恨水不願接受，於十五日返回南泉。《新華日報》發表短評《張恨水先生創作三十年》，肯定了他的文學成就。

二十八日　桂林文化界在社會服務處禮堂，舉行柳亞子五十八壽辰紀念茶會，一百多人出席。田漢致祝壽詞，梁漱溟、千家駒、熊佛西等先後講話。

六月

十六日　作《致戈寶權》（書信），現收《茅盾書信集》。信中詢問《人民是不朽的》第四章「晚上」最後三句的譯法。（戈寶權《憶和茅盾同志相處的日子》）

當月

吳組緗、李長之發表《〈霜葉紅似二月花〉》，載《時與潮文藝》第三卷第四期。吳組緗認為，茅盾的作品「在取材方面，具有豐富的時代意義、敏銳的社會科學者的眼光；氣魄格局雄大；表現則明快有力。」他對茅盾的作品還有「一種直覺的看法」，認為「作品的主題，往往似乎從演繹而來，而不是從歸納下手，似乎不是全般從具體的現實著眼，而是受著抽象概念的指引與限制。因此他的一部小說，往往似乎只是為社會科學理論之類舉出一個例證；作為藝術的創作看，就似乎缺少一點活生生的動人心魄的什麼。」李長之認為，《霜葉紅似二月花》的「要旨在寫資本主義和農村社會之初期衝突」。就人物而言，「最成功的是婉姑」，其次是「青年地主錢良材以及年雖老而仍然有興趣於科學和公益事情的朱行健」。這部小說，「較之作者過去的《虹》，自然生動而不那麼沉悶了，較之《蝕》也更為深入，但卻遠不及《子夜》的堅實。」

本月

英、美兩國軍隊在法國北部諾曼底登陸，開闢了第二戰場。

六日　「文協」發出《向全世界反法西斯作家致敬電》

十三日　杜重遠被盛世才虐殺於新疆獄中。（按：《辭海》稱杜重遠被害於 1943 年，現據 1990 年出版的《杜重遠文集》所載日期，應為 1944 年 6 月 13 日。）

七月

一日　作《致戈寶權》（書信），現收《茅盾書信集》。信中說：「《人民是不朽的》我當盡力譯得流暢，並力求正確，這是非兄幫忙不可的。我以後譯成兩章就送給兄。請為校正。……此書人名發音，請兄擇其重要者開示一單，以便照抄，省得兄以後在原稿上改，甚為麻煩也。」（戈寶權《與茅盾同志相處的日子》）

八日　與郭沫若、張申府，鄧初民、沈志遠，夏衍、金山、宋之的、司徒慧敏、葉以群等聯名致電廣西黨政軍及教育與文化各界，表示響應桂林文化界關於保衛東南的呼籲，主張「採取民主的辦法，組織人力物力」，保衛東南。載《新華日報》。

同日　發表《時間，換取了什麼？》（雜論）。載《新華日報》，曾收《茅盾散文速寫集》，現收《茅盾全集》第十二卷。本文通過車船上幾位乘客的對話，回顧了抗戰七年以來腐敗之風日盛的令人失望的局面，向人們提出「時間，換取了什麼？今天我們必須認真問、認真想一想了。」

十五日　發表譯作《晚上》並「附記」（〔蘇〕格羅斯曼著）。載《時與潮文藝》第三卷第五期。「附記」（序跋），現收《茅盾序跋集》。

十九日　作《排隊靜候之類》（雜論）。載一九四五年二月《抗戰文藝》第十卷第一期，初收一九四六年十一月大地書屋版《時間的記錄》，現收《茅盾全集》第十六卷。該文談到戰時重慶因各種貨物奇缺而常見老百姓排長隊的現象，曾有不少「大人物」因之指責老百姓「落後、不夠程度」，「一點時間觀念也沒有」。作者認為，老百姓排長隊只是迫不得已。這說明了「時間」，在「大人物」和「老百姓」的「字典上有其不同的『意義』和『價值』」。譏刺了那些不顧人民死活的國民黨官僚。

本月

十五日　「文協」在《新華日報》上發起「籌募援助貧病作家基金」的倡議。

二十四日　鄒韜奮在上海病逝。

夏

夏　擔任新成立的中外文藝聯絡社（文聯社）社長。葉以群創辦這個文聯社的目的，是為了向國內外報刊推薦解放區的文藝作品。該社總編輯由葉以群擔任、馮亦代任經理，日常事務皆由葉、馮處理。（《霧重慶的生活》）

八月

十三日　作《致戈寶權》（書信），現收《茅盾書信集》。信中說：「《人民是不朽的》現在已譯好了一大半。預計本月底或遲下月初旬可以交卷。……

「我的譯文求明白通暢，也想譯出原文的旺盛之勢。」（戈寶權《憶和茅盾同志相處的日子》）

二十二日 應葉以群、洛峰、夏衍邀請，與葉聖陶、傅彬然等至讀書出版社赴宴，在座的還有張靜盧、何其芳等。晚七時半，與諸友步行至文協會，又見孫伏園、沈啓予、陶雄、馮雪峰等諸多熟友。（葉聖陶《蓉渝往返日記》，載《我與四川》）

二十三日 上午，去葉聖陶處，與其談了目前各方面的情況。（葉聖陶《蓉渝往返日記》，載《我與四川》）

同日 作《致戈寶權》（書信），現收《茅盾書信集》。感謝戈寶權爲《人民是不朽的》所做的校訂，相信定能「忠實於原作」。（戈寶權《憶和茅盾同志相處的日子》）

二十七日 在唐家沱遵囑爲唐弢書條幅，內容係王靜安先生的詩。一是「掩卷平生有百端」，二是「漫作年時別淚看」，並有「題識」「右錄靜安先生《人間詞》、《浣溪沙》廿二首之二、五，以奉風子先生長夜待旦時遣然」，署名玄珠。（唐弢《一件小事——悼念茅盾同志》，載 1981 年 4 月 5 日《光明日報》）

二十八日 葉聖陶、傅彬然等應邀前來唐家沱居所做客。大家品茶飲酒、暢談甚歡。下午一時許，親自送客人至碼頭登輪後，方歸家。（葉聖陶《蓉渝往返日記》，載《我與四川》）

當月

七日 軼發表《不要「叫人忘了杭戰」——介紹茅盾先生的文章〈「無關」與「忘了」〉》，載《新華日報》。

本月

三十日 桂林文藝界舉行王魯彥（21 日病逝）追悼會。歐陽予倩主席，邵荃麟代表文協總會致悼詞。

九月

一日 發表《雜談文藝現象》（評論）。載《青年文藝》第一卷第二期，現收《茅盾文集》第十卷。文章指出，一本「好書」，必須具備下列諸條件：「第一，他不能不講到大多數人所關心最切身的問題；第二，它不能不揭露

大多數人最痛心疾首的現象；第三，它不能只在問題的邊緣繞圈子，它必須直搗問題的核心；第四，它必須在現實的複雜的錯綜中間指出必然的歷史動向。」當前的文壇要「負起時代的使命」，就必須「反映現實，喊出人民大眾的要求」，並去「爭取最廣大的反映現實的自由」和「校正技術主義的傾向」。

十日　給戈寶權送去《人民是不朽的》譯稿兩冊。後來又去開明書店，與葉聖陶長談，特別回憶了新疆的一段經歷。期間，陶雄來。當晚，宿開明書店。（戈寶權《與茅盾同志相處的日子》；葉聖陶《蓉渝往返日記》，載1984年四川人民出版社版《我與四川》）

十六日　下午七時，赴觀音岩中國文藝社，參加王魯彥追悼會，並在會上講話，以表示對逝者的哀悼。參加追悼會的有四十餘人，其中包括傅彬然、曉先、王平陵、張道藩、姚蓬子等。（葉聖陶《蓉渝往返日記》）

十八日　作《永遠年輕的韜奮先生》（散文）。載九月三十日《新民報》，曾收《時間的記錄》，現收《茅盾全集》第十二卷。作者認為，韜奮的眾多的令人敬仰的品質中最突出的「是始終保持著天真！」「韜奮先生是死了，然而這巨星殞落時的雷鳴似的震響，將喚起千千萬萬人民的應聲。長虹似的閃光將燃起千千萬萬人民的熱血！無數的青年人將永遠把他當作自己的師友和長兄。」

二十七日　作《什麼是基本的》（評論）。載一九四四年十一月出版的《突兀文藝》第二期。現收《茅盾文藝雜論集》。這篇文章是應「突兀文藝社」的文學青年的要求而作的。文章認為，「從事文藝寫作的人應當有冷靜的頭腦，熱烈的心腸，正確的思想和廣博的知識，這四項，是基本的。」「至於什麼技巧上的修養，我倒以為尚屬第二義，當然這不是說不要技巧，不過必須記取的乃是技巧的把握實在不是怎樣了不起的大事罷了。」

三十日　與宋慶齡、于右任、孫科、馮玉祥、柳亞子、邵力子、郭沫若等知名人士共同發起「鄒韜奮先生追悼大會」。載《新華日報》。

下旬　開始頻繁參加各種政治集會。響應中國共產黨的號召，討論徹底結束國民黨一黨專政的辦法。

在一次政治集會上，沈鈞儒建議茅盾加入救國會。茅盾則表示，無意加入黨派，但為了更多地瞭解各方面的形勢，可以列席救國會的各種會議。沈鈞儒同意了這個意見。（茅盾《走在民主運動的行列中——回憶錄（三十一）》，載1986年第2期《新文學史料》）

當月

四日　田春發表《〈霜葉紅似二月花〉讀後》，載《新華日報》。文章認爲，這部小說的主題是「縉紳、實業家、地主這三者彼此爲著他們的利益而鬥爭」。是「充分表現出了『中國氣派、中國作風』的一本『民族形式』的創作。」作品的不足之處有二：「第一，我們以爲對話寫得太囉嗦……第二，有些地方不免刻板……。」

本月

十五日　中國共產黨代表林伯渠在重慶舉行的國民黨參政會上，提出廢除國民黨一黨專政，召開各黨派會議，成立民主聯合政府的主張。

二十四日　重慶各界愛國民主人士和黨派代表董必武、張瀾、沈鈞儒、馮玉祥等五百餘人舉行會議，要求實行民主，結束國民黨一黨專政。

二十九、三十日　宋慶齡爲援助貧病作家主辦晚會二天。晚會中設有一項抽獎節目，獎品是郭沫若、茅盾、老舍、孫伏園、曹禺、巴金、雪峰等人的著作。

十月

一日　前往銀社參加「鄒韜奮追悼大會」。（《新華日報》）

同日　給戈寶權送去《人民是不朽的》第三批譯稿一冊，並附說明：「譯稿《人民是不朽的》第四冊，計七十頁，尙餘五十餘頁，下次奉上。」（戈寶權《憶和茅盾同志相處的日子》）

十日　發表《回憶之類》（散文）。載重慶《時事新報·青光》，現收《茅盾全集》第十六卷。本書回憶了自己童年時所經歷的辛亥革命之後，對「今之童年者」寄以極大希望：「但願他們將來所得的，不再僅僅是割掉辮子一條之類。而我相信是不會的，因爲時代是不同了，世界是不同了，時代在前進，而最主要的，從民族的苦難的血淚中培養出來的他們是不會光坐在那裡等待的。」

同日　發表譯作《新生命的降生》和《譯後記》。（〔蘇〕吉洪諾夫著），載《青年文藝》第一卷第三期。初收一九四六年十月永祥印書館版《蘇聯愛國戰爭短篇小說譯叢》，「譯後記」現收《茅盾序跋集》。

十四日　與沈鈞儒、郭沫若、老舍等一百五十人代表中國文化界聯名致

電蘇聯科學院院長柯馬洛夫，祝賀他七十五歲壽辰。載十五日《新華日報》。

十八日　給戈寶權送去《人民是不朽的》的最後一批譯稿，並在隨稿送去的信中說：「送上的一批是最後一批。總算譯完了，如釋重負。……全書經兄校好後，能來鄉下過一夜否？可在敝寓下榻，有些地方該怎麼改，亦可當面商量也。」隨稿送上的還有「質疑」一份，共二十七條。（戈寶權《憶和茅盾同志相處的日子》；《茅盾書信集》）

十九日　下午，與宋慶齡、沈鈞儒共同主持在百齡餐廳召開的「紀念魯迅逝世八週年茶會」。在會上講話，說：「抗戰七年來沒有了魯迅先生，沒有能夠好好的來紀念魯迅先生，沒有能夠檢討我反法西斯文化戰線的力量，這是無限的損失和感觸。魯迅先生是偉大的思想家、民族戰士，他熱愛民族、痛恨法西斯，他揭露了那些為奴才們用作欺騙人民的社會病態，他的筆是尖刻的，心是痛苦的，他是愛之切、恨之深。所以，我們要衝破障礙，發揚魯迅先生的精神和作用。」《新華日報》在報導這次紀念茶會時說：「茶會在艱苦的環境中舉行，在混亂中散會。」載二十一日《新華日報》。

同月　作《聞笑有感》（雜論）。載十二月二十日《青年文藝》第一卷第五期，現收《茅盾全集》第十六卷。文章一方面嘲諷了在「別人的痛苦中尋找娛樂」的「有教養」的觀眾。另一方面，也為戲劇的前途擔憂：「現在這有的是使人痛快地一哭，因而也就能健康一笑的題材。」但是國民黨政府的審查制度，卻使這類題材的真實反映成為不可能。

同月　十八集團軍總政治部宣傳部選編的「文藝讀物選叢之二」《林家舖子》在延安發行。這本純土紙印的《林家舖子》，收入了茅盾三十年代創作的三部作品：《騷動》（《子夜》第 4 章）、《春蠶》、《林家舖子》。「編後記」中說：「我人民的苦難與奮鬥，以及統治階級新舊營壘內的荒淫與無恥，都在這幾個短篇中鮮明地反映出來了。」認為茅盾的作品「更加表現出清醒的現實主義，更加富於戰鬥精神」。

本月

十九日　雲南大學學生自治會和西南聯大等五個團體聯合在雲南大學舉行魯迅逝世八週年紀念晚會。李何林、姜亮夫、楚圖南、朱自清、聞一多相繼演講。

秋

約仲秋　「突兀文藝社」的田苗、徐邨和穆仁來到唐家沱寓所，感謝茅盾對他們所辦刊物的支持。談話中田苗忽然問茅盾是不是共產黨員？茅盾聽後哈哈大笑。他並沒有直接回答這個問題，卻詳細地談了大革命時的情形，還明確告訴幾位青年朋友，自己的志向是：爲人民、爲革命，而且只有一條路，跟共產黨走。（田苗《您，還在朗朗談笑——悼念茅盾先生》，載1981年第6期《四川文學》；穆仁《茅盾與突兀文藝社——抗戰文藝活動的一個側面》，載1983年第5期《抗戰文藝研究》）

十一月

一日　作《放棄成見》（雜論）。載七日《新華日報》，現收《茅盾全集》第十六卷。作者認爲，在紀念十月革命之際，爲了使兩大民族的友誼與日俱增，「認識蘇聯是重要的，而尤其重要的是放棄成見。」

二十二日　發表《始終保持著天眞》（散文）。載《解放日報》。

二十五日　作《把文藝空氣普及起來罷》（評論）。載十二月二十日《文學新報》創刊號。這是爲蕭蔓若主編的《文學新報》（半月刊）而寫的一篇文章。在此之前，蕭蔓若曾來找茅盾，表示了自己有辦一個小刊物的意思。茅盾聽後，滿口贊成，並答應給予支持。文章有感於話劇舞臺的一些現狀，希望有一些普及的劇評，以及其他的文學評論的文章，對觀眾和讀者起到幫助的作用，並以此期望於《文學新報》。（蕭蔓若《難忘與茅盾交往的日子》，載《抗戰文藝研究》1982年第1期）

同月　作《如何擊退頹風》（評論）。載一九四五年十月十六日《文萃》第一卷第二期，現收《茅盾文集》第十卷。文章指出，「態度嚴肅的作品銷路不廣，而談情說愛，低級趣味的東西卻頗爲『風行』的頹風」之盛行，固然有多方面的原因。但要擊退這種頹風，「第一切要之事莫過於要求解放材料的限制。換言之，即在堅決地反法西斯，堅決地要求民主的大原則下，作家應有創作的自由，凡是現實所有之事，應當都在他觀照之下，應當都在他寫作範圍之內。」這樣才可能有眞實反映抗戰的優秀作品問世，才可能贏得更廣大的讀者。這是擊退頹風，開展新運的唯一關鍵。」

約同月　作七絕《戲筆》：「南腔北調話家常，眉黛唇紅鬥靚妝。昨夜東

風來入夢，橫塘十里槳聲狂！」詩前序：自唐家沱赴重慶，輪船中偶見戲筆，時爲一九四四年。初收《茅盾文集》第十卷，現收《茅盾全集》第十卷。

約同月　致陳白塵信一件。告知爲祝葉聖陶五十壽辰，本想做一文，但因病未能及時完成。現補寄一文，望斟酌發表。（《茅盾書信集》）

當月

東方曦（孔另境）作《懷茅盾》，1946 年 1 月永祥印書館出版的《庸園集》。作者係茅盾的親屬，掌握著許多第一手材料。文章在回顧了茅盾的生平之後，總結性地談到了茅盾成功的原因：「茅盾是一位理智勝於感情的人，所以他能理智地分析現象，把握事實，他應付一切生活的遭遇幾乎是不大動感情的，但這並不是說他沒有感情，他也具備一個文藝家所必需具備的熱烈豐富的情懷，不過他不是外爍而是內蘊吧了，否則他是寫不出這許多有血有肉的著作來的。」「茅盾的學識相當豐富，他不但於自己本位的知識有深湛的研究，他還對社會科學下過一番研究功夫，他懂得歷史發展的軌路，他能把握住前進的方向，他之所以能夠在文藝運動中起領導作用，一半就得力於他從社會科學研究而來的前進思想和意識。」「茅盾在文藝領域中的理解也非常廣泛，他對中國的舊學問也經過研究，他注釋過《莊子》、《墨子》等書，同時他對西洋文學也十分愛好，他在未去日本以前，他的工作成績幾乎全部是翻譯，他譯過許多的外國作家的文藝理論和作品，而且譯筆異常地流利生動，幾乎看不出是譯品。他後來創作的所以能一舉成功，我怕一半是得力於長期從事翻譯的修養。」

本月

日軍佔領桂林、南寧後，又追至獨山，重慶大爲震動。

汪精衛病死於日本，由陳公博代理僞政府主席。

二十一日　毛澤東給郭沫若寫信，信中說：「你的史論、史劇大有益於中國人民，只嫌其少，不嫌其多，精神決不會白費的。希望繼續努力。」

十二月

一日　發表《談出版文化》（評論）。載《文藝春秋叢刊》之二《星花》。

同日　致趙清閣信一件。向她借劇本《桃李春風》（此劇由老舍和趙清閣

合寫的），因爲「此間的載英中學擬演此劇。」（《茅盾書信集》）

五日 發表《祝聖陶五十壽》（散文）。載成都《華西日報》。認爲葉聖陶的新小說，是中國現代小說的「堅固基石」。葉聖陶的「爲人」和他的作品風格是「統一和調和」的。「你要從他作品之中找尋驚人之事，那不一定有；然而即在初無驚人之處有他那種淨化昇華人的品性的力量。」

十四日 作《致戈寶權》（書信）。現收《茅盾書信集》。在信中與戈商量如何盡快將《人民是不朽的》的校完，因爲「書店方面希望早點出版。」（戈寶權《憶和茅盾同志相處的日子》）

同月 法國作家羅曼·羅蘭逝世。《文學新報》第三期準備爲文紀念，蕭蔓若爲此來找茅盾商量。茅盾除了答應自己寫文章外，又建議蕭去找郭沫若等要稿。最後出了一個紀念專輯。（蕭蔓若《難忘與茅盾交往的日子》）

本月

十六日 「文協」在重慶中國文藝社舉行茶會，歡迎新近來渝作家宋雲彬、彭燕郊、嚴杰人、華嘉、伍禾等。

法國著名作家羅曼·羅蘭逝世，終年七十九歲。

同年

孔羅蓀與臧雲遠來唐家沱看望茅盾。孔羅蓀正在辦一個刊物，與茅盾談了一些稿子的問題。臧雲遠在談話中，提到已去世的同學李南桌。茅盾說，李南桌是文藝新秀，那樣早去世是很可惜的。（臧雲遠《緬懷茅盾先生》。載《散文》1983 年第 8 期）

在《貴州日報》主編文藝副刊《新壘》的蹇先艾，因缺少有質量的稿件，抱著拭探的心情，給慕名已久、但從未謀面的茅盾發了一封約稿信。十天之後，就收到茅盾的回信和一篇雜文。從此，和茅盾開始了通信聯繫。茅盾還曾請方敬轉交一篇雜文給蹇。（蹇先艾《悲痛與回想》，載《山花》1981 年第 5 期）

冬 應周恩來邀請去重慶曾家岩五十號開會，會上周而復向重慶文化界和民主人士介紹了陝甘寧邊區文化教育情況。出席會議的還有郭沫若、史良、邵荃麟等。（周而復《回憶荃麟同志》，載《新文學史料》1980 年第 3 期）

一九四五年（五十歲）

一月

一日 下午，出席在文化工作指導委員會舉行的新年詩歌座談會，並在會上發表演說。到會的還有郭沫若、戈寶權、何其芳、馮乃超、王亞平、袁水拍、徐遲、臧克家等。載二日重慶《大公報》。

七日 與郭沫若等出席中國民主同盟歡迎來渝文化工作者之茶會，並應邀在會上講話。茶會上大家決定將提出對目前時局的看法。

十日 作《對於文壇的一種風氣的看法——談長篇小說需要之多及其寫作》（評論）。載二月十五日出版的《青年文藝》新一卷第六期，現收《茅盾全集》第十卷。認為長篇小說的創作之所以「成了一時的風尚」，其主要原因在於社會的要求和需要，「讀者們渴求明瞭此一時代社會各方面動態的心理是更加迫切了」，而長篇小說能較好地滿足人們的這種需求。作者還指出，目前長篇優秀作品不多的根源是「外來的束縛」太多，諸如「審查標準所謂四大原則，實在太籠統抽象，作家們每苦於無處捉摸……結果落得手足如縛，意興索然了。」不過，目前大家都願意寫長篇的風氣，「對於新文藝的將來必將產生深遠的影響。」

二十日 發表《拿出力量來》（雜論）。載《文學新報》第三期。該文是為悼念法國大作家羅曼·羅蘭而作的。

二十一日 作《對於文壇的又一風氣的看法——談短篇小說之不短及其他》（評論）。載六月出版的《抗戰文藝》第十卷第二、三期，現收《茅盾全集》第十卷。該文針對短篇小說越寫越長的現狀，認為不能簡單地認為寫得長一些就不是短篇，區別短、長篇，「字數多寡是一個條件，縱剖或橫斷也是一個條件」，但還有一個重要條件，就是看作者「從怎樣的角度去取材，以怎樣的手法去處理。」「至於萬字以下的短篇小說，只要研究魯迅先生的作品，該可以領悟到個中三昧。」

二十五日 出席由當時黨的文委負責人之一的馮乃超召開的小型座談會，討論舒蕪的文章《論主觀》（該文發表在胡風主編的《希望》創刊號上）。在會上首先發言，認為該文對大後方文藝界情況的分析不符合實際，洋洋幾

萬言，實際上是「賣野人頭」。說完就退席了。「參加座談會的還有邵荃麟、馮雪峰、蔡儀、胡風、何其芳、劉白羽、林默涵等。」（林默涵《胡風事件的前前後後》；胡風《再返重慶》，均載《新文學史料》1989 年第 3 期）

三十一日　發表《舊書舖》（散文）。載《旅行雜誌》第十九卷第一期，現收《茅盾全集》第十二卷。

同月　出席由周恩來在曾家岩周公館召開的座談會，繼續討論舒蕪的《論主觀》。在會上，談了自己對該文的批評意見。周恩來還以《子夜》爲例，來說明文藝眞實性的問題。因爲談得太晚，不能回家了。大家只好擠在客廳裡等天亮，而給茅盾在桌上搭個鋪。（林默涵《胡風事件的前前後後》，胡風《再返重慶》。均載《新文學史料》1989 年第 3 期）

同月　作《〈第一階段的故事〉後記》（序跋）。載四月亞洲圖書出版社出版的《第一階段的故事》。現收《茅盾全集》第四卷。後記中記述了這部小說的寫作經過。自己曾認爲這是一部「失敗在內容也在形式」的小說。但六年後的今天「將全稿再讀一遍」，覺得「在個人這方面，也還不曾寫出比這像樣的東西，在國家民族方面呢，這本小書所提到的若干問題至今依然存在未得解決。」所以同意出版這部小說。後記結尾時，作者「懷念至今仍然蟄居上海或活躍於地下工作的朋友，也回憶著昔年同在香港從事文化運動的新知舊交。」並以此書的出版來紀念已經含冤去世的杜重遠先生和祝願身陷囹圄的薩空了先生早日獲得自由。

同月　發表《「驕」與「餒」》（雜感），署名牟尼。載《希望》第一卷第一期。

同月　發表與他人合譯的作品《藍圍巾》（〔蘇〕索勃列夫等著），由中蘇文協編譯委員會印行。

本月

一日　蔣介石發表廣播講話，主張召開「國民大會」，反對建立聯合政府，堅持一黨專政。

胡風主編的雜誌《希望》創刊，第一期發表了舒蕪的《論主觀》。

二月

一日　作《永恆的紀念與景仰》（散文）。載六月出版的《抗戰文藝》第

十卷第二、三期，現收《茅盾全集》第十卷。文章談到，羅曼・羅蘭「從一個個人主義者與和平主義者變成一個社會主義者，從一個資產階級人道主義者變成一個社會主義的人道主義者」，「足足走了七十年的長途，光是這一點堅韌的求眞理以及自我批判的精神，已經值得我們萬分景仰了」。「中國的文藝工作者將善於學習羅曼・羅蘭作爲永恆的紀念和景仰」。該文收入《茅盾文集》第十卷時，茅盾專門寫了「附記」，來說明把羅曼・羅蘭的作品劃分爲前期、後期而作全面分析的必要。

二十二日　與郭沫若、老舍、夏衍、馮雪峰等重慶文化界三百一十二人聯名發表《文化界時局進言》。載《新華日報》。呼籲「在目前全世界戰略接近勝利的階段」，必須「及早實行民主」，「把專制時代的一切陳根腐蒂打掃乾淨。」《進言》還提出了實現民主的三大綱領和六點要求。

二十七日　「五十年代讀書會」爲增進讀者讀書的興趣，特約請知名人士評選一九四四年好書十二種。應邀與曹靖華等人前往參第二次投票表決。

下旬　《文化界時局進言》在《新華日報》等報刊上發表後，蔣介石暴跳如雷。張道藩則一面調查簽名的經過，一面另擬了一份「宣言」，拉文化界人士簽名。張道藩也將「宣言」送來，要求茅盾簽名。茅盾隨即將該「宣言」退了回去，並告訴張道藩，自己已在《文化界時局進言》上簽名，因爲它符合自己的觀點。（《走在民主運動的行列中──回憶錄（三十一）》）

本月

羅斯福、邱吉爾、斯大林在克里米亞半島上的雅爾塔舉行會議，討論了徹底擊敗德國和蘇聯對日作戰等問題。

延安魯迅藝術學院工作團趕排大型歌劇《白毛女》。

蘇聯作家阿・托爾斯泰逝世。

三月

十五日　發表《一個夠程度的人》（短篇小說）。載《時與潮文藝》第五卷第一期，曾收《茅盾文集》第八卷。現收《茅盾全集》第九卷。這篇小說諷刺了抗戰時期那種說話空洞漂亮、而行爲卑劣低下的人的醜惡嘴臉。

二十五日　出席《文哨》編輯部舉行的座談會。在會上建議《文哨》應多登載反映農村生活的稿子，注意培養農村文藝青年，到會的還有葉以群、

夏衍等。

三十日　國民黨頑固派查到《文化界時局進言》簽名運動的發起和組織者是文化工作委員會。蔣介石聞之大怒，立即下令解散了郭沫若主持的、茅盾等為委員的文化工作委員會。《新華日報》在報導這則消息時說：「幾年以來，該會在郭先生領導下，對於抗戰文化貢獻宏偉，馳名友邦朝野。這次突被解散，聞者頗感驚異。」載三十一日《新華日報》

同日　發表《馬達的故事》（散文）。載《藝文志》第二期（按：馬達（1903～1978 年）廣西北海人，木刻家），初收良友版《時間的記錄》，曾收《茅盾散文速寫集》，現收《茅盾全集》第十二卷。

同月　作《近年來介紹的外國文學——國際反法西斯文學的輪廓》（序跋）。載五月四日出版的《文哨》第一卷第一期，現收《茅盾文藝雜論集》。這是為《現代翻譯小說選》寫的長達一萬四千字的序文。該文較詳細地介紹了抗戰以來翻譯世界古典名著，蘇聯和歐美反法西斯文學作品的情況。文章說：「這時代的特徵是：曙光雖已在望，但黑暗勢力尚很猖獗，人民大眾已經覺醒，開始走上歷史舞臺，但數千年的傳統的負荷尚絆住他們的腳步，知識分子眼中是雪亮的，心頭卻有說不出的苦悶。」在這樣「偉大而艱苦、活躍而又矛盾的時代」，我們的新文學運動以及在介紹外國文學方面，都「保持著『五四』以來光輝的傳統」。

同月　作《讀書雜記》（雜感）。載五月四日《文哨》第一卷第一期。現收《茅盾文藝雜論集》。云：「這是讀完一部分作品後僅憑當時的感想隨手記下來的，感想多就多寫幾句，少則只寫一二句。」雜記中評析了碧野的小說《肥沃的土地》和《風砂之戀》，馬寧的小說《動亂》，姚雪垠的小說《春暖花開的時候》和《戎馬戀》。

同月　短篇小說集《委屈》由重慶建國書店初版印行。

本月

一日　郭沫若與「文協」電唁蘇聯作家協會，對阿·托爾斯泰的逝世表示哀悼。

春

約初春　趙家璧來唐家沱寓所，談編一套《抗戰八年文學大系》的想法。

對這一想法表示贊成，並答應大力協助，承擔編輯《八年小說集》的工作。不久，就將小說集選目初稿和一部份從雜誌上剪下的小說選稿交給了趙家璧。小說選目共分五類，入選作品三十五篇。抗戰勝利後，趙家璧所在的良友復興圖書公司因股東內部糾紛，無形停業，這個出版《抗戰八年文學大系》的計劃也隨之流產。（趙家璧《話說〈新文學大系〉》，載《新文學史料》1984年第 1 期）

四月

一日　與柳亞子等聯名發表《爲沈振黃先生募集子女教育基金啓事》，載《新華日報》。（按：沈振黃：青年畫家、不幸死於車禍）

六日　作《窒息下的呻吟——序甘永柏的小說〈暗流〉》（序跋）。載一九四六年五月二十四、二十五日《文匯報》，現收《茅盾文藝雜論集》和《茅盾序跋集》，云「中國文藝作家對於自身的任務，對於現實的把握，一向是在盡最大的努力，然而寫作的不自由使他們無從在文藝崗位上認眞做一點事。……然而，從心的深處發出來的呼聲終於不能抑制，口雖被堵住，還會呻吟。《暗流》可以說就是這樣一種呻吟。」

十二日　作《關於〈人民是不朽的〉》（序跋），載本年由中蘇文化協會編譯委員會出版的《人民是不朽的》。現收《茅盾序跋集》。介紹了這部蘇聯長篇小說的作者，評析了作品中的幾個主要人物形象並談了自己翻譯的經過。

十四日　發表譯作《劊子手的卑劣》（〔蘇〕A・托爾斯泰著）。載重慶《大公晚報・小公園》，亦見於十九日昆明《掃蕩報》和《中蘇文化》第十六卷第四期特刊。

十九日　作《五十年代是「人民的世紀」——紀念「文協」七週年暨第一屆「五四」文藝節》（評論）。載五月四日《抗戰文藝》文協七週年特刊。初收一九四六年大地書屋版《時間的記錄》，現收《茅盾文藝雜論集》和《茅盾文集》第十卷。云：「『五四』是思想運動，也是群眾性的政治運動。」文章還認爲「民主與科學，是新文藝精神之所在。同時，發揚民主與科學也就是新文藝的使命。而民主與科學表現在文藝思潮上的，我們稱之爲『現實主義』」。而現實主義的新文藝「應當配合著今天的民主運動」。因爲「不民主，中國就沒有前途」。

同日 作《關於阿Q正傳故事畫》（評論）。載六月安徽中央日報社出版的《點滴集》（羅洪編），現收《茅盾文藝雜論集》。認爲丁聰畫的《阿Q正傳》故事畫，「從頭到底，給人的感覺是陰森而沉重的。這一感覺，我在讀其他的阿Q畫傳時，不曾有過。我是以爲陰森沉重比之輕鬆滑稽更能近於魯迅原作精神的。」

同月 發表《序〈純眞的愛〉》（序跋）。載自力書店八月出版的《純眞的愛》（徐邨著）突兀文藝社叢書之一。現收《茅盾序跋集》。云：這是「一個十七歲的青年在課餘學習寫作，而並沒有花呀，月呀，姐姐呀，妹妹呀⋯⋯等等之類來陶醉自己。反之，他所看到的，都是泥濘的路，他所關心的『碧洞上』是『純眞的愛』，這無論如何，不能不叫我喜歡，不能不使我感動。」

同月 《第一階段的故事》（小說）由重慶亞洲圖書社印行。該小說最初連載於一九三八年四月一日至十二月三十一日香港《立報·言林》，發表時題目是《你往哪裡跑》，印成單行本時，改題爲《第一階段的故事》，原收《茅盾文集》第四卷，現收《茅盾全集》第四卷。

本月

八日 重慶各黨派領袖及文化界人士沈鈞儒、左舜生、章伯鈞、柳亞子、黃炎培、董必武、王若飛等歡宴郭沫若及文化工作委員會成員。

十二日 美國總統羅斯福逝世，杜魯門繼任總統。

二十三日 中國共產黨第七次全國代表大會在延安舉行。毛澤東作《論聯合政府》的報告。

二十五日 聯合國成立大會在美國的舊金山舉行。

五月

一日 發表《格羅斯曼及其小說——蘇聯戰爭文學管窺》（評論）。載一、二、三、五、六、七日《世界日報·明珠》。

二日 作《一點回憶和感想》（雜感）。載七月五日《文哨》第一卷第二期和五月四日重慶《大公報》，現收《茅盾全集》第十六卷。回憶了二十多年前的青年一代的生活，有些雖「幼稚」，但能「衝鋒陷陣、百鍊成鋼，在近二十年的中國歷史上寫下了光焰萬丈的詩篇。」「和那時的『幼稚』一同來的坦白、天眞、樸素、勇敢」，正是今天一些青年人所「缺乏的」。（1980 年 1 月

26 日《中國青年報》重新發表該文時,茅盾作了說明:「爲編集子、檢閱舊作,發現了這一篇。此文寫於三十五年前國民黨陪都重慶,回憶了五四——五卅——大革命時代青年人的精神面貌,也許對現在的青年還會有用處,所以奉獻給《中國青年報》——作者。」)

四日 上午,與葉以群一起參加重慶學生公社在學生公會大禮堂內慶祝「五四」文藝節而組織的文藝講話。到會一千多人,盛況空前。在會上說:「今天能和這許多青年朋友在這裡見面,這是多少年來,沒有的事了,看到青年朋友生氣勃勃,就感到中國是有希望的。」散會後,又被學生們團團圍住,經久不散,回答了他們提出的各種問題。載五日《新華日報》。

同日 下午,出席在重慶文化會堂舉行的「文協」七週年暨第一屆文藝節紀念會。與郭沫若、老舍、孫伏園、胡風等被選爲在渝理事,會上還通過了保障作家人身和寫作自由等提案。載五日《新華日報》。

同日 發表《文藝節感想》(雜感)。載重慶《大公報》,現收《茅盾文藝雜論集》。認爲目前大後方的文藝運動不太正常,發展也不快,其根本原因是「沒有自由的空氣」,「禁忌太多,統治太多,視批評爲叛逆,以阿諛爲忠誠,結果一定窒息了文藝。」又云:「今天的文藝運動正站在十字路口。時勢的要求,一天比一天更急迫了,文藝必須配合整個的民主潮流,『深入社會,面向人民』,表現人民的喜怒哀樂,說出人民心坎裡的話語。」

同日 發表《我們的方向——在〈文哨〉編輯部座談會上的發言》。載《文哨》第一卷第一期。

同日 自本日起後三、四天,與吳組緗、張天翼等同住「文協」宿舍。一次談到某作家,大家都頗有微詞。茅盾並未隨聲附和,卻說,此人有很好的才能,只要慢慢規勸,他就可以好起來,若是大家都鄙視,豈不是會把一個難得的人才糟蹋了。一天晚上,大家又一次談起爲茅盾祝壽紀念的事,茅盾仍然諱莫如深,堅決不肯接受。(吳組緗《雁冰先生印象記》)

十九日 作《雜感二題之一——丑角》(雜感)。載七月二十九日《新華日報》,曾收《茅盾文集》第十卷,現收《茅盾全集》第十六卷。揭露了希特勒佔領了的法國僞政府頭目貝當的種種醜行。

二十一日 作《森林中的紳士》(散文)。載一九四六年一月一日《新文學》創刊號,曾收《茅盾文集》第九卷,現收《茅盾全集》第十二卷。云:

被稱爲「森林中紳士」的豪豬的懶散悠閒的「生活方式」，是一種「叫人看了寒心的」生活方式。以此引起人們對自己的生活態度和方式的審視。

二十三日 作《寫下了第一篇作品以前的高爾基》（評論）。載貴陽《大剛報·陣地》，亦見於《文學新報》第二卷第一期。

同日 發表《略論祀灶》（雜感），署名牟尼。載《希望》第一卷第二期。

同日 發表《無常》（雜感），署名牟尼。載《希望》第一卷第二期。

三十日 作《致葛一虹》（書信）。談了在翻譯蘇聯作家亞歷山大·羅金斯的傳記小說《高爾基》時，所遇到的一些問題。（這部傳記小說的翻譯是爲了紀念高爾基逝世九週年，因時間緊迫，與戈寶權、葛一虹和郁文哉分頭翻譯。）（戈寶權《憶和茅盾同志相處的日子》；葛一虹《在那嚴酷的日子裡》載 1981 年 6 月 2 日香港《新晚報》）

同月 接方敬從貴陽的來信，爲他正在主編的《大剛報》副刊《陣地》約稿。在回信中說，副刊必須堅持抗戰的文藝方向，發表的文學作品要短小精悍。豐富多樣，生動活潑，要登一些翻譯的進步詩文，要辦出特色。並提醒方敬，高爾基逝世九週年紀念日快到了，副刊應該發表一些紀念文章，並隨信寄去了《寫下了第一篇小說的高爾基》等文章。（方敬《緬懷茅盾同志》，載《抗戰文藝研究》1982 年第 1 期）

本月

一日 希特勒自殺。

四日 《文哨》在重慶創刊，葉以群主編。

八日 德國法西斯簽署無條件投降書。

六月

月初 徐冰和廖沫沙專程來唐家沱寓所，談祝壽之事。徐冰說，給你祝壽，是恩來同志的意見，……沈先生不要以爲只是先生個人的事，這是進步文藝界的一件大事。是文藝界的朋友薈萃一堂向國民黨的一次示威，對於當前的民主運動也是一個推動。於是，不再推辭，同意了祝壽的建議。但是生日的確切日期已記不清，只知道是在尚未入伏的某月的二十四日，因此就選擇六月二十四日爲生日。（按：直到解放後，才弄清了茅盾生日的確切日期：光緒二十二年（農曆丙申年）5 月 25 日，即公元 1896 年 7 月 4 日）（《走在民

主運動的行列中——回憶錄（三十一）》；莊鍾慶《茅盾史實發微》；廖沫沙《〈中國文藝工作者的路程〉前記》，載《新文學史料》1981 年第 3 期）

月初　作《回顧》（散文）。載二十四日《新華日報》，亦見於十月一日《文哨》第一卷第三期。現收《茅盾論創作》。回顧了自己所走過的人生和創作的道路，談到了其中的甘苦和經驗。云：「人在希望中長大。假如五十而不死，還要帶著希望走完那所剩不多的生命的旅程。」「我所懊惱而亦感慚愧的，乃是不曾寫出中國的最平凡而其實是最偉大的老百姓。」談到自己怎麼會寫起小說來的，云：「事極平凡。因為那時適應生活『動』極而『靜』，許多新的印象，新的感想，縈迴心頭，驅之不去，於是好比寂寞深夜失眠想找個人談談而不得，便喃喃自談起來了。」「倘不傾吐心頭這一點東西，便會對不起人也對不起自己似的。」由是走上了文學創作的道路。

一日　發表《個性問題與天才問題——答覆『想搞文學』的青年的第一個問題》（評論）。載《中學生》復刊號第八十八期，現收《茅盾論創作》。文章認為，個性與天才與文學創作之間雖有關係，但決不是唯一的關係。有志於文學寫作的青年的「最重要的基本功夫：一是充實知識，二是充實生活。」「文學作家是『靈魂的工程師』，倘沒有廣博而深入的對於人類的知識，怎麼能夠擔當這樣大的任務呢？」除了書本上的知識之外，還須從「活的人生中獲得知識」。這樣才能使自己的創作「免於空洞、概念化、隔靴搔癢等毛病」。

六日　郭沫若、葉聖陶、老舍等發起「茅盾五十壽辰和創作生活二十五週年紀念」活動。（《新華日報》）

同日　應邀出席中蘇文協會為歡迎彼德羅夫大使和慶祝紅軍戰勝德國法西斯的雞尾酒會。（7 日《新華日報》）

八日　下午三時，出席由中蘇文化協會、文協、劇協聯合舉行的茶會，歡送郭沫若赴蘇出席蘇聯科學院二百二十週年紀念盛會。在會上致詞說，郭先生是代表了中國人民，是以人民大使、文化大使的身份參與盟邦蘇聯的這一盛會的。希望郭先生把中國人民爭取進步、自由的情形帶給蘇聯，把蘇聯的文化進步的情形帶回來。

上旬　「中外文藝聯絡社」成立，任社長，總編輯葉以群、總經理馮亦代。此係原來的「文通社」轉變而來。一九四一年十二月太平洋戰爭爆發，香港淪陷後，「文通社」自行解散。後到一九四四年春夏，葉以群受周恩來

指示，要一個類似「文通社」那樣的文藝機構，以便繼續溝通重慶、昆明、成都、貴陽、西安等城市以及四川、湘南一些城鄉的報刊發行出版，與美、蘇、法、日等文藝交流信息，與香港、上海、漢口、平津等地的聯繫。「文聯社」的活動基金「是由孫夫人宋慶齡資助的」。一九四五年夏至一九四六年初，「文聯社」社址在重慶。一九四六年春，社址移至上海。主要編輯成員有：郭沫若、茅盾、老舍、聞一多、葉聖陶、曹禺、洪深、夏衍、馮乃超、曹靖華、李青崖、焦菊隱、戈寶權、徐遲、袁水拍、葉以群。（馮亦代《回憶以群》；鳳子《〈海天〉的天地在哪裡》；《新華日報》1945 年 7 月 19 日「文化短波」、1946 年 5 月 16 日「文化短波」；王中忱《茅盾參與過的三個文學社團》，載《東北師大學報》，1982 年第 4 期）

十一日　發表《貝當與賴伐爾的下場》（雜論）。載《貴州日報》。

十八日　發表譯作《流浪生涯——高爾基生活之一頁》（〔蘇〕A·羅斯金著）。載《新華日報》。

二十日　《茅盾五十壽辰和創作活動二十五週年紀念》籌備會發佈通啓。告知各界，定於二十四日在白象街西南實業大廳舉行紀念活動。（《新華日報》）

二十三日　為紀念茅盾先生五十壽辰和創作生活二十五週年，重慶各書店特價發售茅盾著作三天，並編了一份《茅盾著作目錄》，載《新華日報》。（陳漾《一份茅盾先生著作的目錄》，載《新文學史料》1979 年第 4 期）

二十四日　為了參加祝壽活動，與夫人德沚早早地就從唐家沱出發去城裡。因搭車不順，到會場時已近下午三時。重慶各界知名人士和文藝界的朋友幾乎都到了，共七、八百人。王若飛代表中共出席了茶會，邵力子以個人身份前來祝賀。到會的還有沈鈞儒、柳亞子、馬寅初、章伯鈞、鄧初民、劉清揚、胡子嬰、張道藩等。蘇聯大使館的一等秘書費德林、美國新聞處的賓愛士以及外國新聞記者等十一位盟邦友人，剛從新疆監獄中死裡逃生的趙丹、徐韜、王為一、朱今明也前來祝賀。

紀念活動的主席沈鈞儒首先致詞，在表示了對茅盾的敬意之後，談了三點看法：第一，茅盾先生的創作是有中心思想，圍繞這個中心思想而選擇材料描寫的；第二，作品中表現出認清了時代的各種關係；第三，寫老百姓的東西。總起來說，他能夠抓住時代，是文化戰士。柳亞子說：「作為文藝家，要的是政治認識，『有所為』是對政治的認識。『有所不為』就是對政治的操

守，沒有操守思想就反動落後，對民族無一點好處，茅盾先生就是『有所為』與『有所不為』的作家。」鄧初民說，今天的祝壽會，「是慶祝也是鞭策，不僅對茅盾先生是鞭策，對大家也是鞭策。」費德林宣讀了蘇聯駐華大使彼得羅夫的賀信，信中說：「尊敬的茅盾先生：衷心祝願您五十歲壽，並希望你的寫作事業得到更輝煌的成就。蘇聯的讀者，對您的天才和作品，有著崇高無比的估價。蘇聯讀者普遍敬仰和熱烈歡迎你底大作。」白薇以婦女的身份，向茅盾夫人孔德沚鞠躬致意，讚揚她為得力的「內務部長」。張道藩在講話中加了一段小插曲，他說：「昨天我的九歲半的女兒問我：茅盾是不是充滿了矛盾？我說，不，茅盾一點兒也不矛盾。」在會上講話的還有邵力子、王若飛、竇愛士、馬寅初、劉清揚、常任俠（剛從昆明來），馮雪峰（代表文藝界）、傅彬然（代表出版界）等。

隨後，于立群朗誦了中華全國文藝界抗敵協會的祝詞，祝詞中說：「嚴肅的態度，細密的文字，無盡的篇軼，不屈的操守，您的這些工作特點與處世精神，使您成為我們的燈塔、我們的表率、我們的模範。」白楊、趙蘊如、臧雲遠以及育才學校的女生朗讀了賀電、賀詩。趙丹、金山、張瑞芳朗誦了《子夜》中吳蓀甫和趙伯韜在酒吧談判的一節。

會上，正大紡織廠的陳鈞（陳之一）先生委託沈鈞儒和沙千里律師將一張十萬元支票贈送給茅盾，指定作為茅盾文藝獎金。事後聽說，這筆獎金是陳鈞在董必武授意下捐贈的。茅盾在接受捐款時表示：自己生平所寫的反映農村生活的作品不多，引以為憾，建議以這些捐款，舉行一次反映農村生活題材的短篇小說有獎徵文。以後，「文協」為此專門成立了由老舍、靳以、楊晦、馮雪峰、馮乃超、邵荃麟、葉以群組成的茅盾文藝獎金評獎委員會，並組織了一次有較大影響的有獎徵文。

祝壽茶會結束以前，茅盾起來致答詞，首先，向在座的各位表示感謝，今後一定更努力地工作，不辜負大家的希望。「五十年來，我看到了多少巾幗優秀兒女犧牲了。我自己也是從血泊中走過來的，而現在，新一代的青年人擔負了比我們這一代更重的擔子，他們經歷著許多不是他們那樣年齡所需經歷的事，看到這一切，又想到這一切，我覺得我更有責任繼續活下去，繼續寫下去。抗戰勝利已經在望了，然而一個民主的中國還有待於我們去爭取，道路還很艱險。我準再活二十年，為神聖的解放事業做一點貢獻，我一定要

看見民主中國的實現，否則我就是死也不瞑目的。」

　　茶會在熱烈的氣氛中到五點鐘才結束。接著應籌備會的朋友們的邀請，與德沚和朋友們在實業大樓共進晚餐。是夜，在張家花園「文協」總會過夜。（《走在民主運動的行列中》；25 日《新華日報》；《陽翰笙日記》；穆仁《茅盾與突兀文藝社》）

　　同日　「茅盾先生五十壽辰和創作活動二十五週年」紀念茶會收到了大量的作家題詞和賀信。

　　郭沫若題詞：人民將以夫子為木鐸。

　　馮乃超題詞：五十而有更多的條件來瞭解中國人民的命運。

　　孫伏園題詞：「霜葉紅似二月花」雁冰兄大衍之慶，敬以尊作書名七字題贈，五十乃如日方中，不宜以霜葉比，而壽翁之積極精神，固勝似二月花也。

　　洪深題詞：忠厚之心、鋒利之筆。

　　葉聖陶題詩：二十五年交不淺，論才衡操我心傾，力排世欲暖姝者，夙享文壇祭酒名。待旦何時嗟子夜，駐春有願惜清明，托翁易老豈難改，五十方如初日明。

　　陽翰笙題詞：從人民中來，到人民中去，您的方向就是我們的方向。

　　胡風題詞：子夜之虹、霜葉如花。

　　老舍題詞：雞聲茅屋聽風雨，戈盾文章赴鬥爭。（老舍因故未能出席茶會，並附來一信，說明情況）

　　吳祖光題詞：您是真理和進步的化身，想到您的時候，我們便不敢懈怠，不敢偷安。

　　吳組緗題詩：無語到蘭台，昔曾遙夜來，相望月下客，獨攀夢中梅，雨過天香合，星沉曙色開，早知春已盡，須著綉襦回。蓬萊未可即，故有鳳池春，種種游鱗見，年年杜若新，望中連大漠，高處出層雲，因迎階前使，開簾飛鳥頻。九月間夢中得句敬錄之以賀雁冰先生五十大壽。

　　靳以題詞：走在血和淚的路上，寫出千古不朽文章。

　　馮雪峰題詞：在現實主義文藝的血路上。

巴金題詞：我喜歡你的文章，我佩服你的工作態度，我覺得你並沒有老，而且我相信你永遠不會老，你是我們大家敬愛的先生。

臧克家題詞：以自己的心血哺育了別人的人，他是永遠不老的。

艾蕪題詞：從你的作品和你的爲人，好些年來都不斷地得到鼓勵和勇氣。

徐遲題詞：離開我的家鄉以後，許多年來，只從你的作品中看到我們的家鄉，以及家鄉的人，聽到鄉音，被喚起鄉愁。

梅林題詞：從你愛憎分明的著作裡，我知道了應該走怎樣的路子。

陳白塵題詞：像熱烈地主張著所是一樣，熱烈地攻擊著所非。像熱烈地擁抱著所愛一樣，更熱烈地擁抱著所憎。錄迅翁語敬祝茅盾先生五十大壽。

邵荃麟題詞：臨危經久戰，用意始如神。錄杜工部句敬祝茅盾先生五十壽慶。

葛琴題詞：二十五歲，走上崗位，半生奮鬥，虹貫子夜。

馮玉祥先生送的卷袖上繪有一隻壽桃，並有題詩：黑桃白桃和紅桃，各桃皆可作壽桃，文化戰士當大衍，祝君壽過期頤高。

趙清閣贈送一張自己畫的松鶴。

陽翰笙、于立群等十五人還聯合簽名送了一份賀詞。黃炎培、楊衛玉、俞頌華也都送了賀詞和賀信。

二十五日　與德沚應邀出席宋慶齡、沈鈞儒、史良在史良寓所（猶莊）舉行的宴會，出席作陪的還有王若飛、陶行知、鄧初民、沙千里等。

午後，參加中蘇文協研委會全體會議，到會的還有陽翰笙、王芸生（《大公報》主筆）、陳伯莊、章友江（進步文化工作者）、侯外廬等。（《陽翰笙日記》）

二十六日　收到謝冰心寄來的賀信，她因病未能親自前來參加祝壽茶會，賀信中說：「您是從五四起不斷的努力的一個人，我是十分的佩服而欣羨，希望您再努力至少五十年。」

遠在昆明的光未然也給茅盾寫來了長長的賀信。在介紹了昆明文化界祝壽會的熱烈情況之後，還全文抄錄了在誤聽到茅盾殉難的消息時所寫的《我的哀辭》，以表達對茅盾的敬仰之情。

下旬　忙於寫作自己的第一個劇本《清明前後》的大綱。寫這樣一部反映中國民族工業命運的作品的願望，早在給胡子嬰修改她的中篇小說《灘》的時候就產生了。現在已基本考慮成熟。試圖在該劇本中，通過一樁剛發生不久的黃金舞弊案，揭露官僚資本家及其爪牙的卑劣與無恥，民族資本家的掙扎與幻滅，以及安分守己窮困潦倒的小職員又如何變成了替罪羊，從而向讀者展示出抗戰勝利前夕國民黨戰時首都的一幅社會縮影。其主題是：政治不民主、工業沒出路。(《走在民主運動的行列中》)

同月　與戈寶權、郁文哉、葛一虹合譯的傳記小說《高爾基》由北門出版社和新中國書店同時初版印行。

同月　譯作《人民是不朽的》作爲中蘇文化協會文學叢書，由文光書店印行。

當月

二十四日　《新華日報》發表社論《中國文藝工作者的路程》，載重慶《新華日報》。(按：據該文重新於 1981 在《新文學史料》第 3 期發表時，廖沫沙「前記」的說明文字，云本書是應中國共產黨在重慶的領導周恩來、董必武、王若飛「決定在《新華日報》爲沈老五十歲生辰和創作生活二十五週年編發專刊祝壽」而寫的，經「周恩來、王若飛同志審查、修改後，以社論名義發表」。) 云「以茅盾先生堅定地鬥爭過來的二十五年的歷史作爲一根輝煌的紅線，來談談中國知識分子和文化工作者所經歷了的路程。」認爲茅盾「二十五年的心血」，集中於「反封建反帝國主義——爭民主爭自由」，茅盾「一貫努力的方向」、「一根燦爛的紅線」就是「文藝要爲人生，也就是要爲民族的解放，要爲大眾的幸福」。認爲茅盾描寫了農村、城市的「平凡的人」，並寄予同情，也描寫了大地主大買辦大銀行家，作者「充滿了憎惡」。認爲「中國新文藝運動中有茅盾先生這樣一位彌久彌堅，永遠年輕，永遠前進的主將」，是「值得驕傲的」。

王若飛發表《中國文化界的光榮、中國知識分子的光榮——祝茅盾先生五十壽日》，載《新華日報》。云：「茅盾先生的創作事業，一直是聯繫著和反映著中國民族與中國人民大眾的解放事業的，」他「爲中國的新文藝探索出一條現實主義的道路。」文章最後指出：茅盾「所走的方向，是爲中國民族解放與中國人民大眾解放服務的方向，是一切中國優

秀知識分子應走的方向。」

葉聖陶發表《略談雁冰兄的文學工作》，載《新華日報》。認爲：「《小說月報》的革新是雁冰兄的勞績」。「自從《小說月報》革新以後，我國才有了正式的文學雜誌。」文章還提到茅盾小說是「兼具文藝家寫創作與科學家寫論文的精神的。」

柳亞子發表詩作《祝茅盾先生五十雙壽》，載《新華日報》。其一云：「壽君五秩感君賢，風雨論交二十年。記反潮流澎湃日，甘陵部部著鞭先。」其二云：「蹈海歸來恥帝秦，著書短唱更長呻。憂時血淚生花管，贏得高名動鬼神。」盛讚茅盾磊落的精神、正直的人格和精湛的文學作品。

恨水發表《一段旅途回憶——追憶在茅盾先生五十壽辰之日》，載《新華日報》。文中談到了茅盾對章回體小說改良寫法的關注。

吳組緗發表《爲中國現實主義文學祝賀》，載《新華日報》。

葉以群發表《雁冰先生的生活》，載重慶《大公報》。

子？發表《沈雁冰先生——祝賀創作二十五週年紀念》，載重慶《大公報》。

子？發表《四個五十大壽——魯迅、郭沫若、老舍、茅盾》，載《大公晚報·小公園》。

子？發表《矛盾的茅盾壽辰》（原文出處不詳，現載莊鍾慶編《茅盾紀實》），記述了茅盾祝壽紀念活動的過程，特別寫到了茅盾自己的表態：今天他有了再活二十年的勇氣，他要參加人民的解放事業，也就是一個民主中國的出現。

陳白塵發表《茅盾先生印象記——敬祝先生五十壽辰創作二十五週年紀念》，載《大公晚報·小公園》。

臧克家發表《這樣一個人——爲祝賀茅盾五十壽辰作》，載一九四五年六月二十四日《中央日報》。

同日　成都文化界也舉行了慶祝茅盾五十壽辰和創作二十五週年的紀念活動。葉聖陶、黃藥眠、應雲衛、沈志遠、丁易、鄒獲帆出席並講了話。葉聖陶激動地說，我們都在黑暗中走路，不管離天亮還有多久，路上還有多少險阻，我們終究會走過去的。茅盾先生二十五年的工作，就好比是舉一盞燈籠在黑夜裡努力地走，我們祝賀他五十壽辰，就要像

他那樣也拿起一盞燈籠向前走，儘管現在還是黑暗、但光明終將把黑暗照亮。「文協」成都分會還給茅盾發去了賀詞，讚揚茅盾「始終不屈不撓和我們人民站在一起向黑暗勢力奮鬥。」「先生的筆，是一支最有力的武器，先生的名字，是一個旗幟。在先生五十壽辰的今天，我們敬祝先生健康長壽，並領導我們爲實現自由、獨立、民主的新中國而奮鬥。」（《行進在民主運動的行列中》）

二十五日　邵荃麟發表《感謝與期待》，載《新華日報》。

潘梓年發表《人民的立場嚴肅的態度》，載《新華日報》。云：「茅盾先生是新文藝運動有數的領導人之一，他的立場是正確的，他的態度是嚴肅的，他的寫作也必將是不打的。」

張西曼發表《我們在武漢時代的共同努力》，載《新華日報》。

同日　昆明文藝界在新開張的文藝沙龍舉行茅盾五十壽辰和創作二十五週年的紀念活動。到會的有李公樸、聞一多、聞家駒、朱自清、田漢、李廣田、宋雲彬、劉思慕、李何林、白澄、呂劍、韓北屏、楚圖南、光未然、馬子華、何家槐等。大家在紀念會上紛紛發言，高度評價了茅盾這些年的勞績。朱自清在講話中談到自己走上文學道路最初就是受到茅盾的鼓勵。自己寫的第一篇文章，就是由茅盾發表在《小說月報》上的，還收到了茅盾的回信，由是提高了寫作的興趣。整個紀念會氣氛熱烈，不少與會者還題詞向茅盾表示祝賀。

馬玉華發表《爲祝賀茅盾先生創作二十五週年並五十壽敬致文藝界諸先生》。載 1945 年 6 月 25 日《雲南日報》。

田漢發表《憶茅盾》，載一九四五年六月二十六日昆明《掃蕩報》。文章回憶了與茅盾在重慶、桂林等共同生活、工作的往事。

蔣牧良發表《爲茅盾先生祝壽》。原出處不詳，現載莊鍾慶編《茅盾紀實》。

李何林的題詞：學問博、生活體驗博，文藝工作範圍博。

光未然的題詞，你的芳作的結晶是中國人民最寶貴的財產。

朱自清題詞：我佩服你是一位能夠批評與創作、文藝與人生打成一片的人。

李廣田的題詞：老實、結實、現實：文藝工作者應該學習茅盾先生在爲人、思想與創作上的這三種作風。

聞一多題詞：作爲保衛人民、擁護眞理的戰士，茅盾先生，今天還有誰比你更篤實、更堅定、更持久的呢！

李公僕的題詞：簡樸自若，堅決和平，廿五週年，創作日新，獎掖後進，親愛精誠，始終如一，文壽長青。

田漢的題詞：月牙山的烏桕樹依舊，在碧漪潭上弄著影子，然而桂林的山水蒙著不潔快過了半年了，你還記得大家給你送行的那天嗎？我預備到桂南去一次，今晚大家在給你祝壽，我們還沒有老，給祖國更多些吧！

祝壽會還收到了何香凝的題詞：茅盾先生是當代中國最優秀、最堅實的小說家，是新文學運動中最穩健、最精明的主將之一。他把外國爲人生爲人民的文學介紹到中國來，同時表現了中國人民的感情和要求，他可以尊爲中國最光輝的人民作家，可以列在世界的文壇上而無愧。

三十日 鄧初民發表《茅盾先生的五十生日》，載《新華日報》。他認爲，茅盾先生五十生日的集會，「不是一種普通的祝壽、個人的榮典的集會，而是加重茅盾先生及一切文藝工作者、乃至民主戰士的負擔、責任的集會。」

沙汀發表《感謝之辭》，載《新華日報》」。

宋雲彬發表《朋友畢竟是朋友》，載昆明《掃蕩報》。

當月 在《新華日報》等報刊雜誌上發表祝賀茅盾壽辰的詩詞和文章的還有：李劼人、黃芝岡、陳子展、蔣牧良、牧野、力揚、丁易、馬子華、柳倩、蔡楚生、碧野、任鈞、陳望道、張靜廬、吳朗西、馬宗融、方令孺、李長之等。

當月 田玉發表《茅盾新作〈霜葉紅似二月花〉》。載《文藝春秋叢刊》之四《朝露》。認爲這部小說是寫「五四運動開始以後的知識分子的動蕩、維新和守舊之間的鬥爭，……從而及於土地的改革、青年思想的問題。」「就創作技術來說，從這本小說裡，可以看出中國化的痕跡，中國舊小說中常見的詞句，一些爲廣大的讀者群所熟悉的傳統的好處，在這本小說裡已經有了很好的運用。」「在方法上，作者給每個人物一個故事，這些人物有共同的一面，也有個人的一面，根據問題的中心發展他的人物。」「總之，這是一部值得注意的鉅著，我們雖尚不能窺得全豹，但看作者的布置，實可和托爾斯泰的《戰爭與和平》及羅曼·羅蘭的《約翰·克利斯多夫》相提並論。」

本月

九日　郭沫若赴蘇參加蘇聯科學院盛典。

同日　中共中央舉行七屆一中全會。

中蘇文藝聯絡社成立，茅盾、葉以群、徐遲等主持。

七月

一日　發表《悼念胡愈之兄》（散文）。載《中學生》復刊第八十九期。本書曾收入一九四五年良友版《時間的記錄》，該書後改由大地書屋出版時，作者在《後記之後記》中說，這篇文章「是訛傳愈之不幸時寫的，現在既知愈之兄幸慶健在，自當刪去。」現收《茅盾全集》第十二卷。

同日　發表譯作《蘋果樹》並附「譯者前言」。（〔蘇〕N・吉洪諾夫著）。載《文哨》第一卷第二期，並輯入《歐戰勝利紀念特輯之二——戰時蘇聯文藝》。「譯者前言」現收《茅盾序跋集》。

七日　作《時間的記錄・後記》（序跋）。載良友復興圖書公司一九四五年七月版《時間的記錄》，初收《茅盾文集》第九卷，現收《茅盾序跋集》。云：「世界的民主潮流是這樣洶湧澎湃，然而看著我們自己的國家，卻那麼不爭氣。」「在此時期，應當寫的實在太多，而被准許寫的又少的可憐，無可寫而又不得不寫，待要閉目歌頌罷，良心不許，擱筆裝死罷，良心又不安。」「我寫這後記，用意不在藉此喊冤，我的用意只在申明這一些小文章本身倒是這『大時代』的諷刺。這些小文章倘還有點意義的話，則最大的意義或亦即在於此。」

同日　作《記Y君》（散文）。初收良友圖書公司版《我的良友》，曾收《茅盾散文速寫集》，現收《茅盾全集》第十二卷。本書記述了大革命時期惲代英（即Y君）對於愛情和婚姻的態度，體現了他高尚的品格。

十四日　作《雜感二題之二——又一副嘴臉》（雜感）。載二十九日《新華日報》，與《雜感二題之一——丑角》同日發表。曾收《茅盾文集》第十卷，現收《茅盾全集》第十六卷。該文揭露了那些苟且偷安、見風使舵者，在日本軍國主義猖狂時和行將滅亡時的不同嘴臉。

十七日　作《在人民的求自由解放的浪潮中，您永遠的活著！》（散文）。載二十四日《新華日報》，現收《茅盾全集》第十六卷。這是一篇紀念韜奮逝世一週年的文章。云：「在人民的勝利聲中，您的精神是不死的，在人民的不

可禦的求自由解放的浪潮中，您是永遠地活著！」

二十日　作《光明磊落、熱情直爽的杜重遠先生》（散文）。載二十四日《新華日報》，現收《茅盾全集》第十六卷。云：「第一次的對於重遠先生的印象，簡單地是八個字：光明磊落、熱情直爽。」「我和重遠先生相知日短，共事的時間也不久，但我景仰他的心，我為民族而哀念他的心，將永遠不衰。」

二十四日　上午九時，應邀出席重慶文化界人士舉行的「鄒韜奮、杜重遠兩先生逝世一週年紀念會。」並為《新華日報》的《鄒韜奮、杜重遠先生逝世週年紀念特刊》題寫了刊頭。

同月　作《〈回顧〉後記》（序跋），現收《茅盾序跋集》。（按：本書係為計劃出版的兩個散文集之一《回顧》（另一個集子為《時間的記錄》所寫的後記，此書後未能出版，現據作者手稿摘錄。）該集中主要收了談「文藝修養及其性質相近的小文章。」作者在「後記」結束時說：「自我有生以來，未見文化出版業之危機有如今日之深刻，亦未見健康的讀物之需要有如今日之迫切！因此藉這後記，略誌數張，蓋亦『立此存照』之意云爾。」

同月　《時間的記錄》由良友復興圖書公司出版。

當月

一日　鄭伯奇發表《遙祝茅盾先生五十壽辰》。載《泰風日報》、《工商日報》聯合版副刊《每週文藝》第一卷第九期。

五日　李廣田發表書評《〈人民是不朽的〉》，載《文哨》第一卷第二期。

九日　陝甘寧邊區文協、文抗延安分會電賀茅盾五十壽辰。稱「作為一個先驅者，先生所努力著的為民族解放為人民大眾服務的方向，是一切中國優秀的知識分子應走的方向。」載《解放日報》。

十一日　石菽發表書評《做怎樣一個人？——〈高爾基〉》載《新華日報》。向讀者推薦茅盾等譯的傳記小說《高爾基》。

同日　《新華日報》的「文化短波」欄目報導：茅盾正在寫一個劇本，作為「中國藝術劇社」秋季的第一個節目，他自己說，寫這個劇本，是因為「夏衍和宋之的的慫恿」。

本月

七日　昆明文化界在文藝沙龍舉行文藝檢討會，出席者有聞一多、

李公樸、田漢、潘光旦等三十多人。大家認爲：「政治不民主，一切文化都沒有前途。」

夏

約初夏　與夫人德沚一起去吳祖光家（吳祖光當時也住唐家沱），請他代找一人抄一下劇本《清明前後》的詳細分幕提綱。吳祖光的正在上中學的弟弟吳祖強正好放暑假在家，就將這一抄寫的工作交給了他。到《清明前後》上演時，還專門給了吳祖強兩張票，請他去看戲。（吳祖光《敬悼茅盾先生》，載 1981 年 4 月 12 日《中國青年報》；吳祖強《追悼茅盾先生》，載 1981 年 6 月 14 日《光明日報》）

八月

一日　「文藝雜誌社」與「文哨月刊社」聯合發出「茅盾文藝獎金」徵文啓示。徵文以反映農村生活的短篇小說、速寫、報告爲限。老舍、靳以、楊晦、馮乃超、馮雪峰、邵荃麟、葉以群七人爲評選委員。載《文藝雜誌》新一卷第三期，亦見於三日《新華日報》。（這次徵文經評選而獲獎的作品有：甲等三名：徐疾《興鄉疫政即景》，田苗《互替的兩船夫》，木人《豐收》，每人獎贈國幣四萬元。乙等二名：溫士楊《會議》，李俞《還政於民記》，每人獎贈國幣三萬元。丙等三名：生群《農村的一角》，夏培靜《么店子》，汪文孫《風波》，每人獎贈國幣二萬元。）

六日　從本日起，劇本《清明前後》開始在重慶《大公晚報·小公園》上連載。

十日　發表《怎樣復興抗戰後的文化事業》。載《國訊》旬刊第三九六期。

十二日　發表《爲民營出版業呼籲》（雜論）。載重慶《大公報》，曾收《茅盾文集》第十卷，現收《茅盾全集》第十六卷。對於重慶數十家民營出版社就紙張供應、印刷價格等問題而發出的呼籲，表示了自己支持的態度，同時抨擊了國統區出版業的腐敗現狀，認爲這是「文化市場」的「空前危機」。

十三日　晚出席在張家花園「文協」召開的慶祝抗戰勝利歡談會。會上，談到了「文協」改名和廢除戰時圖書雜誌審查制度等問題，並成立了附逆文化人調查委員會，來處理文化漢奸的問題。（文天行《國統區抗戰文藝運動大事記》）

十五日　發表《幾個初步的問題》（評論）。載《文學》月刊革新號。回答了文學青年們常常提出的「應該讀那些名著？如何開始寫作？」等問題。

二十九日　作《讀宋霖的小說〈灘〉》（序跋）。載九月十六日重慶《大公報》。評析了這部在自己的悉心指導和鼓勵下而創作的小說。認爲「到現在爲止，反映大後方近年來經濟動態的文學作品，還是寥寥可數，宋霖的小說《灘》是這類作品中最值得注意的一部。」

同日　下午，出席中蘇文協爲歡迎郭沫若、丁西林訪蘇歸來而舉行的茶會。（30 日《新華日報》）

三十日　作《致鄭伯奇》（書信），答應爲其主編的《每週文藝》撰稿，並告訴鄭「戰爭已告結束，然弟等入出固不易。今欲返鄉亦同樣不易。大概在陽曆年前恐尙在重慶也。」（《茅盾書信集》）

同月　讀到了印在土紙上毛澤東的《在延安文藝座談會上的講話》的全文。讀完後「全身感到愉快，心情舒暢，精神陡然振作起來。」有一種「醍醐灌頂」之感。（《學然後知不足》，載《人民文學》1962 年第 5 期）

同月　日本投降後，每週參加兩次固定的活動。一次在郭沫若的寓所，參加者爲各民主黨派頭面人物，也有共產黨的代表（一般爲徐冰），會議主要漫談時局的演變，最後由共產黨的代表講一點意見。另一次活動是在周公館，參加者絕大多數是黨員文藝工作者，會議內容爲總結抗戰八年的文藝運動和探討今後新形勢下文藝運動的方向，也討論當時比較敏感的一些文藝問題。周恩來經常來參加這兩個會。（茅盾《抗戰勝利後的奔波——回憶錄（三十二）》載《新文學史料》1986 年第 3 期）

同月　繼續加緊寫作《清明前後》。「剛寫了兩幕，敵人投降的消息來了」，但「還是頑強地寫著」。曾經覺得這個題材可能有些過時，「而且又愈來愈覺得技術上不像個樣，可是轉念一想，公然賣國殃民的文字還在大量生產呢，我何必不在這烏煙瘴氣中喊幾聲？」最後，「終於在勝利聲中把五幕寫完了。」（《〈清明前後〉後記》）

本月

六日　美國在日本廣島投擲了第一顆原子彈。

八日　蘇聯對日作戰。美國在日本長崎擲了第二顆原子彈。

十四日　日本宣布無條件投降。

二十八日　毛澤東率中共代表團飛抵重慶，與國民黨談判停戰問題。

九月

一日　應邀出席中蘇文協舉辦的慶祝中蘇同盟條約簽定的盛會。前來重慶參加國共談判的中共中央主席毛澤東亦來參加此會，第一次與各界人士見面。載2日《新華日報》。

同日　發表《如何辨別作品的好壞──答覆『想搞文學』的青年的第二個問題》（評論）。載《中學生》復刊第九十一期，現收《茅盾論創作》。云：辨別文藝作品的好壞，「先得看你對於好或不好是怎樣一個看法」，即要有一個衡量標準。然後就是「求懂」，其第一步是「研究人物」，第二步是「看書中提出了些什麼問題」。這樣才能對一部作品做出中肯的評價。

上旬　與夫人孔德沚同去重慶紅岩村，向到渝不久的毛澤東作禮節性的拜訪。（《抗戰勝利後的奔波》）

應邀與郭沫若同去毛澤東處晤談，曾向毛澤東：「您高瞻遠矚，對形勢的看法如何？」毛澤東回答，蔣介石是要打仗的，但是，他不得人心。和平的旗幟在我們手裡。他要打，我們也不怕，我們有準備。（何其芳《毛澤東之歌》，載《何其芳文集》第三卷）

約上旬　終於將《清明前後》寫完，並將劇本交給專程來取劇本的林樸暉，由他將本子轉交給中國藝術劇社。（林樸暉《三水午夜遇夏公》，載1995年4月5日《新民晚報》）

趙丹、徐韜、王爲一、朱今明等剛剛組織的中國藝術劇社，決定上演《清明前後》。趙丹自任導演，並前來談劇本搬上舞臺時所必須作的一些修改。向趙丹表示：一切由你全權處理。（《走在民主運動的行列中》）

十五日　發表《狼》（雜感）。載《文藝雜誌》新一卷第三號。現收《茅盾全集》第十六卷。云：法西斯就像殘酷而狡猾的狼，但畢竟還是逃脫不了滅亡的命運。

十八日　出席重慶文化界和文藝界在文化會堂舉行的座談會，討論了復員等問題。到會者還簽名發起國際文化合作促進會和中華全國文藝作家協會。（文天行《國統區抗戰文藝運動大事記》）

下旬初　因身體不適，在張家花園文協宿舍休息，剛從延安調來重慶《新

華日報》社工作的版畫家劉峴夫婦偕女兒來訪。談話中劉峴無意中透露了沈霞因人工流產手術事故而於八月二十日去世的消息。聞此噩耗，悲痛萬分。葉以群在一邊證實了這一消息，並說，是周恩來同志叮囑暫時不要把這件事告訴你，怕你過分傷心，弄壞身體，加之前一陣你正在趕寫《清明前後》。當日下午，與德沚回唐家沱，並未將沈霞去世的消息告訴德沚。(《抗戰勝利後的奔波》；劉峴《他永遠活著——悼念沈雁冰同志》，載 1981 年 5 月 23 日《羊城晚報》)

得知沈霞去世消息的第二天，又趕進城，在周公館見到了徐冰。徐冰說，洛甫由延安來電，對造成沈霞手術事故的醫生，已給予了處分。還說，周恩來本想親自將這不幸的消息告訴你，但最近一直未能抽出空來。當即表示：不必讓恩來同志為此分心。並把先將兒子沈霜由延安接來重慶，再將噩耗告訴德沚的想法談出。徐冰表示，立即報告周恩來，解決此事。(《抗戰勝利後的奔波》)

二十三日　與德沚同去城裡看《清明前後》的彩排。

同日　《新華日報》登出廣告：中國藝術劇社不日公演茅盾的第一部劇作《清明前後》。導演：趙丹，舞臺監督：朱今明，演員：王為一、顧而已、秦怡、趙韞如、孫堅白等。

同日　發表《文藝往來》(書信)(與穆木天的通信)，載《秦風・工商日報》聯合報《每週文藝》第二十期。

二十六日　《清明前後》正式公演。第一天的上座率並不高。《清明前後》成功地塑造了抗日戰爭中民族資產階級林永清的形象，他有愛國熱情，但他固有的軟弱性格又使其常屈從於官僚資產階級金澹庵等。當他在嚴酷的現實面前覺醒過來，高呼出：「我要控訴！我要向社會控訴！我要代表我這一個工業部門向千千萬萬有良心的人民控訴」時，全劇的「政治不民主，工業就沒有出路」的主題就十分強烈地體現出來，並震動了每一位在場的觀眾。(《走在民主運動的行列中》；宋之的《〈清明前後〉演出前後》，載 1949 年 1 月 23 日香港《華商報》)。

下旬　《清明前後》公演四天後，觀眾愈來愈多，場場爆滿，甚至星期天還要加演，才能滿足觀眾的需要。該劇在工業界引起的共鳴更為強烈，有的工廠老闆包場請工人看。在這期間，還曾收到永利化學公司的來信，要求

允許他們自己排演《清明前後》。回信時，答應了他們的要求，並且免收演出稅。(《走在民主運動的行列中》)

　　同月　發表《在「建設東北之路」座談會上的發言》(講話)。載《反攻》第十卷第二期。

當月

　　二十日　銘伊發表《反映當前現實的〈清明前後〉》。載重慶《新民報》晚刊。

　　二十五日　柳亞子爲紀念魯迅誕生六十五週年，寫律詩一首，詩曰：「禹甸堯封筆陣昌，瓣香早拜魯靈光。孔姬法乳傳茅盾，瑜亮同時有鼎堂。」意即茅盾、郭沫若是繼魯迅之後的文壇兩巨人。(陳福康《柳亞子詩中評茅盾》，載《西湖》1982 年第 3 期)

　　二十九日　郁文哉發表《讀〈清明前後〉》，載重慶《新民報》晚刊。云：「中國民族工業的厄運是中國現代經濟史的重要内容之一，也是中國現代文學的重要主題之一。中國文藝家首先而且正確地把它反映入作品中去的，當推茅盾先生。」文章還指出：「《子夜》和《清明前後》兩書雖然都是描寫中國民族工業的厄運，但其間已明白表示出有著一個距離。吳蓀甫失敗得發了瘋；林永清則終於覺悟起來了。這是中國民族工業家的一個進步。」

本月

　　二日　日本政府代表在美國軍艦密蘇里號上簽字投降。至此抗日戰爭勝利結束。

　　十二日　國民黨政府宣布自十月一日起廢止新聞、雜誌的審查制度。

　　本日　著名作家郁達夫被日本憲兵秘密殺害於蘇門答臘，終年四十九歲。

秋

　　作《清明前後·後記》，載十月一日《大公晚報·小公園》，曾收《茅盾文集》第六卷，現收《茅盾全集》第十卷。云：「學寫劇本，這還是第一次。主要是受了朋友們的鼓勵。」〔註 5〕「『清明』前的某一天，把一天之内報上

〔註 5〕宋之的在《〈清明前後〉演出前後》一文中談到他請茅盾寫劇本的原因：「很

的新聞排列一看，不禁既悲且憤！」「於是從那天報紙上的形形色色中揀取一小小的插曲來作爲題材，〔註6〕而仍然稱之日《清明前後》。」

十月

一日　發表《半月雜感》（雜感）。載《民主星期刊》第一期，現收《茅盾全集》第十六卷。其中包括三則短文：「禽獸之所以異於衣冠禽獸」，「平等自由在蘇聯」，「復員與『復原』」。

八日　徐冰來告知：重慶談判即將結束，周恩來已去電延安，請他們安排沈霜來重慶，很可能搭乘毛澤東主席回延安的那架回程飛機。同時又轉來琴秋的兩封信。其中一封是她給周恩來的，信中說：「霞的死，確係魯子俊的嚴重錯誤，由於消毒不嚴而發生腸桿菌的感染，事後又未及時發覺，如早發覺尚有可救，實所痛惜！經檢討後已給魯以處分並召開會議教育別的醫生。」（《抗戰勝利後的奔波》）

同日　出席工業家吳梅羹、胡曲園等六人爲慶賀《清明前後》演出成功而舉行的宴會。到會的包括全體演出人員。

九日　上午，去醫院向李少石遺體告發。（按：李少石係十八集團軍駐渝辦事處秘書，廖仲愷的女婿，於10月8日在重慶遇害。）（10日《新華日報》）

同日　將所得《清明前後》的四十多萬元演出稅的一半，宴請劇團的全體人員，以示慰問與感謝。（《走在民主運動的行列中》）

十一日　上午，與柳亞子等文化界人士一同去機場，爲結束國共談判的中共中央主席毛澤東回延安送行。（載12日《解放日報》）

同日　下午，參加李少石同志安葬儀式並執紼。（12日《新華日報》）

同日　獲悉《新華日報》消息：「《清明前後》歷遭意外阻難，可能日內

久以來，在我的演劇生活中，我就有這樣一個念頭：我想演出茅盾先生的一個劇本。我所以會有這種念頭，是因爲我們當時正在向著所謂『内心的眞實性』這樣表演的路子走；而我認爲，在現代的文學家裡，心理指示茅盾先生是最擅長的一位。」（該文載1949年1月23日《華商報》）

〔註6〕《清明前後》取材於當時轟動重慶的一椿「黃金舞弊案」：1945年3月下旬某日，各銀行出售黃金的總數陡增。傍晚，財政部即宣布每兩價格由二萬提高至三萬五千。顯然有人預先知道這個消息而搶購黃金，謀取暴利。但對此舞弊案處理的結果卻是：幾個搶購大戶退款了事。而幾個銀行小職員卻成爲此次營私舞弊的犧牲品。

停演。」

十二日　傍晚，八路軍辦事處主任錢之光的夫人來告知：沈霜今天已到重慶，現在紅岩村。隨即與德沚同去紅岩村，見沈霜後，德沚才知道沈霞的死訊，號啕慟哭。（《抗戰勝利後的奔波》）

十三日　接沈霜來家同住。其時已在一九四〇年住過的棗子嵐埡良莊有了一間住房。是沈鈞儒先生讓出的一間。原打算讓沈霜留在重慶工作，而沈霜則希望在重慶期間把盲腸割掉，再回延安去。德沚也同意和支持這一想法。

後經柳亞子介紹，請中央醫院外科主任爲沈霜動了手術。出院後，同去唐家沱搬家，還陪他去看了《清明前後》。

沈霜在家期間，曾問及沈霜今後的打算，沈霜表示想搞工業。考慮到中國將來需要大量建設人才，對他的打算表示讚同。（《抗戰勝利的奔波》）

十四日　出席「文協」理監事聯席會議。主要討論了改名和作家復員的問題。一致同意將「中華全國文藝界抗敵協會」中「抗敵」二字取掉，改名爲「中華全國文藝界協會。」出席會議的還有馮玉祥、邵力子、郭沫若、陽翰笙等。（《陽翰笙日記》）

二十日　出席「文協」組織的記者招待會。老舍任主席，參加者還有胡風、梅林等。（文天行《國統區抗戰文藝運動大事記》）

二十二日　發表《「暹邏」的「友善」姿態》（雜感）。載《建國日報‧春風》，現收《茅盾全集》第十六卷。

同日　贈送剛由開明書店出版的《清明前後》一冊給戈寶權，並在扉頁上題字：「寶權兄惠正。」（戈寶權《憶和茅盾同志相處的日子》）

二十三日　發表《關於「原子彈」》（雜感）。載《建國日報‧春風》。現收《茅盾全集》第十六卷。

二十五日　發表《「柳詩」「尹畫」讀後獻詞》（評論）。載《新華日報》，現收《茅盾文藝雜論集》。（按：柳指柳亞子，尹指尹瘦石）。云：柳亞子「雖然用文言寫舊體詩，可是思想內容是完全新的。」尹瘦石「用圖畫的筆法來畫歷史故事，他對於那些歷史故事的觀點也完全是新的。」所以他們都在做著值得稱頌的「舊瓶裝新酒」的革新工作。

同月　發表《我怎樣寫〈春蠶〉》（創作談）。載《青年知識》第一卷第三

期，現收《茅盾論創作》。關於《春蠶》的構思：「先是看到了帝國主義經濟侵略以及國內政治混亂造成了那時農村破產，⋯⋯結果是春蠶愈熟，蠶農愈困頓。從這一認識出發，《春蠶》的主題已經有了，其次便是處理人物，構造故事。」作者還指出：「生活經驗的限制，使我不能不這樣在構思過程中老是先從一個社會科學的命題開始。」

同月　蕭蔓若偕一位對話劇感興趣的朋友來棗子嵐埡寓所。談到《清明前後》時，蕭的朋友毫無保留地提出了自己的意見。在認真聽完這些意見後說：「你講得好，觀眾和讀者是最有發言權的。」（蕭蔓若《難忘與茅盾交往的日子》）

同月　《清明前後》由重慶開明書店出版。曾收《茅盾文集》第六卷，現收《茅盾全集》第十卷。

當月

一日　《文哨》第一卷第三期為「茅盾先生五十壽辰暨創作二十五週年紀念特輯。」發表了葉聖陶、吳組緗、沙汀、艾蕪、葉以群的回憶和紀念文章。

吳組緗發表《雁冰先生印象記》，載《文哨》第一卷第三期。「他（指茅盾）不是那廟堂之器，他也不要作那種儼然人師和泥胎偶像，他只是個辛勤勞苦的，仁慈寬厚的，中國新文學的老長年和老保姆呵！」

以群發表《雁冰先生生活點滴》，載《文哨》第一卷第三期。文章回憶了與茅盾的交往和友誼，特別是香港脫險的共同經歷，以此來表示對茅盾的「欽仰和祝福。」

沙汀發表《感謝》，載《文哨》第一卷第三期。談到茅盾給予他的幫助和啟示。「這不是說在先生的啟示下，在我改過作風以後，我已經有了怎樣了不得的成就，我還沒有如此狂妄，但我認為，霎時以後，我所走的路子才是常路，同時更認清了先生的誘導之功。」

艾蕪發表《記我的一段文藝生活》，載《文哨》第一卷第三期。文章談了茅盾先生對他走上文學創作道路所產生的影響。

同日　金同知發表《〈清明前後〉觀後感》，載《新華日報》。認為「茅盾先生以純真的感情，細膩樸實的筆，在觀眾眼前展露了一幅幅人生的畫面。」「《清明前後》的演出，有著深刻積極的意義，它對現在的明確、

尖銳、嚴正的針砭，正標貼出了大後方劇運的一個新的起點，一個好的傾向和好的作用和範例。」

六日　「蘇聯呼聲」電臺廣播稿《茅盾》（中國作家之介紹）發表在上海《時代日報》。

七日　菽發表《〈清明前後〉雜談》，載《新華日報》。云：「活在這個社會裡的任何一個，只要他想到自己身受的噬蝕，還有足夠充沛的熱情，他在《清明前後》裡都會聽到自己想說的話。」

十二日　何其芳發表《〈清明前後〉的現實意義》，載《新華日報》。認為「茅盾先生的創作所接觸的範圍一直是比較廣泛的。這是一個值得我們學習的優點。而這個劇本毫不含糊地提出問題，說明問題，更告訴我們一個創作家需要有明確的立場和觀點。沒有人民大眾的立場，沒有科學觀點，我們無法使我們的藝術與眞理相結合。」

十六日　中央廣播電臺在廣播中，設特別節目介紹了《清明前後》，說該劇內容有毒素，叫看過該劇的人自己反省一下，不要受愚，沒有看過的不要去看。（夏丏尊《讀〈清明前後〉》載 1946 年 1 月 20 日上海《文壇月報》創刊特大號）

同日　據《新華日報》消息，《腐蝕》在上海印行後，三數天即售出兩千餘冊。

十八日　據《新華日報》載，《清明前後》共演出三十場，賣座創青年館上演戲劇的最高記錄。

本月

十日　國共雙方代表在重慶簽署了《雙十協定》。

十九日　重慶文化界在西南實業大廈隆重舉行魯迅逝世九週年紀念會。到會的有周恩來、邵力子、馮玉祥、郭沫若、柳亞子、老舍等五百多人。

二十一日　「文協」在重慶張家花園舉行會員聯歡會，到會的有周恩來、郭沫若、葉聖陶、巴金、胡風、馮雪峰等五、六十人。

二十三日　《新華日報》發表留居上海的文藝界人士鄭振鐸、許廣平、夏丏尊、李健吾、柯靈、黃佐臨、唐弢等給「文協」的慰問覆信。覆信堅決擁護「文協」的領導，並表示要堅決清查文化漢奸。

三十日　著名音樂家冼星海在莫斯科病逝。

十一月

二十日 發表《悼六逸》（散文）。載《聯合畫報》第一五五～一五六期，現收《茅盾全集》第十二卷。

二十三日 與郭沫若、洪深、葉聖陶等聯合發表致賽珍珠及美國作家的信。希望美國作家出來制止美國政府對中國內戰的介入，爲中國的民主政治前途和兩國人民的友誼考慮，採取明智而有力的措施。（《新華日報》）

同月 在一次聚餐會上，周恩來向茅盾祝賀《清明前後》演出的成功。茅盾說：「我從來沒寫過戲，都是貽笑大方。」周恩來說：「你的筆是犀利的投槍，方向很準呀！什麼樣式都可以試試，都可以發揮應有的力量啊！」周恩來還認爲，該劇雖然主要寫的是一個民族資本家，但提出的問題有著普遍深刻的意義。（張穎《懷念尊敬的茅盾同志》，載《劇本》1981 年第 7 期）

同月 周恩來在與國民黨談判的間隙，在重慶召開了文藝座談會。茅盾參加了這個座談會。第一次會議在天官府郭沫若寓所舉行。周恩來在講話中，先談了自己對毛澤東思想的認識，然後特別談到了郭沫若與茅盾，他認爲茅盾等發起的文學研究會的「爲人生」的藝術主張是正確的，是起了進步作用的。在具體論及到《幻滅》、《動搖》、《追求》這三部小說時，指出了作品的不足和欠缺。第二、第三次座談會在曾家岩五十號客廳裡舉行，周恩來均未參加。在這幾次座談會上，茅盾曾發言，批評了胡風的文藝思想和舒蕪的《論主觀》。參加座談會的還有郭沫若、馮雪峰、何其芳、夏衍、胡風、邵荃麟、黃藥眠等。（《走在民主運動的行列中》；何其芳《回憶周恩來——〈中國交響樂〉第一樂章的一些片斷》，載《何其芳文集》第三卷；蘇光文《〈講話〉與國統區抗戰文藝》，載《抗戰文藝研究》1982 年第 2 期）

當月

十日 《新華日報》召開《清明前後》和《芳草天涯》（夏衍著）兩個劇本的座談會。載二十八日《新華日報》。在座談會上，H 說，看了《清明前後》「我是感動的，印象是完整的。雖說在個別小情節有不滿意處，但整個的劇是滿意的。如果把小缺點與大優點並立起來談，我想那是不公平的。」J 說：「只有覺悟者看此劇後才能感動。工業家的痛苦沒有具體寫出來，如不民主的實際情形，政治的統治管制政策怎樣摧殘工業等等，在這裡都沒有具體表現。」「這個劇的主要缺點，是予人一堆散漫的

印象。導演不是克服了劇的這些缺點，而是擴大了他們。」R 說：「《清明前後》的上演，實在有很大的意義。聽說曹禺先生也説，這是第一次有了活的話劇。就劇的題材而言，作者是企圖從這個劇來反映重慶一個時期的橫斷面。主題很廣的，不像主題單純的劇，易於往深處發掘。」

　　同日　黎舫發表《〈清明前後〉在重慶》，載《週報》第十期。

　　十五日　文士發表《文化老戰士茅盾》，載上海《生活知識》週刊第一期。云：「茅盾先生是一位傑出的作家，他的作品從開始到現在一直和大眾的利益粘結在一起，因此他是爲大眾所最熱愛的一位作家。」茅盾先生所走的路，「從文藝上說，是現實主義的路，從政治上說，是民主主義的路。總括起來説，就是爭取中國民族和中國人民大眾解放的路。」

　　十六日　林莽發表書評《腐蝕》，載《新文化》第一卷第三期。

　　當月　東方曦發表《懷茅盾》，載上海春秋雜誌社《作家筆會》。

　　當月　國民黨中宣部遵照張道藩十月三十日函的指示，向各地發出密電：查此類書刊（指《清明前後》）發行例應禁止，唯出版檢查制度業經廢止，對該劇本出版不易限制；因特電達，倘遇該劇上演及劇本流行市上時，希即密飭部屬暗中設法制止，免流傳播毒爲荷。」（《走在民主運動的行列中》）

本月

　　二十三日　上海文化界反對國民黨當局壓迫人民自由，要求廢止收復區的新聞檢查制度，要求實現言論出版自由，並發表了宣言。

十二月

　　二日　作《致孔另境》（書信），署名雁冰。云：「此番我有月餘之久胸中如塞冰塊，現在只要靜下來時也鬱鬱難以自解。亞男（沈霞的小名）如果死於戰鬥，我倒不會這樣難過的！昔年澤民之不幸，我聞訊一慟之後也就排遣開了。我並爲亞男想，因爲她力求上進，犧牲了青春時代應當的享受，但結果如此；她是一顆『未出膛的子彈』，這是人的浪費！該醫生應負責任！其他有關人員也應負道義上的責任的！……」（轉引自金韻琴《茅盾和他的女兒、女婿》，載《百花洲》1982 年第 1 期）

　　七日　與郭沫若、巴金、曹靖華、宋之的、陳白塵等十八人聯名致函昆明各校師生，聲明他們反對內戰，爭取民主的正義行動，對在「一二・一」

反內戰示威中，遭國民黨反動派血腥鎮壓而死傷者，表示慰問和悼念，（8 日《新華日報》）

同日　作《爲「一二·一」慘案作》（雜論）。載九日《新華日報》，現收《茅盾全集》第十六卷。對國民黨反動派的暴行提出了強烈的抗議。「這樣的殘酷和卑劣，正如魯迅先生所說，不但禽獸中決無僅有，那在人類中也是少見的，更不用說『民主』假面具這回是撕得粉碎了。」「青年學生的血，自來是不可能白流的，讓我們後死者咽住熱淚，沉著地踏著死者的鮮血前進吧！」

十日　作《現在我們要開始檢討——八年來文藝工作的成果及傾向》（評論），載一九四六年一月五日《文聯》創刊號，亦見於三十日《華西晚報》，收入《茅盾文集》第十卷時，改題爲《八年來文藝工作的成果及傾向》。認爲抗戰時期和抗戰之後，文藝的任務都是「對外求掙脫任何帝國主義加於我民族的經濟的軍事的鎖鐐，對內爲爭取民主」。在過去的八年中，反映廣大人民民主要求的文藝作品「既少而又微弱」，造成這一狀況的原因，「一半是由於環境惡劣，一半亦由於主觀努力的不足」。今後，「我們文藝的首要任務必爲配合廣大人民的迫切的民主要求」。「而在檢討過去的工作時，我以爲也須以能否配合人民的民主要求爲準則。」

十八日　作《談歌頌光明》（雜論）。載一九四五年十二月二十三日《自由導報》第六期，現收《茅盾文藝雜論集》。該文駁斥了那種「只許歌頌、不許暴露」的謬論。云：「正因爲現實社會有光明仍有黑暗，亦正因爲光明與黑暗仍在慘烈地鬥爭，所以光明要歌頌，黑暗亦非暴露不可。暴露與歌頌既相反相成，是一個問題的兩面，而不是兩個對立的問題。」如果「沒有歌頌與暴露的自由」，文藝工作者就根本無法完成「反映現實」的任務。「歸根到底一句話，還是需要寫作自由。」

二十六日　作《要真正的民主才能解決問題》（雜論）。載一九四六年一月一日《新華日報》，現收《茅盾全集》第十七卷。（該文是應《新華日報》社之約而寫的，在政治協商會議召開前夕，《新華日報》特出了幾個問題徵求各方面的意見。其中包括（1）怎樣才能使內戰停止？（2）怎樣才能使人民獲得自由的權利？（3）怎樣實現政治民主化？（4）怎樣改組政府？（5）怎樣推行地方自治？等七個問題）云：二十多年來，「政府天天要人民守法，而政府自己卻天天違法，這樣的作風，和民主二字相距十萬八千里！所以民

主云云是假是真，我們卑之無甚高論，第一步先看政府所發的那些空頭民主支票究竟兌現了百分之幾？如果已經寫在白紙上的黑字尚不能兌現，還有什麼話可說？所以在政治協商會議開會以前，我們先要請把那些謊言來兌現，從這一點起碼應做的小事上，希望政府示人民以大信。」

三十日　出席在張家花園「文協」舉行的辭年晚會，並作了即興發言。

同日　與馮玉祥、周恩來、郭沫若等聯名發出《洗星海紀念演奏會啓事》，決定於一九四六年一月五日、六日在七星崗江蘇同鄉會舉行紀念演奏會。載《新華日報》。

三十一日　發表《門外漢的感想》（雜感）。載《新華日報》，現收《茅盾文藝雜論集》。在參觀了在重慶展出的延安木刻作品後，覺得「延安木刻有其特殊的風格。內容是現實的，而形式亦樸質剛勁。」希望文藝工作者在參觀了這些作品展覽後，由此而認識了藝術創造的正確道路，從活生生的實例中領悟到「如何安排自己的生活，站穩立場，然後能使自己的藝術真能爲人民服務！」

同日　作《看了汪刃鋒作品展》（評論）。載一九四六年一月三日《新華日報》，現收《茅盾文藝雜論集》。云：「藝術家正視現實，反映了人民大眾的生活與要求，他的作品就必然富於戰鬥性，我在汪刃鋒先生的作品中又看到了這樣的實例。」

月底　在東北抗敵協會主持的重慶「中蘇友好協會」會議室舉行的紀念蕭紅逝世三週年的會上，身穿藍色的長布罩袍，一雙普通的布鞋，作了動情而深刻的講話。稱蕭紅爲紅姑娘，《生死場》是革命文學，是反抗的。魯迅反對奴才，因爲奴才趴在主子的腳下。表示「不要奴才，要學習蕭紅當革命文學家。」參加會議的還有何其芳、駱賓基、聶紺弩、白崢等。（白崢：《往事歷歷憶茅公》，載 1984 年 3 月 22 日《文學報》）

同月　蘇聯對外文化協會代表向茅盾發出訪蘇的邀請，茅盾表示，希望能同時邀請夫人一起前往。蘇聯表示同意。（《抗戰勝利後的奔波》）

同月　短篇小說集《耶穌之死》由上海作家書屋出版。

當月

十日　梅子發表《關於〈清明前後〉》，載《月刊》第一卷第二期。

十二日　何其芳發表《〈清明前後〉的現實意義》。載《新華日報》。認爲全劇的意義在於：明確指出了中國的工業家，只有和無產階級領導的人民大眾聯合起來，「才可能使中國走向工業化。」

十九日　王戎發表《從〈清明前後〉說起》，載《新華日報》。認爲《清明前後》的優點是「強烈的透露了作者個人對現實的不滿和憎惡，因此指出了一條正確的道路──民主；但是，這也就是劇本的缺點，這並不是說作者的企圖不好，而是說作者表現和呼喊，不是生動而感人的，是失去了生活基礎的抽象概念。」作者最後還申明自己並沒有根本否定《清明前後》的意思，而是「善意地提出更高的要求──『政治和藝術的統一』」。

二十六日　邵荃麟發表《略論文藝的政治傾向》，載《新華日報》。該文不同意王戎的觀點。認爲《清明前後》是「一個比較有政治傾向的作品」，這是應該給予「肯定」的。但也「不諱言某些地方仍有公式主義的成份存在」。「如果藉了它欠缺的地方，而把肯定其政治傾向這一點意義抹煞掉了，把它應有的社會價值抹殺掉了，那是不公平的。」

本月

一日　昆明國民黨當局出動大批軍警特務，武裝鎮壓爲反內戰爭民主而罷課的師生，死四人、傷二十餘人。此即「一二・一」慘案。

十七日　「文協」上海分會召開成立大會，並發表了宣言。

二十七日　重慶《民主星期刊》、《中原》、《文藝雜誌》、《文哨》、《希望》等十七家雜誌發表聲明，抗議 23 日重慶市黨部無理查禁《自由導報》，並提出「實現結社、集會、言論、出版、通訊之絕對自由」等五項主張。

冬

在重慶張家花園「文協」遇蕭蔓若時，告訴蕭，自己正準備編《抗戰八年文學大系》，望蕭能將抗戰以來自認爲得意的短篇小說選出一些來，作編書之用。（蕭蔓若《難忘與茅盾同志相處的日子》）

致內弟孔另境信一件。告知準備經廣州、香港、再回上海的計劃。另請孔轉一信給永祥印書館工作的范泉，信中談到中外文藝聯絡社準備在上海出一個機關刊物，望范泉去徵詢永祥印書館的老闆，能否承擔這項出版任務。（范

泉《關於茅盾給我的信（二）》載 1984 年 11 月 25 日《青海日報》）

作《偶聞》（七絕），現收《茅盾全集》第十卷。

同年

趙家璧為了出版《抗戰八年文學大系》，曾多次去唐家沱與茅盾商量。茅盾除了幫助趙為這套書作一些設想外，還向趙指出，抗戰剛結束，政治局面如何，難以預料，不能把前途看得太樂觀，有必要先與選編者簽一個合同。趙家璧接受了茅盾的意見，就約請在重慶的編選者在曾家岩附近的一家酒店裡吃了一頓飯，並把約稿合同分別簽訂了。（趙家璧《話說中國新文學大系》，載《新文學史料》1984 年第 1 期）

一九四六年（五十一歲）

一月

一日　發表《論大眾語》（評論）。載《文選》第一卷第一期。認爲大眾語是「文學大眾化」在形式方面的一個重要問題。但「大眾的口語（不問其爲全國性或地方性的）和大眾化的文學作品所用的文字，並不完全是一樣東西。」文學作品中運用的是「精鍊過了的大眾口語」。所以，「我們要向大眾學習，但同時也要做大眾的老師，這句話在文學大眾化的整個過程中，我以爲應當是句主要的口號。」

三日　胡風來，商討了魯迅先生遺著版稅保管等問題。（《致許廣平》）

四日　作《致許廣平》（書信）。原載《魯迅研究資料》第十一期，現收《茅盾書信集》。向許廣平透露了過罷舊曆年，再安排回上海的打算。另外，向她說明了關於魯迅先生遺著版稅保管的現狀。

五日　作《憶冼星海先生》（散文）。載二十八日《新文學》第二期，曾收大地書局版《時間的記錄》，收入《茅盾文集》第十卷時，改題爲《憶冼星海》，現收《茅盾全集》第十二卷。回憶了一九四〇年在西安與冼星海的第一次也是最後一次的見面。稱讚他是「有堅強的意志和偉大的魄力」和「好學深思」的人。全文表達了對這位人民音樂家的深切懷念之情。

同日　與葉以群合編的中外文藝聯絡社的機關刊物《文聯》半月刊在上海創刊。（後出至第一卷第七期，被迫停刊。）

同日　發表《〈文聯〉發刊詞》（序跋）。載《文聯》第一卷第一期，現收《茅盾序跋集》。云：本刊除了報導國內外文藝活動和國內外出版的新書外，還將「發表同人對於當前文化——文藝運動，以及文化——文藝活動中各具體問題的意見，並願盡量刊登通訊討論，以及文化——文藝界友人對本刊言論的商榷和批評。」

六日　作《寫於政治協商會議前夕》（雜感）。載《中原·文藝雜誌·希望·文哨聯合特刊》第一卷第二期，現收《茅盾全集》第十七卷。云：希望會議開得成功，希望作家和筆，在這民主運動中發揮力量，爲人民同時亦爲自身求解放。「如果人人能將筆對準了目前最迫切的政治問題，我相信筆是有

力量的。」

八日　徐冰來告知，周恩來認爲沈霜不必再回延安，可直接去北平，那兒正需要人。若不想留在北平，也可去張家口，近日就有開往北平的飛機。（《抗戰勝利後的奔波》）

同日　與巴金、馮雪峰、胡風、曹靖華等聯名發表《陪都文藝界致政治協商會議各會員意見書》。載《抗戰文藝》第十卷第六期，亦見於二十日《新華日報》。呼籲政協「策劃並監督停止國內軍事衝突，以立即恢復和平生活的各種措施；」「改組中央至各級政府，結束一黨專政，制定和平建國綱領，在民主原則上重選國民大會代表，草擬憲法。」另外，還要求解決「廢止文化統制政策，確保各項基本自由權」等九項問題。

九日　發表《新年雜感》（雜感）。載《民主生活》創刊號，現收《茅盾全集》第十七卷。表達了自己對新的一年的期望，期望眞正的和平早日到來。

十一日　傍晚，王炳南來通知，讓沈霜今晚去周公館，明天乘飛機去北平。當即叫了一輛出租車，與德沚一起將沈霜送至周公館。隨後被周恩來邀至其辦公室。周說：「這幾個月忙得不可開交，現在停戰協定剛剛簽字，政協會議又開幕了。所以你的女兒不幸逝世，我一直沒有顧得上向你們致哀。」又說：「你的劇本《清明前後》的演出很成功，影響很大，是文藝戰線配合政治戰線的一次成功的鬥爭。現在文藝界在爭論《清明前後》和《芳草天涯》兩個劇本的是非，什麼政治標準、藝術標準。我看，凡是文藝作品都既要講政治標準，又要講藝術標準，不是根據作品中口號喊得多少，而是要看作品是否爲群眾歡迎，是否說出了人民群眾的心裡話，是否吸引了他們又推動了他們前進。」周恩來還談到了文藝界對《論主觀》的批評，並批評了馮雪峰，認爲這幾年他沒有起到一個黨員作家的作用。談話結束時，周恩來又問到今後的打算。告訴周，自己準備回上海，只是機票難買。周表示他可以想想辦法。告辭出來後，又到沈霜處，叮囑他一到北平就要來信。（《抗戰勝利後的奔波》）

十五日　出席重慶文化界招待政協會議代表的茶會，被推爲茶會的主席團成員。爲了促進政治協商會議的成功，根據周恩來的指示，在會上提議組織「全國人民政治協商會議促進會」，並率先成立了「陪都文化界政治協商會議協進會籌備會。」（《抗戰勝利後的奔波》）

　　同日　作《致××》（書信）。載四月七日《消息半週刊》第一期，現收《茅盾書信集》。告知《走上崗位》尚未修改，而爲《新民報》所寫的，「不是小說，也不是中篇，是回憶」，因此不必在上海的刊物上再登了。

　　同日　作《致胡愈之》（書信）。載《風下》週刊第十六期三月二十三日出版。譜主曾聞胡愈之在日軍包圍中遇難，作《悼愈之》，後聞胡平安，甚喜，並告自己的近況後，又云：「最近朋友離渝者日多，弟則東望家園，無有歡腸，頗思南來，換地修養，不知亦方便否？」同時，還希望胡愈之爲杜重遠家屬的生活，在南洋設法籌集一些救濟款項。（《茅盾書信集》）

　　十六日　「陪都文化界政治協商會議協進會籌備會」與救國會和民主建國會聯合邀請各界代表正式成立了「政治協商會議陪都各界協進會。」自己作爲文藝界的代表參加了協進會的理事會。「協進會」決定在政協會議期間，每日舉行「各界民眾大會」，邀請政協代表報告當天會議情況，聽取人民群眾的批評和建議。（《抗戰勝利後的奔波》）

　　十八日　發表《生活之一頁》（報告文學）。從今日起連載於《新民報晚刊》至二月二十七日結束。曾收《茅盾文集》第十卷，現收《茅盾全集》第十二卷。這是爲了紀念去世的沈霞而寫的。沈霞生前曾從延安來信說：「《劫後拾遺》我們已經讀到，我自己覺得遺憾的是這裡面竟沒有我所關心的學生與文化人的情況，在這中間我也找不出什麼你們在那時究竟是怎樣的一點影子來。」寫《生活之一頁》就是爲了彌補這個遺憾。報告文學忠實地詳盡地記述了香港戰爭期間自己的經歷和遭遇。（《抗戰勝利後的奔波》）

　　二十日　主持「文協」爲即將赴美訪問講學的老舍、曹禺而舉行的歡送酒會，並致歡送詞。到會的還有巴金、陽翰笙、王平陵、潘梓年、黃芝●、張西曼、胡風、馮乃超、楊晦等五十餘人。（文天行《國統區抗戰文藝運動大事記》）

　　二十一日　作《也是漫談而已》（評論）。載二月二十五日《文聯》第一卷第四期，現收《茅盾文藝雜論集》。該文是針對馮雪峰的《論民主革命的文藝運動》的一些主要觀點，提出了自己的商榷意見。第一，對馮雪峰的一九一八～一九三六年文藝運動的分期，表示了不同的看法。認爲以一九二五年作爲分期的時間更爲科學。因爲「從思想運動這面看，進步的宇宙觀之成爲思想運動之支配的力量，顯然是從一九二五年以後開始的。從文藝運動方面

看，則一九二四年以前，中國文壇上的主力不是一派而是兩派：郭沫若爲代表的浪漫主義及魯迅爲代表的寫實主義，而在一九二五年以後才合爲革命的現實主義。」第二，對一九二八年後「左聯」時期的思想鬥爭，提出補充意見。認爲「當時的思想鬥爭，大概說來，有三條戰線。『左聯』領導的是文藝戰線，是其中的一條。另外二條，一是中國社會性質的論戰，又一便是中國歷史之研究——尤其是古代史的研究。」第三，不同意馮雪峰關於「統一戰線問題」的論述。認爲那一時期的左翼陣線的思想和文藝運動，「並不是一開始就採取了統一戰線的。」「左聯」成立時的綱領，「顯然也不是站在統一戰線的原則上訂立的。」

二十二日　下午二時，出席東北文化協會在中蘇文化協會舉行的蕭紅逝世四週年紀念會。在發言時論：「蕭紅女士的死，與其說是死於疾病，不如說是死於所有現在社會的作家共同遭遇的窮困和不自由。」出席紀念會的還有郭沫若、馮雪峰、胡風、楊晦、閻賓航、周鯨文、聶紺弩、駱賓基等八、九十人。（23 日《新華日報》）

同月　《第一階段的故事》由聯益出版社出版。曾收《茅盾文集》第四卷，現收《茅盾全集》第四卷。

同日　與郭沫若等十七人發表《中國作家致美國作家書》；與郭沫若等二十六人聯名發表的《重慶文化界慰唁昆明教授學生電》，同時刊載於《中原·文藝雜誌·希望·文哨》聯合特刊第一卷第一期。

當月

一日　東方曦發表《茅盾的〈清明前後〉》，載《民眾雜誌》第一期。

四日　據《華西日報》消息：茅盾劇作《清明前後》現正被嚴密封鎖其發售，其封鎖情況，係由上級管制文化活動機關令各地方政府執行。

五日　林煥平發表《論〈人民是不朽的〉》，載《文聯》半月刊第一卷第一期。

九日　王戎發表《「主觀精神」與「政治傾向」》，載《新華日報》。文章圍繞《清明前後》的得失，闡述了自己的觀點。認爲現實主義藝術已經包含了政治傾向，因此沒有必要再去強調政治傾向。應該強調的是人的主觀戰鬥精神。對於《清明前後》「某些地方仍有公式主義成份的存在進行批評，」而並非「全盤抹殺。」

十日　劉西渭（即李健吾）發表《〈清明前後〉》，載《文藝復興》第一卷第一期。該文充分肯定了《清明前後》的成就。在談到茅盾時，云：「他是質直的，從來不往作品裡面安排虛境，用顏色吸引、用字句渲染。他要的是本色。也就是這種勇敢而明敏的觀察，讓他腳地穩足，讓他攝取世故相，讓他道人之所不敢道，在思想上成爲社會的改革者，在精神上成爲成熟讀者的伴侶，在政治上成爲當局者的忌畏。」

二十日　夏丏尊發表《談〈清明前後〉》，載《文壇月報》第一卷第一期。認爲該劇内容並不像中央廣播電臺所説的「有毒素」，而且「主旨的正確和反映現實的手段，是值得敬服的。」

同日　鉗耳發表《評〈第一階段的故事〉》，載《文聯》第一卷第三期。

二十三日　陳達君發表《〈清明前後〉在貴陽》，載《民主生活》第三期。

本月

十日　政治協商會議在重慶開幕。國共雙方正式簽署《停戰協定》。

二十日　全國漫畫木刻界和戲劇界在《新華日報》發表意見書，向政治協商會議呼籲，廢止審查制度，保障自由。

本月　鄭振鐸、李健吾主編的《文藝復興》在上海創刊。魏金枝主編的《文壇》在上海創刊。《人民文藝》在北平創刊。《新文藝》在廣州創刊。

二月

二日　發表《和平・民主・建國》（雜論）。載《眞話》第一期，現收《茅盾全集》第十七卷。該文在肯定了文藝界的成績後，亦指出了存在的問題。「文藝界的民主的力量，自始即堅持思想鬥爭的原則，然而亦應當承認，由於客觀阻礙者半，而由於主觀努力之未充分者亦半，思想鬥爭的進程中缺點很多。在這種情況下，「取捨之間的分寸稍一失當，即易流爲無原則的妥協，在題材上，逃避現實，在立場上表示動搖。」

十五日　出席重慶戲劇界爲慶祝戲劇節和歡迎田漢而舉行的會議，並在會上講話。到會的還有郭沫若、胡風、陽翰笙、應雲衛、王瑞麟等。（18日《新

華日報》）

十七日　出席前文化工作委員會同人暨文化界人士在中蘇文化協會舉行的晚會，歡送鹿地亘、池田幸子夫婦歸國，並慰問郭沫若，歡迎田漢。到會的還有鄧初民、陽翰笙等。（18日《新華日報》）

二十六日　致蕭逸信一件。（按：蕭逸，茅盾女兒沈霞的丈夫，新華社隨軍記者，一九四九年四月在解放太原的戰鬥中犧牲。）云：對沈霞的「意外的死」，仍然很「悲痛」。希望蕭逸把「悲悼之情轉化為學習與工作的勇氣和毅力」。（《茅盾書信集》）

二十七日　與力揚、巴金、田漢等一百餘人聯名發表《為校場口血案告國人書》，抗議國民黨當局鎮壓民主運動的新暴行。

二十八日　發表《「文藝復興」》（雜感）。載《真話》第四期。云：「既在今後較長一個時期，我們文藝的首要任務，必為經熱烈討論過的一些問題：如深入民間，如大眾化，如政治性與藝術性的相因相成……等等，方可得到正確的理解，而在檢討過去的工作時，我以為也必須以能否配合人民的民主要求為準則。」

同月　在曹禺赴美講學前，邀其至家中便宴。曹禺問及去美國應注意些什麼問題。回答說，一是要把中國的實際情況告訴世界，再有，便是要講文學的社會意義。（曹禺《「我的心向著你們」——悼念茅盾同志》，載1981年4月16日《中國青年報》）

當月

十三日　何其芳發表《關於現實主義》，載《新華日報》。云：「我並不是說《清明前後》毫無缺點。……但是這又何損於它在一個重要的關頭，恰當其時地喊出了廣大人民的呼聲呢？」並認為，有些人不把《清明前後》看作是現實主義作品是錯誤的。「假若現實主義的門竟是那樣窄狹，這個進步作家的作品也進不去，哪個進步作家的作品也進不去，連《清明前後》這樣的作品也被關在門外，那到底是什麼樣的『現實主義』呢？也許『現實主義』是抱住了，但『革命』卻溜走了吧？」

十三日　陳涌發表《看〈清明前後〉以後》，載《解放日報》。認為這個劇本之所以大受歡迎，主要是「它大膽地暴露在國民黨統治區不民主的情況下，官僚資本的腐敗，民族工業的受催殘以及人民生活的受破

壞,同時這個劇本還從積極方面向廣大的工業界人士乃至廣大的人民指出了爭取民主自由這個唯一的出路。」

二十日　《罪惡的淵藪——評〈腐蝕〉》,載北平《人民文藝》第二期。

當月　茅盾文藝獎金評選委員會公佈獲獎名單。

本月

十日　重慶二十餘人民團體一萬餘人在校場口集會,慶祝政治協商會成功。國民黨當局派特務搗毀會場,並打傷大會主席郭沫若、李公樸等六十餘人,製造了「校場口慘案。」

十二日起　「文協」及晉冀魯豫邊區文化新聞界和延安各界分別致函、致電慰問在「校場口慘案」中被打傷的郭沫若、李公樸、施復亮等。

十八日　「文協」上海分會舉行歡送、歡迎會。歡送老舍、曹禺赴美講學。

二十二日　國民黨挑動重慶沙磁區各校學生萬餘人舉行反共、反蘇遊行。搗毀《新華日報》和《民主報》營業部,打傷多人。此後數日內,又在上海、成都、北平、昆明、南京等地,製造了類似的事件。

三月

三日　下午,出席「文協」為歡迎田漢、馬思聰、端木蕻良而舉行的茶會,被公推為主席。到會的還有邵力子、陽翰笙、艾蕪等。(文天行《國統區抗戰文藝運動大事記》)

四日　與郭沫若、田漢、陽翰笙等二十餘人,就復旦大學少數人辱打洪深一事,致函洪深。曰:「警聞先生仗義執言、橫遭毆辱,同人不勝憤慨,特函慰問,敬祈為國為民珍重。」(4日《新華日報》)

十三日　與郭沫若、沈鈞儒、陶行知、田漢等致電西安《秦風日報》、《工商日報》,為該兩報於月初被國民黨特務搗毀感到「不勝痛憤」,並望「再接再勵,共同爭取民主自由之實現。」(19日《新華日報》)

同日　致蕭逸信一件。希望他能認真做好記者工作,並及時醫治心臟病。(《茅盾書信集》)

上旬　因直飛上海的機票非常難買,只能通過張治中買了兩張去廣州的

機票，然後由廣州再去上海。

上旬　收到沈霜從北平的來信，得知他已留在北平《解放三日刊》工作。(《抗戰勝利後的奔波》)

上旬　收到司徒宗（即孔顏英，孔德沚的小弟弟）從上海寄來的小說集《迷途》和《昨日》。在回信中說：「你有材料，但觀察尚不夠深入。技巧方面，通暢有餘而變化不足。你的造句不大有變化也即一例。又氣魄也不夠大。你如能多研究名著，得益必將更多也。」（金韻琴《茅盾與司徒宗》，載《新文學史料》1983 年第 4 期）

上旬　臨離開重慶前，去周恩來處辭行。周說，目前我們把注意力集中在華北、東北和京滬一帶，南方照顧得少了些，你這次路過廣州、香港的話，可以向那邊文藝界朋友們講講我們在新形勢下的工作方針，讓他們思想上有個準備。(《抗戰勝利後的奔波》)

十六日　與夫人孔德沚同機離開重慶，當日抵達廣州。下榻於開明書店二樓。原只打算在廣州逗留二、三天。但聞訊趕來探望的周鋼鳴、于逢、司馬文森、陳殘雲、易鞏等都有挽留之意，並希望給廣州文藝界談談當前的政治形勢和文藝運動。考慮到朋友們的熱情和周恩來臨行時的囑託，就決定在廣州暫住些日子。(《抗戰勝利後的奔波》)

二十四日　應邀出席「文協」港澳分會、文藝作家協會和劇協三團體在教育路民眾會堂舉行的歡迎會。開會前，邀廣州文藝界的朋友在下榻處開了個小會。向與會的各位談了當前的形勢，要警惕當局發動全面的內戰，要採取靈活有效的對策；辦雜誌要提防他們以假亂真，因此我們所有主編人的名字都要標出來，以示區別；我們不只要「文章下鄉」，人首先要下鄉，深入人民，加強認識，進行鬥爭。到會的有周鋼鳴、于逢、司馬文森，陳殘雲等。隨後，在民眾會堂作報告，題目是《和平、民主、建設階段的文藝工作》。報告先分析了國際、國內的形勢，然後談了今後的文藝運動需注意的兩個問題：第一，「凡是贊成民主、擁護民主、推動民主的文藝界朋友，一定要聯合起來，加強團結。」第二，文藝運動與民主運動有著密不可分的關係，「民主運動有賴於文藝，文藝運動亦有賴於民主。」報告長達兩個小時，會場內外擠滿聽眾，這種情況在廣州是罕見的。(《抗戰勝利後的奔波》；《茅盾先生在廣州和香港》載 6 月 5 日《解放日報》；于逢《憶茅公當年到廣東》載 1986

年 4 月 16 日《南方日報》，于逢《茅盾，偉大的靈魂——回憶與悼念》載
1981 年 5 月 10 日香港《文匯報》，于逢《高山仰止》，載 1981 年 4 月 10 日
《南方日報》）

二十五日　發表《蘇聯紅軍節祝辭》，載《中蘇文化》第二期，現收《茅盾全集》第十七卷。（原文無標題）

二十八日　應邀出席廣州雜誌聯誼會假新都餐廳舉行的歡迎會。在會議主持張鐵生代表三十幾個團體致歡迎詞後，起立作即席講話，首先談了言論出版自由的問題，號召文化新聞界都要堅持鬥爭，「務使這合法權利完全得到」。並指出「現在是民主時代，我們也要實行民主統一戰線，凡贊成民主的，都可以合作，只有反動派、法西斯份子，我們才反對。……今後文藝界的朋友，還要堅持兩條路線的鬥爭，要反對『左』的關門主義、宗派主義，也要反對右傾的無原則的和人家統一，而不鬥爭。」最後，還講了文藝大眾化等問題。（《抗戰勝利後的奔波》；《茅盾先生在廣州和香港》）

二十九日　應中山大學文、法兩院的邀請，在中山大學法學院最大的圓形教室作《民主與文藝》的演講。與德沚一起到會場時，受到學生們的熱烈歡迎。在演講中指出，歷史證明，「人民文藝的發展，不能離開現實的民主運動，即不能離開言論出版等等人民的基本自由。」「今天的首要工作是擴大文藝影響到人民大眾，換言之，首先要使文藝真正做到『為人民』及『為人民所有』」，「這是今天的文藝工作者唯一的正確的道路，這也是今後的文藝運動唯一正確的道路。」此次演講給中大帶來了更加活躍的氣氛，更多的學生被吸引到進步團體中去，加入到民主運動的行列之中。（《抗戰勝利後的奔波》；陳海儀《春雨霏霏潤心田——回憶茅盾同志二三事》載 1982 年 3 月27 日《羊城晚報》）

同月　出席美國新聞處在勝利賓館舉行的歡迎酒會並即席講話。（于逢《茅盾，偉大的靈魂——回憶與悼念》）

同月　在黃寧嬰寓所，出席了「文協」澳港分會的一次活動，大家邊吃荔枝邊談，興致很高。（《抗戰勝利後的奔波》）

同月　在王磊、李燮華陪同下，與德沚一起去陳大年家觀賞其收藏的古文物，朋友們談笑甚歡。（按：陳大年曾任《華商報》、《正報》廣州分社的法律顧問）（陳海儀《春雨霏霏潤心田——回憶茅盾同志二三事》）

本月

一日　國民黨召開六屆二中全會，改變政協關於修改憲法的民主原則，從根本上推翻政協決議。

二十五日　上海《國訊》、《世界知識》等二十五家雜誌聯合發表宣言，抗議國民黨當局對言論出版自由的嚴重摧殘。

四月

一日　發表《談歌頌光明》（雜感）。載《新文學》第三期，現收《茅盾文藝雜論集》。該文抨擊了「只許歌頌光明，不許暴露黑暗」的謬論。

三日　發表《悼征軍》（散文）。載《文藝新聞》第五號，現收《茅盾全集》第十七卷。（按：征軍（1918～1946 年）原名施啓達，筆名征軍，廣東瓊山縣人，詩人。1946 年病逝於香港。）

六日　作《學習民主作風》（雜論），載四月二十五日廣州《國民》第三、四期合刊，現收《茅盾全集》第十七卷。云：「中國人須得好好地學習民主作風，但先須改革政治，然後有學習的環境，」「老白姓學習民主作風之道，就在爭取他們被剝奪了的人身權利保障以及言論出版集會結社的自由。」

八日　應邀在廣州青年會作《人民的文藝》演講。指出了在新的形勢下，對文藝的要求。「首先，我們要求今天的文藝，一，不供有閒者消遣；二，不爲少數人捧場；三，不發個人牢騷。」其次，「作品所表現者是人民大眾之好惡而非個人之愛憎。」再次，文藝作品應該暴露「那造成貪官污吏的政治根源——即不民主的政治」，歌頌「人民的積極性和創造性。」要創造這樣的文藝，作家還要「努力作自我改造」，同不良傾向作鬥爭。（《抗戰勝利後的奔波》）

十日　發表《和平、民主、建設階段的文藝工作——3 月 24 日在廣州三個文藝團體歡迎會上的講演》，載《文藝生活》第四期。

十二日　韓北屏來訪，以木瓜招待他，並與他談了五四運動，文學研究會等問題。談到五四運動時，強調說：「五四運動的意義是反帝反封建，當時所提出來的口號是科學與民主。可是，這兩句口號到今天還未能實現。」「五四運動，主要的是一個思想運動，它是徹底的從封建勢力中衝出的思想大解放。」（韓北屏《茅盾先生談『五四』》，建《文萃》第 28 期）

十三日　與夫人孔德沚一起由廣州乘佛山輪於下午六時到達香港，下榻

於銅鑼灣的海景酒店。(《抗戰勝利後的奔波》；黎活仁等《〈華商報〉中有關茅盾的資料》，載 1980 年 9 月《抖擻》第四十期)

十五日　與德沚一起出席《華商報》總編輯劉思慕所舉辦的歡迎宴會。

十六日　在香港一家風景幽美的海景酒店旅館，會見《正報》記者鍾紫、《華商報》記者黃新波、《正報》副刊編輯主任孫孺。「拿出一大包荔枝乾請我們吃」。當得知《正報》是東江縱隊《前進報》的幾個同志在黨的領導下辦起來的時候，感到更加親切」。「他敞開胸懷、毫無拘束，談得很爽快。他聲音宏亮，不時發出笑聲，講述了從重慶到廣州沿途所見所聞。」針對廣州的特務搗毀《華商報》分社、《正報》營業處，茅盾說：「其實他們(特務)實在太笨了，當他們看見《華商報》分社、《正報》營業處讀者門庭若市時，偷偷地把一籠籠毒蛇和黃蜂放了出來，妄圖恐嚇群眾，真是可笑！」「說完大家哈哈大笑起來」。(鍾紫《香島訪茅公》，載 1981 年 4 月 10 日《羊城晚報》)

同日　下午五時，與德沚一同出席「文協」港澳分會，青年記者學會、歌詠協會、港九婦女聯誼會在青年會聯合舉行的歡迎會。這個歡迎會還同時歡迎新近從內地到港的建國、中原兩劇社。在會上作了《人民的文藝》的演講。演講中首先分析了政治形勢與文藝運動的關係。「中國的民主運動是一條艱苦的路，是不能急的，政治當然影響到文化，……所以，我們的文化運動，也就不能一條直線進行，一定也會曲折迂迴很多。」其次，要人們警惕反動勢力在文化方面可能運用的伎倆。最後，強調了文藝界的團結。「在力爭民主的原則下，文化界應當像抗戰時期那樣團結起來。」增強民主的力量，爭取鬥爭的勝利。當晚，又出席了香港文化界所舉行的招待會，並在會上談了文藝大眾化的問題。(《抗戰勝利後的奔波》；鍾紫《茅盾與香港進步報業》，載 1981 年 4 月 7 日香港《文匯報》；鍾紫《香島訪茅公》，載 1981 年 4 月 10 日《羊城晚報》)

同日　發表《從「自由」說起》(雜感)，載《自由世界》第一卷第十二期，現收《茅盾全集》第十七卷。文章駁斥了某將軍為自己鎮壓學生運動開脫，而稱「學生有開會的自由，我有開槍的自由」的謬論。(按：某將軍指雲南警備司令關麟徵)

十七日　發表《人民的文藝——四月十六日在香港文化界歡迎會上的演

講》（黃新波記，未經本人校閱）載《華商報》。現收《茅盾文藝雜論集》。

十八日　與張瀾、郭沫若、巴金、羅隆基、洪深、何其芳等七十五人聯名致電美國國會爭取和平委員會，籲請重視中國的嚴重局勢，抗議美國將五億至七億美元貸款給國民黨，並堅信「中美兩國人民將並肩為世界的民主和平共同奮鬥。」（《新華日報》）

十九日　應華僑工商學院之請，作《文藝修養》的報告。載六月出版的《文藝修養叢刊》之一《文藝修養》，現收《茅盾文藝雜論集》。云：文藝修養的第一步，「要看生活豐富不豐富。」第二步，再「向偉大作家學習。」第三步，「要站在大眾的立場」，「努力克服小資產階級意識，從生活中改造自己。」

同日　發表《現階段文化運動的諸問題——茅盾先生在香港文化界公宴席上的講話》（呂劍記），載《華商報》。

同日　應香港嶺英中學僑風社的邀請，作《關於寫作》的報告，並為他們題詞：向生活學習，為社會服務。

二十日　發表《民主與文藝》（文論）（路丁筆記），此文係在廣州中山大學的演講。載《人民世紀》第八期，亦見於《風下》週刊第二十期，發表時改題為《民主運動與文藝運動》，現收《茅盾文藝雜論集》。

同日　發表《為詩人們打氣》（文論）並附「前記」。載《中國詩壇》新三期，現收《茅盾文藝雜論集》和《茅盾文集》第十卷。云：「八年來我們的詩人們確實是縱橫馳騁，大膽地作著一切新的嘗拭。」「這種大膽嘗試、勇敢地創造的精神，我們一定要珍視，一定要讚美。」現在，詩人們還須充實自己，改造自己，清濾小資產階級知識分子的意識情緒，而求與大眾共呼吸，同喜憎哀樂。」

下旬　因為香港到上海的船票極為緊張，只得在香港繼續等待。曾經想到沈霞過去常遊玩的蝴蝶谷去看看，但又怕引起德沚的傷感而終未成行。此間，曾應在澳門某醫院任院長的遠親柯麟的邀請，去澳門小住了一些日子，但對澳門印象不佳。在澳門時，曾會見菲律賓馬尼拉《僑商公報》記者，並應其要求題詞：「人民受炮火的洗禮，就不願再受奴役，全世界湧起了民族民主的浪潮。」（《抗戰勝利後的奔波》；李標晶《茅盾在香港的文學活動》載《學術研究》1985 年第 6 期）

同月　拜訪了住在堅尼地道的廖仲愷夫人何香凝，在何香凝處又見陳此

生夫婦，即席作《再贈陳此生夫婦》一首，詩中有「畫筆曾描戰士魂，文章直指獨夫心」的句子，對堅持敵後鬥爭的陳此生夫婦，表示了由衷的欽佩。（按：該詩現收《茅盾全集》第 10 卷）

同月　利用在香港（澳門）這段空閒時間，開始翻譯蘇聯作家卡達耶夫的中篇小說《團的兒子》，並開始在漢口《大剛報》上連載。亦見於上海《文匯報》。

同月　發表《半月雜談》（雜感），載《生活週報》創刊號。

同月　發表《關於寫作》，（按：此即在嶺英中學所作的報告。）載《願望》第十六期。

同月　「中國木刻研究會」從重慶遷往上海，改名「中華全國木刻協會」，與宋慶齡、郭沫若、許廣平、鄭振鐸、馮雪峰、胡風、夏衍、田漢、陽翰笙、葉聖陶、曹靖華、張西曼、陶行知、徐悲鴻等被聘請爲籌備抗戰八年木刻展的贊助人。（陳福康《鄭振鐸年譜》）

當月

十日　白蕪發表《讀〈腐蝕〉》，載《文藝生活》光復版第四期。認爲《腐蝕》是「勝利後一本最受歡迎的書，也是一本被人家帶著手令，到書店去『禁售』的書。」「因爲它針對時弊，刺中了那些喝血者，那些假冒爲善的妖魂。」「把腐敗的官僚政府、官僚政治作無情的解剖。」這本小說是「我們中國人民對特務反動集團的卑鄙活動的控訴！」

十三日　金丁發表《〈人民是不朽的〉與〈虹〉》，載新加坡《風下》週刊第十九期。

十五日　思慕發表《從〈腐蝕〉談起》，載《華商報》。文章指出，「這一篇以『特』字號人物做題材的作品，是有強烈的政治性的，但這種政治性是經過細膩的心理分析，典型人物的精錬的造像，濃厚的人情味，以及複雜而現實的社會葛藤表現出來的。」「在這樣的作品裡，政治性和藝術性天衣無縫地統一起來。」希望「非政治傾向」的作家們，像茅盾那樣去「熟習」「廣大人民的鬥爭」和「政治的實踐。」

本月

八日　中共代表王若飛、秦邦憲因國民黨推翻政協決議而從重慶乘飛機回延安，飛機在山西興縣黑茶山失事。同機遇難的還有葉挺、鄧發

等。

二十三日 作家夏丏尊在上海逝世。享年六十三歲。

五月

月初 由澳門返回香港。

四日 《現在我們要開始檢討——八年來文藝工作的成果及傾向》轉載於《人民文藝》第一卷第五期。

同日 發表《「五四」與新民主運動》（雜感），載《華商報》。現收《茅盾全集》第十七卷。云：「今後的文化運動必須配合民主運動。」「這樣的文化運動是民主而又科學的，看如平凡，實際很難做得好，需要一切擁護民主的文化戰士舉全力以赴任，同時虛心學習，又勇於接受經驗教訓，克服自身的弱點，然後能有切實的成就，才能配合蓬蓬勃勃的民主運動。」

八日 作《關於廣州「五四」暴行》（雜感）。載十日《華商報》，現收《茅盾全集》第十七卷。對於國民黨特務份子，在「五四」青年節學生遊行時，混入遊行隊伍，搗毀《華商報》廣州分社和《正報》廣州營業處的暴行，提出了強烈的抗議。這種暴行「無非是告訴老百姓，道理在對手方面，說理不贏，高壓也不成，故不得不扮演這樣丟盡政黨臉面的醜事。」但是，這種「恐怖手段」是不會使「站在民主立場的正義人士」屈服的。

二十三日 列名夏丏尊治喪委員會。

二十六日 下午一時，與夫人孔德沚乘新生輪由香港抵達上海。到碼頭迎接的有開明書店的傅彬然以及孔另境夫婦、歐陽翠等。住房已安排好，是孔另境的一位當教師的朋友歐陽翠主動讓出來的，就是山陰路大陸新村六號二樓」。茅盾「拿出文具用品整理書桌」，「手裡拿著一個刻花的竹製小照相框，裡面鑲嵌著一幀姑娘的相片」，「呆呆地凝視著，坐在椅子裡一動也不動」。與德沚等又想起去年夏因醫療事故而去世的女兒沈霞。（金韻琴《茅盾和他的女兒、女婿》，載《百花洲》1982 年第 1 期）

下午三時，與德沚同至葉聖陶處拜訪。

晚，在乍浦路軍之友社出席在滬的朋友們舉行的洗塵宴會。（《抗戰勝利後的奔波》；歐陽翠《憶茅盾》載 1947 年 4 月 17 日《時代日報》；《在上海三年——葉聖陶日記》，載《新文學史料》1986 年第 2 期）

二十七日　接受上海《文匯報》記者採訪，在記者問到今後的計劃時，回答說：「計劃總是有的，只是說了有時不容易做到，所以現在還是不說的好。不過，悄微安定之後，《霜葉紅似二月花》就要續寫，還有一個已經寫好的題爲《走上崗位》的長篇，也要改寫。」

下午，去葉聖陶處，談有關「文協」的事和廣州、香港文藝界的情形。（《茅盾先生說……》載 5 月 28 日《文匯報》；《在上海三年——葉聖陶日記》）

二十八日　下午，至開明書店和葉聖陶寓所，與葉聖陶等諸位在上海的朋友熱情晤面，有巴金、王伯祥等已在座。共話別後情況。（《在上海三年——葉聖陶日記》）

同日　晚，應新亞綢廠之招宴，至新都飯店。該廠今年建廠 25 週年，特舉行懸獎徵文活動，與鄭振鐸、葉聖陶、王伯祥、周予同、馬敘倫、郭紹虞、胡樸安、嚴獨鶴等十餘人被聘爲評判員，今日均到會。（陳福康《鄭振鐸年譜》）

二十九日　夜，赴李健安、柯靈、唐弢之招宴，郭沫若、巴金、夏衍、田漢等出席作陪。（同上）

同月　爲配合中原劇社和《正報》在香港組織的進步電影專場放映，專門撰文推薦進步電影。（李門《悼茅盾長者——調寄浣溪沙》載 1981 年 4 月 10 日《南方日報》）

同月　發表《雜感》，載《生活週刊》第二期。

當月

四日　韓北屏發表《茅盾先生談五四》，載天津《益世報》，亦見於五日漢口《大剛報》。

六日　陳稻發表《介紹茅盾先生的〈腐蝕〉》，載《新華日報》。文章著重分析了《腐蝕》中趙惠明這個人物，論及這個人物的現實依據和她最後醒悟的可能性和必然性。肯定這是一部「有著強烈的現實批判意義」的作品。

二十七日　姚隼發表《〈霜葉紅似二月花〉評價》，載《申報》。

當月　國民黨中宣部張道藩密令查禁茅盾的《清明前後》。（5 日上海《文匯報》）

本月

一日　「文協」爲馮玉祥、郭沫若、田漢舉行歡送會。（按：馮玉祥

即將赴美考察水利，郭沫若、田漢將赴上海）

　　五日　國民黨政府由重慶遷回南京。

　　二十六日　《新華日報》刊載沈起予、李文釗、沙汀、艾蕪等十九人給柳亞子六十大壽的賀電。

六月

　　一日　《人民的文藝——在香港文化界歡迎晚會上的講話》轉載於《魯迅文藝》第一卷第三期。

　　同日　發表《人民的文藝——四月八日在廣州青年會演講》，載《新藝》創刊號，現收《茅盾文藝雜論集》。

　　二日　出席在檳榔路玉佛寺舉行的夏丏尊先生追悼會，並作了即席演講。致悼詞的還有許廣平、葉聖陶等。（《在上海三年——葉聖陶日記》（二），載《新文學史料》1986年第2期）

　　三日　《華商報》刊載了文俞寫的《和茅盾先生談話》。茅盾在談話中闡述了自己的對於文藝問題的看法。茅盾認為，抗戰時期產生的作品不少，但眞正成功的不多，是因為「檢查制度很嚴，有話也說不出，也因為現實變動太大、太快，作家的生活經驗又不夠的緣故。」談到刊物，茅盾說「重複浪費、空洞浮泛的現象必須改變，應該有計劃地進行。」需要辦的是「一個高級的理論指導刊物」，一個「以知識青年和學生等政治水平較高的人為對象的」刊物，還有一個「通俗的工農刊物。」「辦刊物應該注意兩點：教育自己、教育青年。」

　　四日　晚六時，至金城餐廳，出席中華全國文藝協會上海分會等團體舉行的詩人節紀念會，並為柳亞子先生補慶六十壽辰。到會的還有郭沫若、葉聖陶、巴金、胡風、馬思聰、許廣平等。（8日《新華日報》;《在上海三年——葉聖陶日記》）

　　同日　發表《獻給詩人節》，載《文匯報·世紀風》。（按：本文內容與《為詩人們打氣》相同。曾載《中國詩壇》新3期。茅盾本人在文後附言：這篇小文是在廣州時為《中國詩壇》寫的，今值「詩人節」，初來上海，心緒未寧，不能為《世紀風》另寫，特以此舊作充數，並改題為今名。」）

　　九日　應邀在上海市小學教師聯合會作《認識現實》的演講。初載六月

十日十二日《文匯報》，題目是《茅盾：認識現實——六月九日在小教聯晨會上的演講》（湖深記），現收《茅盾全集》第十七卷。在演講中指出：「中國的現實是封建勢力強大，阻礙中國向民主化的路上走；……中國的問題是世界問題的一部份。」認識現實，「不僅僅看書本，還要從現實生活中去認識，看報紙也不能單看一方面的，要多黨派的報紙都看。」

十日　應邀至聖約翰大學作《人民文藝》的演講。

同日　發表《新民主運動與新文化》（雜感），載《文聯》第一卷第七期。（按：此文內容與《「五四」與新民主運動》相同）。

同日　與葉以群合編的中外文藝聯絡社的機關刊物《文聯》停刊。

十二日　出席上海美術欣賞會，觀看李樺所作的抗戰史畫。

十三日　下午，出席日文版《改造日報》社所舉行的座談會，論題爲「日本的民主前途」、「日本的民主文藝前途」等問題。到會的還有馬敘倫、郭沫若、田漢、馮乃超、陳望道、葉聖陶、翦伯贊等。（《在上海三年——葉聖陶日記》（二），載《新文學史料》1986年第2期）

十四日　晚，與德沚應邀出席開明書店在金城餐廳舉行的歡迎宴會。歡迎會還同時歡迎巴金夫婦，陳望道夫婦，田漢、靳以、淑湘、王鞠候、翦伯贊，並爲柳亞子夫婦祝壽。席間談飲甚歡。（《在上海三年——葉聖陶日記》（二），載《新文學史料》1986年第2期）

十五日　應邀至上海中學教師研究會演講。

同日　發表《高爾基與中國文壇》（評論），載《時代》週刊第六卷第二十三期，亦見於二十一日《新華日報》和二十四日《華商報》。云：「高爾基的作品之所以在中國受到廣大讀者的愛好，是因爲它抨擊了黑暗，指示了光明。」中國的進步作家「不但從高爾基的作品裡接受了戰鬥的精神，也學習了如何愛與憎。」

同日　發表《十五天後能和平嗎？》（雜論）。載《週報》第四十一期，現收《茅盾全集》第十七卷。

同日　發表《美國的對華政策》（雜論）。載《民主》第三十五期，現收《茅盾全集》第十七卷。認爲美國的對華政策與其口頭的願望很不一致，這「對於美國的聲望，對於中美人民的友誼都是非但無益，而且有害的。」

十八日　上午九時，出席中蘇文化協會上海分會、中華全國文藝協會上

海分會等八個團體在滬光大戲院舉行的高爾基逝世十週年紀念會，散會後，與郭沫若、戈寶權等合影於戲院門口。

下午，去開明書店，與葉聖陶、梅林晤談，並告訴他們，蘇聯方面已發出訪蘇的邀請，可能於今秋成行。(《在上海三年——葉聖陶日記》)

晚七時，應上海「蘇聯呼聲」電臺的邀請，作《高爾基與中國文學》的廣播講話。講話中說：「中國的文藝工作者從高爾基的生活和作品中看出了他們自己應該走的路。年輕的中國新文藝，從高爾基那裡得到許多寶貴的指導。『五四』以來，我們的新文藝工作者在實踐中曾經遇到好些問題，而這些問題都可以在高爾基的作品中找到解答。」八時，又與郭沫若、許廣平、戈寶權等出席了在蘇聯僑民俱樂部舉行的紀念晚會，並作了簡短的講話。(戈寶權《憶和茅盾同志相處的日子〔四〕——抗戰勝利在上海》，載《新文學史料》1982年第2期)。

同日　發表《高爾基與現實主義》(評論)。載《聯合日報》晚刊。

二十二日　發表《在上海「警管區制」座談會上的發言》(茅盾講，莫明記錄)，載《新世紀》第一期。

同日　致范泉信一件。謝其告知有人盜印《霜葉紅似二月花》，至於為《文藝春秋》寫長篇連載「目前尚不能動筆」。(《茅盾書信集》)

二十三日　致范泉信一件。寄上譯作《文憑》中《關於作者》及《譯後記》的校樣。載七月十五日《文藝春秋》第三卷第一期，現收《茅盾書信集》。

二十四日　傍晚，至開明書店，與葉聖陶、鄭振鐸、夏衍一起商定於三十召開「文協」總會及上海分會的聯席理事會。隨後，在開明書店的月會上，談新疆的經歷，長達三小時，仍意猶未盡。(《在上海三年——葉聖陶日記》(二)，載《新文學史料》1986年第2期)

同日　書《題贈〈文藝青年〉半月刊》，載《文藝青年》第九期。

二十九日　發表《下關的暴行與人民最後的期望》(雜論)。載《文匯報》，現收《茅盾全集》第十七卷。文章對本月二十三日「上海人民團體赴京請願團」在南京下關遭到國民黨指使的暴徒毆打一事，表示了強烈的憤慨。云：「到了與人為善的行動都被用血來淹沒的時候，人民的認識將會更進一步的。八年抗戰之後的中國人民本來抱了極大容忍，時時處處想與人為善，如果統治者一定要把人民這一時期都消滅，必將自食其果。」

同日　發表《高爾基與中國文學》（評論），載《時代》第一六三期「高爾基研究」號，現收《茅盾全集》第十卷。

同日　晚七時，應金仲華邀請，與德沚同去其寓所赴便宴。同座的還有葉聖陶夫婦、傅彬然、范洗人、馮仲足、王翼雲等，席間談敘甚暢。（《在上海三年——葉聖陶日記》（二），載《新文學史料》1986 年第 2 期）

三十日　與上海文化界二百餘人聯名發表《上海文化界反內戰爭自由宣言》。要求一，「立即停止內戰」。二，「有效保障人民自由」。三，「保衛民族工業，改善人民生活。」載本日《文匯報》。

同日　下午，至開明書店，出席「文協」總會及上海分會理事聯席會議，會上討論了有關提案。（《在上海三年——葉聖陶日記》（二），載《新文學史料》1986 年第 2 期）

同月　出席上海文藝青年聯誼會舉辦的「文藝演講會」。會上，方言詩人朗里先朗誦自己的作品《歌頌茅盾先生》。隨即起身表示：不敢接受這樣的歌頌。在演講中說，今日文藝界的「軍長、師長」的作家已不少，但「營、連、排」的作者則缺少，希望「文藝青年聯誼會」的成長能彌補這個缺憾。在接受聯誼會成員來訪時，告誡他們，作為一個文藝青年「學習是千萬不能放鬆的，爲了應付實際上的種種困難，學習的時候，就必須運用各種不同的活潑方式。」最後，應青年們的要求題詞：「今天的文藝工作者不能藉口於『我是用筆來服務於民主』而深居簡出，關門做『民主運動』，他還應當走到群眾中間，參加人民的每一項爭民主爭自由的鬥爭，亦只有如此，他的生活方能充實，他的生活方是鬥爭的，而所謂『與人民緊密擁抱』云者，亦不會變成一句毫無意義的咒語了。」（萌·華《六月的友誼》，陸以眞《和茅盾先生在一起》載 1946 年 7 月 20 日《文藝學習》第三期）

同日　接到蘇聯駐華大使彼得羅夫的函件，正式邀請去蘇聯參觀遊覽。但因事冗而天氣又太熱，回答蘇聯方面說，希望將此行推至秋季。（王坪《茅盾被邀赴蘇觀光》載 8 月 25 日《文匯報》）

同月　《文藝修養——4 月 19 日在香港華僑工商學院演講》收入廣州國華書局出版的《文藝修養》。

當月

五日　《茅盾先生在廣州和香港》，（按：原文未署名）載《解放日

報》。

十八日　魯遲發表《茅盾的苦悶》，載《僑聲報》。文中提到茅盾尚未覓得合適的住處，所以無法寫作。

二十五日　吳士發表《茅盾先生的幽默》，載《華商報》。文中談到茅盾某次對官辦的「中華全國文藝作家協會」的辛辣諷刺。

當日　渥丹發表《介紹茅盾先生的一篇演講：〈和平、民主、建設階段的文藝工作〉》，載《中原・文藝青年・希望・文哨》聯合特刊第一卷第六期。

當月　〔日本〕柳澤三郎發表《關於茅盾評論的聯想》，載《中國文學》（96）。

本月

二十三日　上海五萬群眾集會遊行反對內戰，抗議美國干涉中國內政，並選派上海各界人民團體代表赴京請願。當晚，當請願代表行至南京下關火車站時，遭國民黨指使的暴徒的毆打，赴京代表馬敍倫，閻寶航等多人受傷。此即「下關慘案」。

二十六日　蔣介石悍然撕毀停戰協定，大舉圍攻中原解放區，從此發動了向解放區的全面進攻。

夏

夏初　應曹辛漢之邀，去上海法學院演講，題目是《新疆歸來》，以盛世才的倒台，暗示蔣介石倒行逆施，也必然滅亡。演講結束後，為學生們題字：「正視現實」。接著在招待宴席上，應曹辛漢請，在其扇面上題詩一首：「憂時不忍效鄉愿，論世非為驚陋儒。豈有文章真傳世，酒酣耳熱歌烏烏。」（按：這首詩抄寄茅盾過目時，他將「論世」的「世」改為「史」）（史明《茅盾的一首佚詩》，載《文教資料簡報》1982 年第 7、8 期合刊；翟同泰《茅盾佚詩三首》載 1984 年 8 月 23 日《文學報》）

仲夏　潔泯與韓近庸來寓所談《腐蝕》再版事。最後還為《腐蝕》再版本親筆題寫了書名。（該書名初版時用的是美術字體）（潔泯）《〈腐蝕〉出版的經過》，載《茅盾研究》第 4 輯）

七月

　　一日　發表《茅盾：中學生怎樣學文藝》（文藝雜感）（湖深記錄）載一日、二日《文匯報》，現收《茅盾文藝雜論集》。云：「中學生關於文藝的教材有兩個目的：第一，使學生有欣賞能力；第二，有寫作能力。」「要培養欣賞能力，……要看各種各樣的作品」。「要提高寫作能力，第一不要先求美，要先求通。」

　　二日　發表《讀報偶感》（雜感）。載《文匯報》，現收《茅盾全集》第十七卷。

　　三日　發表《戲劇與小說——在上海劇校講》（文藝雜感）（陳默記）。載《大公報》副刊《戲劇與電影》。

　　五日　晚，為費正清博士將返美，與郭沫若、陶行知等發起並舉行歡送會。（14 日《新華日報》）

　　六日　發表《萬一再拖呢？只好拖向和》（雜論）。載《民主》第三十八期，現收《茅盾全集》第十七卷。在談到國內局勢時指出：「當和、戰、拖三者皆有可能，而且戰的成份更多的時候，全國人民也應當發揮力量，只許和，不許戰，而萬一還要再拖的話，也只許拖向和。」

　　七日　發表《迎勝利後的第一個「七七」》（雜感）。載《文匯報》，現收《茅盾全集》第十七卷。云：「今天還不是可以慶祝的時候，今天應是人民檢閱自己的力量，以便再接再勵，爭取和平爭取民主的時候。」

　　八日　作《請問這就是「反美」嗎？》（雜論）。載十三日《文匯報》，現收《茅盾全集》第十七卷。文章駁斥了美國和國內的一些報紙說，上海人民舉行反內戰示威是「反美」的謬論，指出「要求美國政府勿再繼續單方面的軍事援助」，「要求美國海陸軍撤離中國」，這根本算不上是「反美」。

　　九日　晚，為籌編《大同文藝叢書》一事，與大同書店經理張君在霞飛路（今淮海路）某麵菜館招待郭沫若、葉聖陶、馮乃超、田漢、洪深、鄭振鐸、馮雪峰等諸好友。（《在上海三年——葉聖陶日記》，載《新文學史料》1986年第 2 期）

　　十日　發表《國共前途怎樣？》（雜感）。載《民言》週刊第二期，現收《茅盾全集》第十七卷。云：「希望全國的老百姓，一致奮起，同心協力來爭

取民主自由。」

十五日　發表譯作《作戰前的晚上》（〔蘇〕杜甫辛科著）並《附記》一則，生活照兩幀手稿一頁。載《文藝春秋》第三卷第一期。

同日　發表《從原子彈演習說起》（雜感）。載《華商報》，現收《茅盾全集》第十七卷。

十七日　《讀報偶感》轉載於《解放日報》。

十八日　作《對死者的安慰和紀念——敬悼李公樸、聞一多先生》（散文）。載二十日《民主》第四十期，亦見於二十八日《新華日報》，現收《茅盾全集》第十七卷。該文強烈控訴了國民黨反動派於本月十一日、十五日先後暗殺李公樸、聞一多的血腥罪行。云：李公樸、聞一多是為民主而死，唯有力爭民主政治的實現，才是對於他們最好的安慰和紀念。李公樸、聞一多以身殉民主，這告訴了反民主份子：暴力不能摧毀人民之要求。也告訴：不流血而實現民主，在中國是一種幻想！」

十九日　與郭沫若、洪深、葉聖陶等聯名致電聯合國人權委員會，指控國民黨反動派殺害李公樸、聞一多，並籲請立即派調查團來華。載二十日《時代日報》。

二十日　發表《久長的紀念》（散文）。載《風下》第三十三期，現收《茅盾全集》第十七卷。云：鄒韜奮和杜重遠辦事「認真到底的精神」，「不肯做官而盡瘁於文化事業的操守，值得我們敬仰和學習。」「完成他們未竟的志願，就是最好的紀念方法。」

二十一日　出席中華全國文藝協會總會假花旗銀行召開的會員大會，討論對於李公樸、聞一多被特務暗殺事件的對策。在會上作了激昂的發言。到會的還有郭沫若、葉聖陶、田漢、洪深和剛從桂林來的歐陽予倩，剛從北平來的馬彥祥等。（《在上海三年——葉聖陶日記》）

二十三日　晚，至郭沫若寓所，聽周恩來談近來時局。到會的有葉聖陶等二十餘人。（《在上海三年——葉聖陶日記》）

二十五日　發表《四天之內》（雜論）。載《華商報》，現收《茅盾全集》第十七卷。云：「四天之內，中國的反動份子，暗殺了兩位民主的戰士。」這說明「民主與反民主的鬥爭已到了白刃相接的階段，民主人士已經被逼得只有在『不民主毋寧死』這一真理面前找出路。」（呂劍《夏夜札記》載《新文

學史料》1980 年第 2 期）

二十六日　出席中華全國文藝協會召開的追悼聞一多、李公樸先生大會。在會上提議，請正在美國講學的老舍、曹禺在美國揭露國民黨反動派殺害李、聞的法西斯暴行。

同日　下午，《世界晨報》記者來訪，得悉陶行知先生因患腦溢血不幸逝世。

同月　夫人德沚單獨回故鄉烏鎮一趟，帶回兩箱已長霉點的洋裝書，在瞭解了故鄉的近況後，打消了回故鄉的打算。（《抗戰勝利後的奔波》）

同月　作《〈時間的記錄〉後記之後記》。載十一月大地書屋出版的《時間的記錄》，現收《茅盾全集》第十二卷。云：「初版頗多誤植，茲為一一訂正。」增刪了部分篇目。

當月

十五日　沈起予發表《讀〈腐蝕〉》，載《萌芽》第一卷第一期。

本月

十一日　民盟中央委員李公樸在昆明被國民黨特務暗殺。

十五日　民盟中央委員、西南聯大教授聞一多在昆明被國民黨特務暗殺。

二十五日　著名教育家陶行知先生在上海病逝。

八月

月初　蘇聯大使館一等秘書費德林從南京來上海，送來一封蘇聯對外文化協會（VOKS）邀請去蘇聯觀光的正式請帖，當即高興地接受了邀請。（《抗戰勝利後的奔波》；戈寶權《憶和茅盾同志相處的日子——茅盾夫婦訪蘇之行》載《新文學史料》1982 年第 3 期）。

一日　發表《美國人對中國新文藝的興趣》（雜感），載《財報月刊》創刊號。

三日　發表《我們有責任使他永遠不死》（散文）。載《週報》第四十八期，亦見於五日《華商報》，曾收《茅盾散文速寫集》，現收《茅盾全集》第十二卷。云：「陶先生雖然死了，反動派且不要太高興。一個戰鬥中的巨人倒下決不是倒下就完了，他的倒下將發出驚天動地的震響。這震響將在千千萬

萬人心中起回應，這震響之廣將遍及於中國的每一個角落。陶先生是死了，然而陶先生又永遠死不了！我們有責任使他永遠不死！」

七日　發表《我所見到的陶行知先生》（散文）。載重慶《民主報·吶喊》，亦見於《讀書與出版》第五期，現收《茅盾全集》第十二卷。云：「陶行知的教育理論可概括爲：做人民的教師，同時又做人民的學生。」

九日　作《〈灘〉——戰時民族工業受難的記錄》（書評）。載十六日《文匯報》。認爲《灘》是一本好書，但還未引起人們的注意，小說「代中國民族工業作了有力的控訴。」

上旬　去南京辦理赴蘇聯參觀的護照，按照沈鈞儒的指教，先去找了外交部長王世杰，未遇。在外交部填寫了一張表格。當晚，住民盟駐南京辦事處。第二天便返回上海。（《抗戰勝利後的奔波》）

十一日　作《〈週報〉何罪》（雜感）。載《週報》休刊號，現收《茅盾全集》第十七卷。（按：《週報》1945 年 9 月 8 日創刊於上海，柯靈、唐弢主編，次年 8 月被查禁，共出五十期）。云：《週報》因爲「站在人民立場說話」而被查禁了，但是禁一份《週報》，「難道就能封住了人民的嘴巴嗎？」

同日　作《糾正一種風氣》（雜感）。載九月一日《上海文化》第八期，現收《茅盾文藝雜論集》。云：必須糾正出版界只肯出名人著作的「明星主義」風氣，否則將對文化發展產生不利影響。

十五日　與上海文化界人士五十餘人聯名致函「勞工協會」，表示慰問。（按：六日，國民黨指使重慶「總工會」率同特務、警察二百餘人，武裝接收了中國勞工協會重慶辦事處及所屬各機構，並逮捕工作人員三十餘人）。

同日　爲即將來滬去張家口的周揚送行，在周揚的筆記本上題字：「盼望你把我們的敬意和熱忱帶給北方的朋友。」（16 日《文匯報》）

同日　發表譯作《蘋果樹》（〔蘇〕去洪諾夫著）及《譯者附言》，載《文藝春秋》第三卷第二期。

同日　作《致范泉》（書信）。告知其因故不能爲《文藝春秋》第三期寫稿，而第四期則一定有稿件奉上。（孫中田、周明編《茅盾書簡》；范泉《關於茅盾先生給我的信》，載 1984 年 11 月 11 日《青海日報》）

十八日　致曹辛之信一件。詢問託其設計的叢書封面是否繪好，因爲叢

書即將出版。（按：曹辛之，筆名杭約赫，詩人、畫家）（《茅盾書信集》）

十九日　發表《「澆之以水泥」云云》（雜感）。載《僑聲報》，現收《茅盾全集》第十七卷。

二十二日　作《關於〈呂梁英雄傳〉》（書評）。載九月一日《中華論壇》第二卷第一期，現收《茅盾文藝雜論集》。認爲這部小說表現了三方面的內容：一、「人民大眾在抗日戰爭中的英勇鬥爭。」二、「人民大眾覺醒的過程以及八年苦戰中人民的力量如何長成的過程。」三、「八路軍的正確領導，是人民勝利的保證。」在技巧方面，「作者對於『章回體』的傳統作風有所揚棄。」但要比張恨水先生的「章回體」「略遜一籌。」

同日　發表《周作人的「知慚愧」》（雜感）。載《華商報》，現收《茅盾全集》第十七卷。云：「抗戰的時候，我們常說抗戰是人們的『試金石』，可是倒不曾想到勝利這才是人們的更屬害的『試金石』。勝利把有些人的卑鄙無恥更赤裸裸地試出來了。」漢奸文人周作人今天成了「階下囚」，但是仍有當初的賣身投靠者，今天還是「堂上官」。

二十四日　《文匯報》記者王坪來訪，談去蘇聯參觀訪問一事。表示若去蘇聯，希望能與蘇聯作家廣泛接觸，特別希望與那些有作品被自己翻譯過來的作家談談。在回答記者問「到上海寫了些什麼作品」時，回答說，簡直不能靜下心來寫東西，《霜葉紅似二月花》的續稿沒法子寫，《走上崗位》也沒有動筆。在國內目前的局勢下，寫的更多的是「抗議」「哀悼」之類的文章，小說的創作是根本無暇顧及了。（王坪《茅盾被邀赴蘇觀光》載 1946 年 8 月 25 日《文匯報》）

三十一日　出席中華全國文藝協會在紅棉酒家舉行的宴會，歡迎剛到上海的邵荃麟等。

同月　作《蕭紅的小說──〈呼蘭河傳〉》（書評）。載十月十七日《文匯報》，亦見九月四日漢口《大剛報》，現收《茅盾全集》第十卷。云：「《呼蘭河傳》是一篇敘事詩，一幅多彩的風土畫，一串凄婉的歌謠。」蕭紅寫作該作品時的心情是「苦悶和寂寞」的，這是因爲，一方面「不滿於她階層的知識分子們的各種活動，覺得那全是扯淡，是無聊；另一方面卻又不能投身到工農勞苦大眾的群中，把生活徹底改革一下。」「這一心情投射在《呼蘭河傳》上的暗影，不但見之於全書的情調，也見之於思想部份，這是可惋惜

的。」這篇文章也寄託了茅盾對去世一週年的女兒沈霞的懷念。

當月

一日　稽山發表《〈霜葉紅似二月花〉》（書評），載《青年與婦女》第五期。

十日　晦庵（即唐弢）發表《〈子夜〉翻版全璧》，載上海《文匯報》。

十二日　西溪發表《茅盾先生訪問記》，載《僑聲報》。

十八日　李伯釗發表《談〈腐蝕〉》，載《解放日報》。認爲這部小說是對國民黨特務罪惡的「控訴書」。

本月

五日　蔣介石提出與共產黨商談的五項條件。要求共產黨所屬部隊撤退至指定地區。

九日　周恩來堅決拒絕了蔣介石的無理要求。

九月

二日　駱賓基來訪，談關於出版《呼蘭河傳》的合同等事。

五日　發表《學步者之招供》（雜感）。載《文萃》第二卷第四十六期，亦見於十一月二十二日《新華文綜》第三期。曾收《茅盾文集》第十卷，現收《茅盾全集》第十七卷。本書剖析了美國某些人的妄圖稱霸世界的論調，而這實際就是「學步希特勒之輩的招供。」

十二日　發表《〈血債〉序》（序跋）。載《華商報》，現收《茅盾序跋集》。這是爲內弟孔令傑（司徒宗）的小說集而作的序。云：「生活圈子的太狹小固然會影響到作品取材的範圍，然而一個作者所當引爲大懼的，恐怕不是題材的不夠廣泛而是觀察的不夠深入。」

十五日　《周作人的「知慚愧」》和《「澆之水泥」云云》，轉載於《萌芽》第一卷第三期。

十六日　出席李公樸、聞一多紀念籌備會。會上談到了美國華萊士的外交演說，並表示了自己的看法：「我覺得杜魯門比中國的小孩還不如，那裡能夠反覆到這個地步？這還像一個大政治家嗎？」（按：華萊士是美國商業部部長，曾在9月12日發表外交廣播演說，反對杜魯門總統的對華政策。9月15日，杜魯門宣布「收回」他對華萊士外交演說的批准）（《對華萊士外交演說，

茅盾洪深表示意見》，載 9 月 20 日《新華日報》）

　　同日　作《抗戰文藝運動概略》（評論）。載十月出版的《中學生》雜誌增刊《戰爭與和平》，現收《茅盾文藝雜論集》。該文雖是爲開明書店成立二十週年而作，但卻不是祝賀文章，而是對抗戰八年文藝運動的一個總的回顧。文章將抗戰文藝運動分爲三個時期，並詳細介紹了解放區的文藝運動。云：「中國抗戰文藝運動實開始於『七七』以前，可是『七七』以後這『老根』派生了兩支，一在大後方，一在邊區和解放區。」「中國的文藝作家們還有極艱鉅的工作在前面。道路是艱險而迂迴曲折的，然而繼承了『五四』傳統的中國作家終必能戰勝黑暗，完成歷史所付給的使命。」

　　十八日　邀孔另境和范泉在家便餐，談到《蘇聯愛國戰爭短篇小說譯叢》的封面設計，范泉建議還是用茅盾的墨筆字製版做書名。同意了他的建議。

　　十九日　致范泉信一件。告知《蘇聯愛國戰爭短篇小說譯叢》已校一遍，封面設計可完全由范泉定奪。（《茅盾書信集》）

　　二十三日　作《關於〈李有才板話〉》（書評），載二十九日《群眾》第十二卷第一期，亦見於十一月二日《解放日報》，現收《茅盾文藝雜論集》。云：「《李有才板話》是一部新形式的小說，……標誌了向大眾化的前進的一步，這也標誌了進向民族形式的一步。」給予趙樹理的這部作品的較高評價。

　　二十四日　作《談平等與自由》（雜感），載十月五日《華商報》，現收《茅盾全集》第十七卷。云：「沒有平等，自由也是不完全的。」駁斥了那種把「沒有平等但有自由」作爲理想境界的奇談怪論。

　　二十五日　發表《〈團的兒子〉譯後記》（序跋）。載《新文化》第二卷第六期，現收《茅盾序跋集》。云：「《團的兒子》是一部新型的兒童文學。是配合了蘇聯反法西斯戰爭的政治要求的一部卓越的兒童文學。向來有一種『理論』，以爲兒童文學是應當遠離政治的，但在蘇聯，這種『理論』早已破產了，而《團的兒子》則是最新的又一例證。」

　　二十六日　與馬敘倫、郭沫若、周建人、翦伯贊等三十餘人，出席上海文化教育界爲「美軍退出中國週」而舉行的座談會。（27 日《文匯報》）

　　月底　南京方面仍無有關護照的消息，沈鈞儒爲此事給邵力子去一信，請其催辦。（《抗戰勝利後的奔波》）

　　同月　作《〈蘇聯愛國戰爭短篇小說譯叢〉後記》（序跋）。載《文藝春秋》

第三卷第四期和永祥印書館一九四六年十月初出版的《蘇聯愛國戰爭短篇小說譯叢》，現收《茅盾序跋集》。云：翻譯這些作品的用意，「無非想讓讀者看看：同樣在戰爭中，人家是怎樣的。」

同日　作《民間、民主詩人》（評論）。載一九四七年十月出版的「文藝叢刊」之一《腳印》，現收《茅盾文藝雜論集》和《茅盾文集》第十卷。云：有「進步的民間藝人對舊民間形式的改革」，有「新詩人對這份遺產的批判地接受，這兩種努力對流的交點將是新詩歌的民族形式的確立。」在當今的民主運動中，詩人「不但要堅持人民大眾的立場，並且必須使他的藝術形式能為人民大眾所接受而喜愛。」

同月　萬葉書店的錢君匋來家中約稿。對錢說：「我最近沒寫什麼東西，翻譯倒有一部稿子，是蘇聯卡泰耶夫的《團的兒子》。」錢君匋高興地接受了這部譯作。（錢君匋《深厚的鄉情和友誼》載 1981 年 4 月 19 日《文匯報》）

同月　應邀赴許景宋宴席，首次見一九三五年《簡·愛》的譯者李霽野。席間談擬編一部進步文學作品的叢書。時李將應友人許季弗先生之約到臺灣編譯館工作，手頭正有一部不屬進步文學作品的英國史提芬生的《吉克爾大夫和海德先生》的譯稿，李正需錢用。茅盾從孔另境處知道後，遂讀稿，並推薦給長明書店，解決了李的燃眉之急。（李霽野：《悼念茅盾同志》，載《新港》1981 年第 5 期）

當月

一日　高迅發表《偉大的作家茅盾》，載《僑聲報》。

同日　雲彬《沈雁冰（茅盾）》，載重慶《人物》雜誌第 8 期。

九日　臧雲遠發表詩作《五十年——贈茅盾先生》，載《文匯報·筆會》。

本月

四日　《群眾》週刊社遭國民黨軍警的非法搜查，被迫停刊。自政協會議以來，國民黨政府已在西安、天津、廣州、昆明等地，非法查封進步報刊達二百六十五家之多。

十月

四日　上午，赴天蟾舞臺，參加上海各界召開的李公樸、聞一多追悼大

會。（5 日《文匯報》）

八日　發表《我們大聲疾呼美軍能趕快退出中國》，載《民主》週刊（華北報）第十一期。

九日　晚，至杏花樓，出席中華全國文藝協會舉行的歡迎劉開渠、蕭乾、並慰問洪深的宴會。出席者還有郭沫若、葉聖陶、田漢、陳白塵、許廣平、翦伯贊、陸梅林、鄭振鐸、趙清閣等。（《在上海三年——葉聖陶日記》）

十日　上午，至金城餐廳，出席慶祝開明書店成立二十週年的紀念會。在致詞中說：「鬥爭需要一些人『赤膊上陣』。也需要一些人有點保護色，不要赤膊上陣。不赤膊上陣也可以鬥爭。」稱讚開明書店的進步人士，在國民黨統治下，雖未「赤膊上陣」，也進行了有效的鬥爭。到會的還有馬敘倫、金仲華、豐子愷等。（《抗戰勝利後的奔波》；《在上海三年——葉聖陶日記》）

同日　發表《一年間的認識》（雜感）。載《文萃》第二卷第一期，現收《茅盾全集》第十七卷。云：「這一年功夫，對於中國人民是痛苦的，然而也是極有價值的，因為中國人民在這一年間認識了一些重要的事實：中國的法西斯分子是決心不讓中國人民過太平日子，決心不讓中國走上和平民主的大道。」「中國人民在這一年中也認識了美國對華政策的真面目了。」「這一年中，中國人民流的血實在不少了，然而有了真切認識的中國人民是不怕流血的！」

同日　與沈鈞儒等聯名發表《我們要求政府切實保障言論自由》。載《民主》第一卷第一、二期，亦見於《文萃》第二卷第一期。

十五日　發表《魯迅是怎樣教導我們的》（雜感）。載《文藝春秋》第三卷第四期，現收《茅盾全集》第十七卷。云：如果魯迅還健在，看到八年抗戰之後，中國人民依然得不到勝利的果實，他決不會感到意外，「因為魯迅的全部遺教都是要我們莫存幻想，莫輕易樂觀，莫要輕信人家的美麗言詞，看人要從他的所作所為來下判斷，看事要透過表面。」在目前的形勢下，「魯迅遺教中的這一點，尤其重要。我們要從他學習如何辨別真偽，剝奪假面具，學習他的『誅心之論』。尤其是天真的青年不可不這樣學習。」

同日　發表《美麗的夢如何美化了醜惡的現實》（雜感）。載《清明》第四號，現收《茅盾全集》第十七卷。本書譏刺了現實的黑暗與醜惡。

中旬　收到邵力子從南京發來的快信，望速去南京辦理出國護照。恰在

此時，鳳子從京滬路局爭取到一個免費旅遊杭州的機會，決定先與德沚去杭州散散心，再去南京辦理護照。此次同遊杭州的除鳳子外，還有陽翰笙、洪深、陳白塵、葛一虹、趙清閣等。在杭州與諸友飲酒賞景，暢遊甚歡。（《抗戰勝利後的奔波》；葛一虹《在那嚴酷的日子裡——絮話舊遊敬悼茅盾同志》，載 1986 年 6 月 2 日香港《新晚報》；鳳子《難忘的回憶——敬悼茅盾同志》，載《文藝報》1981 年第 9 期）

十九日　下午，出席中華全國文藝協會等十二個文化團體在辣斐大戲院舉行的魯迅逝世十週年紀念大會。周恩來到會發表了演說。出席大會的還有郭沫若、葉聖陶、許廣平、沈鈞儒、馬敘倫、翦伯贊等。在紀念會上，遇周恩來，周說，可與他同機去南京辦理護照。（《抗戰勝利後的奔波》；《在上海三年——葉聖陶日記》；20 日《文匯報》）

二十日　上午，與沈鈞儒、郭沫若、許廣平、周建人、曹靖華、馮雪峰等文化界朋友數百人，至萬國公墓，為魯迅先生掃墓。（21 日《文匯報》）

同日　下午，與周恩來同機赴南京，下榻於中共代表團駐地梅園新村。（《抗戰勝利後的奔波》）

二十一日　去外交部辦妥了出國護照，受到國民黨政府外交部長王世杰的接待。回梅園新村時，鄧穎超交與一包工藝品，託帶往莫斯科，轉交給一位將去巴黎參加第一次國際婦女代表大會的同志。（《抗戰勝利後的奔波》）

二十二日　由寧返滬。

二十八日　黃裳和他的一個朋友，以報社記者的身份來大陸新村的寓所訪問，並拿出箋紙，求賜墨寶。答應了他們的要求。（黃裳《茅盾印象》，載《珠還記幸》）

同月　在家中請范泉吃飯時，談到了杜重遠的冤獄。十分沉痛地指出，我們要從這一件事吸取二個教訓。一是要善於認識人。杜重遠以為盛世才既是同鄉，又是老友，因而只看表面，信以為真，終於受了他的騙。二是要善於認識事。杜重遠寫的讚頌盛世才的文章，都是根據一些官方的報刊以及盛世才和他的部下的口頭宣傳寫的，沒有經過深入的查證和研究，因此，他不僅自己受騙，而且還可悲地騙了別人。范泉聽後很受感動，當時就要求把談話內容寫下來。第二天，將這次談話的部分內容，概括地寫成《談杜重遠的冤獄》一文，交給范泉。後發表在十一月十五日出版的《文藝春秋》第三卷第五期上。

同月　譯作《團的兒子》（〔蘇〕卡泰耶夫著）由萬葉書店出版。

同月　《蘇聯愛國戰爭短篇小說譯叢》由上海永祥印書館出版。

同月　編輯《現代翻譯小說選》，附緒言《近年來介紹的外國文學》，由文通書局出版。「緒言」現收《茅盾序跋集》。

同月　《〈阿Q正傳〉插畫序》收入本月出版的《阿Q正傳插畫》。

當月

十五日　據上海《文匯報》消息：《清明前後》在菲律賓馬尼拉演出，轟動一時，至獲該地青年之歡迎。菲律賓的中國青年會，爲了表示對作者的敬意，特購派克五十一型金筆一套，委託群聲華僑籃球隊隊員莊清華君（《華僑導報》記者）轉送。

二十六日　箕眉發表《懷茅盾先生》，載《華商報》。文章透露了兩個消息：一是《腐蝕》的英譯本即將在英國出版；二是《清明前後》的演出在菲律賓馬尼拉引起轟動。

本月

十一日　國民黨軍隊攻佔張家口，全面進攻解放區。

二十一日　國共兩黨及各民主黨派和無黨派人士，在南京重開談判。

十一月

月初　爲黃裳題寫詩箋一葉，內容是林和靖的《旅館寫懷》，並立即寄去。（黃裳《茅盾印象》，載《珠還記幸》）

三日　應章靳以、蕭乾的邀請，至蕭乾寓所與文藝界諸友共進午餐。在座的還有鄭振鐸、葉聖陶、姚蓬子、李健吾、洪深、趙家璧、王辛笛、卞之琳、馬宗融、陳望道等。餐畢，應陳望道的邀請，與葉聖陶、李健吾同去復旦大學演講。在演講時說，文藝寫作者應該具備兩個條件：「第一，認識現實」。「第二，在認識現實以後，應該有『偉大的氣魄』。這種氣魄含勇敢、沉著兩個因素，不受外來的引誘，又有所不畏的精神。」講到時局時，說「現在中國是處在光明與黑暗的交叉路口，我們樂觀，因爲光明在望，然而我們卻得準備迎接更大的黑暗的來臨。」「這是一個鬥爭的時代，你們將會從痛苦的經驗中獲得洗梳；這是一個產生偉大作家的時代，今後的中國是依靠你們，不要放棄這黃金時代，願你們努力。」慷慨激昂的演講，使不少學生都

感動得落淚。(方剛《死水中的浪花——茅盾葉聖陶在復旦》,載 11 月 7 日
《文匯報》;《在上海三年——葉聖陶日記》)

七日　發表《和平民主的堡壘萬歲!》(雜論),載《時代》週刊第六卷
第四十三、四十四期合刊,現收《茅盾全集》第十七卷。此文盛贊了十月革
命的偉大勝利。

同日　發表《蘇聯偉大十月社會主義革命二十九週年紀念題詞》(原手
跡),載《時代日報》。

十二日　中午,與德沚至葉聖陶寓所,告訴他兩星期內就要動身赴蘇聯
參觀訪問。(《在上海的三年(4)——葉聖陶日記》,載《新文學史料》1986
年第 4 期)。

十五日　發表《談杜重遠的冤獄》(雜感)。載《文藝春秋》第三卷第
五期,現收《茅盾全集》第十七卷。此文即是根據與范泉的談話整理而成的。

十六日　傍晚,至金門飯店,出席大地書屋舉行的餞行宴會,並在席間
致答辭。出席者還有郭沫若、洪深、葉聖陶等。(《在上海三年——葉聖陶日
記》)

十七日　中午,出席葉聖陶在開明書店舉行的餞行宴會,陪客為耿濟之。
(《在上海三年——葉聖陶日記》)

二十三日　出席中蘇文化協會上海分會舉行的餞行宴會。(《抗戰勝利後
的奔波》)

二十四日　與德沚出席中華全國文藝協會、劇協、音協、木協、漫協、
詩音協、學術聯誼會、雜誌界聯誼會、新出版業聯誼會等十個民間文藝團體
在八仙橋青年會舉行的盛大歡送會。到會的有郭沫若、馬寅初、葉聖陶、熊
佛西、潘梓年、侯外廬、許廣平、陽翰笙、陳白塵等二百餘人。與會者都發
表了熱情洋溢的臨別贈言。在致答辭時說:「去蘇聯觀光是我二十年來的宿
望。朋友們收集的豐富的藝術作品和材料,我一定完全帶去,我也一定把能
帶回來的寶貴東西都帶回來。我們現在去是冬天,回來應該是春天了,但那
時中國是否已是春天尚不能預料,我相信蘇聯人民會給我許多熱,幫助我們
度過冬天,我就是要去把這『熱』帶回來,讓寒冬早點過去。」(《抗戰勝利
後的奔波》;陳霞飛《十文化團體歡送茅盾夫婦赴蘇》載 11 月 25 日《文匯
報》;趙景榮《茅盾》載 1948 年 4 月出版的《文壇憶舊》)

二十五日　晚，與德沚至蘇聯總領事館，出席蘇聯駐滬領事哈林舉行的餞行會。蘇方到會的有蘇聯對外文化協會駐華代表烏拉寶金，駐滬代表克留科夫夫婦和塔斯社遠東分社社長羅果夫。中方被邀請出席的有顏惠慶、黎照寰、沈鈞儒、郭沫若夫婦、田漢夫婦、葉聖陶、洪深、潘梓年、陽翰笙、葛一虹、葉以群、戈寶權等。席間，賓客即席賦詩、先後唱和、氣氛熱烈。戈寶權立即把這些詩都抄錄下來。集爲一冊，題名爲《歡送茅盾訪蘇唱和詩輯》。後在茅盾啓程前印出，分贈給前來送行的友人們。（《抗戰勝利後的奔波》；《蘇領事館前晚會，歡送茅盾夫婦去蘇》，載 11 月 27 日上海《時代日報》；文聯社記者《送茅盾夫婦》載 11 月 30 日《華商報》）

二十八日　作《致戈寶權》（書信），現收《茅盾書信集》。告知蘇聯塔斯社駐華分社社長羅果夫所要的譯著書目已抄好，自傳也將在日內寫好奉上。

月末　蘇聯對外文協駐滬代表克留科夫來通知，去蘇聯的船已到港，預定下月五日啓碇。（《抗戰勝利後的奔波》）

同月　加緊做蘇聯的各項準備工作。研究了蘇聯的社會制度和經濟狀況，閱讀了一些蘇聯遊記，還準備了一些自己的譯著，打算贈給蘇聯的同行。爲了克服語言的障礙，特購俄文讀本數種，並向幾位曾經留蘇的朋友學習若干簡單的俄語會話。德沚觸景生情，又想起精通俄語的沈霞，不禁黯然哀傷。（《抗戰勝利後的奔波》；范泉《茅盾先生出國二、三事》載 12 月 5 日上海《文匯報》）

同月　《時間的記錄》由上海大地書屋出版。

同月　譯作《藍圍巾》（〔蘇〕索柏列夫等著）由上海文光書店出版。

當月

二十日　鉗耳發表《評〈第一階段的故事〉》，載《文聯》第一卷第十三期。文章認爲，這部小說「可能是現代小說之向中國舊式章回小說吸收融化的一個合理的雛形。」這種文體的特點是「擅長白描，以明快見長。」不足之處是許多地方顯著「論文化」和心理描寫較少。小說寫出了中國抗戰中「一開始就存在著的兩條路線：人民戰爭的路線和反人民戰爭的路線。」將其「當作一本忠實地報導上海戰爭中三個月的歷史眞實的書讀，⋯⋯這本書實在有重大的價值。」

二十五日　沙塵發表《寒冬長夜送茅盾》，載《僑聲報》。

二十八日　李木子發表詩作《送茅盾先生》，載《文匯報》。

本月

十五日　國民黨的「國民大會」在南京召開，並通過了「憲法」。

十八日　中共中央發出關於暫時放棄延安的指示。

秋

約初秋　應周恩來之請，出席在馬思南路（今思南路）一〇七號中共代表團駐滬辦事處舉行的招待會。到會的還有郭沫若、巴金、夏衍、戈寶權等。（戈寶權《與茅盾同志相處的日子》）

與碧野坐有軌電車外出。「他穿一件灰色夾長袍，秋風吹拂，袍角飄飄，風度瀟灑。回來，在北四川路下車，他跑到乾果店去買烏棗。」碧野說不衛生，茅盾說：「『眼不見爲淨，要不什麼都吃不成了』」，並送一包給碧野。（碧野《憶雁冰師》，載《新文學史料》1981 年第 3 期）

十二月

一日　發表《雨天論英雄·唏噓憶辛亥》（散文）。載《上海文化》第十一期，現收《茅盾全集》第十七卷。文章的前半部分，論及了一些歷史人物的功過，後半部分則回憶了自己在辛亥革命時的經歷和感受。

同日　作《里程碑的作品——趙樹理的小說〈李家莊的變遷〉》（評論）。載十二月十日《華商報》，亦見於十二月十二日《文萃》第二年第十期，改題爲《論趙樹理的小說》，現收《茅盾文藝雜論集》。云：「《李家莊的變遷》不但是表現解放區生活的一部成功的小說，並且是『整風』以後文藝作品所達到的高度水準之一例證。」「用一句話來品評，就是已經做到了大眾化。沒有浮泛的堆砌，沒有纖巧的雕琢，樸質而醇厚，是這部書技巧方面很值得稱道的成功。這是走向民族形式的一個里程碑，解放區以外的作者們足資借鏡。」

同日　書《向南方的友人們致意》（原手跡）。載十二月九日《華商報》。云：「朋友們，因爲時間不夠，恕我不能個別寫信辭行了，祝你們健康、工作順利，再會。」

三日　與德沚同去馬思南路中共上海辦事處辭行。周恩來不在，由辦事

處主任陳家康接待，談到全面內戰已成定局的國內形勢時，對陳說：「那就預祝我們在人民勝利之日再見！」(《抗戰勝利後的奔波》)

下午，至葉聖陶處小坐，告知其行程。

晚，在家與郭沫若等部分文藝界朋友會餐話別。(5 日《文匯報》)

四日　開明、新知等書店及東方出版社來人，商談有關出版的事宜。晚，文化界的一些朋友前來話別。

五日　晨，八時四十分，與德沚和戈寶權搭乘蘇聯領事館的汽車來到碼頭。郭沫若等朋友已在碼頭等候，郭沫若夫人于立群送上花籃一只。隨後，與歡送的人們同乘汽艇登上「斯摩爾納號」輪。郭沫若代表歡送者寫了幾句臨別贈言，並由于立群朗誦。為了對朋友們的盛情表示感謝，當即寫下了幾句臨別贈言：「離開了這麼多敬愛的師友，雖然我是到溫暖自由的天地去，我的心情是難過的，我依依不捨，因為你們將在祖國度過陰暗的季候，謝謝我的敬愛的師友，為了你們給我的友愛和鼓勵。」(這段臨別贈言，後來以《寄語》為題，發表在 1946 年 12 月 15 日《文藝春秋》第三卷第六期，現收《茅盾全集》第十七卷。)郭沫若此時詩興突發，提筆寫了一首《道別詩》。詩曰：「乘風萬里廓心胸，祖國靈魂待鑄中，明年鴻雁來賓日，預卜九州已大同。」今日登船送行的還有葉聖陶、傅彬然、葛一虹、戈寶權、范冼人、臧克家、孔另境等。蘇聯駐滬總領事哈林、蘇聯對外文協的克留科夫、塔斯社分社的羅果夫也趕來送行。朋友們離船後，「斯摩爾納號」於下午三時啟航。船至吳淞口時，看著兩岸的景色，確實有些依依不捨。因頭痛，晚飯後即就寢。(《訪問蘇聯·迎接新中國——回憶錄（三十三）》載《新文學史料》1986 第 4 期；《遊蘇日記》載 1948 年 4 月版《蘇聯見聞錄》)

同日　在船上作《寫給蘇聯〈新生活報〉》(題詞)。載十二月十日《華商報》，現收《茅盾全集》第十七卷。

六日　船過黃海，雖經一晚休息，但頭痛仍未痊癒。在甲板散步眺望茫茫大海，想到國內內亂正酣，不禁憂上心頭。(《遊蘇日記》)

七日　頭痛已癒。下午三時，船過對馬海峽，晚，看電影和聽獨唱。

八日　遇大風浪，船身顛簸，但感覺尚好。

十日　下午一時半，到達蘇聯遠東港口符拉迪沃斯托克（海參崴）。當晚仍在船上住宿。

十一日　下午三時,蘇聯外交部代表喀爾斯托夫上船來表示歡迎。然後,陪同登岸,乘車遊覽市容。隨後,下榻於「乞留司金」旅館。原計劃今日乘火車赴莫斯科,但因辦理車票的蘇聯對外文協的代表讓考夫的小車拋錨,誤了時,決定改乘十三日火車。

十二日　作《斯摩爾納號》(散文)。在旅館整理日記,與德沚均未出門。

十三日　作《海參崴印象》(散文),並致戈寶權信一件。將此信和日記以及《斯摩爾納號》、《海參崴印象》兩文託即將返滬的「斯摩爾納號」一併帶回,並請戈寶權轉交致羅果夫、哈林、郭沫若、葉以群信各一件。下午,六時半,乘上橫穿西伯利亞的國際列車前往莫斯科。

二十五日　晨五時,到達莫斯科。蘇對外文協副會長卡拉介諾夫和該會東方部主任葉洛菲也夫前來迎接。隨後下榻於薩優伊旅館。中午,與葉洛菲也夫共進午餐。然後在其陪同下散步至紅場,並參觀了新年臨時商場。

二十六日　六時即起,整理朋友們所託之事和一部分要贈送給蘇聯對外文協的書籍。上午十時,在葉洛菲也夫和翻譯史班諾夫(按;史班諾夫,中文名徐介弘,華人,大革命時期來學空軍,後來沒有回國,並加入了蘇聯籍)陪同下,與德沚同赴「高爾基公園」參觀紅軍戰利品(武器部分)展覽會。因事先不知道,展覽場地設在露天,德沚僅在皮大衣裡面穿了一件襯絨旗袍,因此著了涼。下午三時,拜訪了蘇對外文協會會長凱美諾夫,並轉達了郭沫若、曹靖華、戈寶權的問候。凱美諾夫表示,一定盡力使遊覽參觀計劃圓滿實現。最後,將中國出版家和作家們所贈的書轉交給蘇聯對外文協,並面交了開明書店和翦伯贊先生的信及鄭振鐸所贈送的《詞餘畫譜》。晚,至雷戲院看高爾基的四幕劇《小市民》。

二十七日　晨六時起床,為蘇聯《文學報》作短文《恭賀新年》。同時將中華全國文藝協會致蘇聯作家協會的信送去,以便蘇聯方面譯出刊登。十時半,在葉洛菲夫、史班諾夫陪同下,參觀列寧博物館和紅軍博物館。下午三時回旅館,中國大使館的秘書胡邦濟已在等候,她面交了中國大使傅秉常邀請出席正月初三晚上便宴的請柬。當即與葉洛菲也夫商量,決定明天不安排別的活動,專程去中國大使館拜訪。(《訪問蘇聯、迎接新中國》)

二十八日　上午,胡邦濟開車來,接至中國大使館,受到了傅大使的客氣接待。談到國內局勢時,傅秉常大使說,剛剛接到國內來電,稱陳毅在山

東、蘇北交界處負傷。笑答道，關於陳毅負傷的消息，抗戰中就聽到不止一次，結果都不是事實，這種消息不可靠。晤談結束後，仍由胡邦濟開車送回旅館。夜十一時，參觀《眞理報》社，先與該報編輯茹科夫等數人座談了二個多小時，然後參觀印刷廠。回旅館後，見德沚正發燒，服用阿斯匹林，未見效。

同日　作《紅軍戰利品（武器部份）展覽會》（散文）。初收《蘇聯見聞錄》，現收《茅盾全集》第十三卷。

同日　發表《敬祝蘇聯朋友幸福——新年祝詞》。載蘇聯《文學報》。（《茅盾研究在國外》）

二十九日　早晨，德沚的燒仍不退。請來醫生，診斷爲重感冒，並叮囑需休息數日。晚，至中央紅軍大戲院看《斯大林格勒的人們》。

三十日　下午一時，訪問《小火星》雜誌社，德沚因身體不適，未能同行。與《小火星》編輯主任蘇爾科夫交談兩時之久。隨後，又到《鱷魚》編譯部，與十多位畫家、幽默作家和記者座談。在回答蘇聯朋友提問時說，中國現在還沒有像《鱷魚》這樣性質的雜誌。但是近年來，中國漫畫極爲發展，漫畫家有自己的團體。漫畫家如葉淺予、丁聰、高龍生、汪子美、沈同衡等。他們的作品在內容和形式上都是很進步的。木刻在中國也極發達。又有一蘇聯朋友問，中國有沒有專門幽默和諷刺文的家？回答說，在中國政治的、社會的矛盾太多也太尖銳了，前進的作家少有筆端不帶諷刺的。

晚，爲《小火星》雜誌撰寫短文《中國民間藝術之新發展》。文章略述了陝北及華北解放區的秧歌劇、快板等的新發展及其教育意義。

三十一日　下午二時，出席蘇聯對外文協在旅館餐廳舉行的宴會，與在莫斯科的蘇聯作家們見面。

晚，參加在中央職工大廈圓柱大廳舉行的「歡送舊年，迎接新年」的盛大聯歡晚會。十時回旅館，想到今晚所見的蘇聯青年健康而歡樂的面貌，興奮得不能入睡，暗自祝福中國的青年一代在不久的將來也能衝破黑暗，獲得溫暖與光明。

同月　發表《在開明書店二十週年紀念會上的講話》（演講）。載開明書店內部刊物《明社消息》，現收《茅盾全集》第十七卷。云：「開明所出的書，穩健而不落伍，亦不肯不顧一切，衝鋒陷陣。在目前這樣的時代，開明的穩

絮穩打是很適宜的。」

當月

一日 孔德鎮發表《評茅盾著〈時間的記錄〉》，載《上海文化》。

六日 馬敘倫發表七律《送茅盾先生遊蘇》，載《華商報》。

十五日 《文藝春秋》第三卷第六期刊出《歡送茅盾先生出國小輯》，內有碼頭歡送照片幾張、郭沫若的道別詩和茅盾的《臨別的話》。（按：《臨別的話》後改題為《寄語》，收入《茅盾全集》第十七卷）。

同日 《趙惠明還能走出來嗎？——　東北書店〈腐蝕〉座談會記錄》發表於哈爾濱《知識半月刊》第二卷第三期。

本月

十八日 美國總統杜魯門發表對華政策聲明，堅持其扶助國民黨的政策。

二十四日 北平發生美軍強奸「北大」女生事件，引起全國學生抗議美軍暴行，要求美軍退出中國的愛國運動。

同年

贈歐陽翠《李家莊的變遷》和《小二黑結婚》（均為趙樹理所著）各一本，向她耐心地講解有關文學創作的一些常識。告訴她：「生活中有微笑，也有眼淚，但這些都是正常的。主要是要看你怎樣去表達它。因此你必須有正確的世界觀來辯別、分析生活中的是與非、真與偽、善與惡。」還將陶行知的《每事問》書成條幅送給她。（歐陽翠《憶與茅公相處的日子》，載《海峽》1981年第2期；歐陽翠《懷念茅公》，載1981年4月12日《文匯報》）

臧雲遠、孔羅蓀和柯靈來訪，共進午餐時，向各位談了令人憂慮的時局和祖國未來的前途。（臧雲遠《緬懷茅盾先生》，載《散文》1983年第8期）

臧克家幾乎每週、至多半個月就到大陸新村寓所來探望一次。（臧克家《往事憶來多》，載《十月》1981年第3期；臧克家《長夜漫漫終有明》，載《新文學史料》1981年第2期）

武漢《大剛報》青年編輯李根紅由葉以群介紹來「大地出版社」，當時出版社設在浦東大廈七樓。將新編輯出版的「大地叢書」中的《霜葉紅似二月花》和洪深的關於台詞朗讀的書，簽上自己的名字，送給了李根紅。（李根紅

《在黎明前的上海》，載《解放日報》1981 年 8 月 30 日）

在大陸新村寓所與碧野敘談。碧野帶著女兒，「孩子頑皮，打翻了茅公的熱水瓶，一聲炸響，瓶破水流。茅公急忙抱起我的女兒，一邊撫摸一邊連聲驚問她燙著了沒有？然後親自掃掉熱水瓶碎渣。」（碧野的《憶雁冰師》，載《新文學史料》1981 年第 3 期）

一九四七年（五十二歲）

一月

一日　上午，至中國大使館拜年。

中午，葉洛菲也夫帶沈澤民的女兒瑪婭來。德沚見到瑪婭就哭了起來。瑪婭不會講中文，只能通過字典勉強交談，互通一些情況，最後留她在餐廳吃了一頓法國大餐。

晚七時，由葉洛菲也夫陪同參觀了莫斯科地下鐵道。（《遊蘇日記》；《訪問蘇聯・迎接新中國》）

二日　上午，瑪婭又來，同來的還有劉少奇的兒子和張太雷的兒子，由他們倆充當翻譯，談話內容就豐富了許多。中午，瑪婭她們才告辭離去了。

下午，五時半，與德沚出席蘇聯作家協會舉辦的茶會，與在莫斯科的蘇聯作家見面。出席茶會的有法捷耶夫、兒童文學作家馬爾夏克等二十餘人，其中有三位女作家。蘇聯作家十分關心中國文壇的情況，提出了許多問題，其中包括中國文壇現時的主要傾向、中國文藝界統一戰線的現狀、中國作家的生活情況等。在回答了蘇聯同行們提出的問題之後，又轉而詢問蘇聯文壇的近況。蘇聯方面也作了概要的介紹。兒童文學作家馬爾夏克希望得到有關中國民間故事和童話新作的材料。答應盡量滿足他的要求，並對他說，中國作家最早寫童話的，是老作家葉聖陶。八時，茶會完畢，即回旅館。

三日　上午，參觀「列寧圖書館」，並將國內友人託贈該館的書交給了圖書館的負責人。

下午，參觀《兒童眞理報》編輯部並與主編古勃列夫談了一個多小時。晚，在寓所整理筆記。

四日　上午，在旅館整理參觀「紅軍戰利品展覽會的筆記。

下午一時，參觀專門生產巧克力的「紅十月工廠」。隨後訪問了「高爾基世界文學研究院」，在該院座談一時後，參觀了「高爾基博物館」。

五日　連日參觀訪問，感覺非常疲勞，頭時時作痛。中午，葉洛菲也夫和翻譯史君來，商量如何將所帶去的中國木刻作品加譯俄文說明，由於工作

量甚大，決定改日再辦此事。

下午，參觀「忒列杰亞考夫畫館」。

晚，赴大戲院看芭蕾舞劇《天鵝湖》。

同日　發表《斯摩爾納號》（散文），載《華商報》。初收《蘇聯見聞錄》，現收《茅盾全集》第十三卷。

自本日起，《蘇聯遊記》開始在《華商報》上連載。《文匯報》、《文萃》、《時代》、《中蘇文化》等報均連載或轉載。

六日　德沚進早餐店，忽嘔吐。醫生診斷爲傷風感冒。這幾天確有疲勞過度之感。

七日　作《列寧博物館》（散文），初收《蘇聯見聞》，現收《茅盾全集》第十三卷。下午讀英文版《蘇維埃文學》。德沚感冒尚未痊癒。

同日　作《致戈寶權》（書信），現收《茅盾書信集》。隨信寄去了日記一部和短文一篇。並附上給葉聖陶、曹靖華的信各一封。希望葉聖陶在國內代購中國民間故事、中國作家所寫的童話、中國文法等書，信中還請葉以群弄些國內雜誌來。

八日　下午，南斯拉夫、波蘭、捷克斯洛伐克、保加利亞的記者等五、六人來訪。這次來訪是中央社記者朱慶永安排的。爲此事曾與葉洛菲也夫商量，葉認爲這幾國的記者都是可靠的，可以接見。向各位記者如實地介紹了國內的情況，談到內戰時指出，蔣介石違背人民的意願，發動了內戰，自以爲可以得勝，實際上是注定要失敗的。最後請各位記者代覓世界語譯的各國文學作品，記者們表示將盡力而爲。

九日　爲蘇聯《兒童眞理報》作《民族解放鬥爭中之中國兒童》一文。晚，赴《少共眞理報》文學部主辦的「星期四晚會」，觀歌劇《塞伐斯托堡保衛者》。德沚因病未癒，沒有同去。

十日　作《紅軍博物館》（散文），初收《蘇聯見聞錄》，現收《茅盾全集》第十三卷。下午，蘇聯對外文協的克依斯洛娃夫人來探問德沚的病況。

十一日　上午，在旅館整理筆記，直至午後，頗覺疲乏。晚，頭痛又作，因此早早就寢。

十二日　晨，頭痛已止，德沚的精神也有所恢復，醫生復診後，認爲可

以外出活動。十二時，赴馬戲院看馬戲表演，看完馬戲後又去參觀「革命博物館。」

同日　發表《回憶之一頁》，載《京滬週刊》第一卷第一期至第三期。曾收《茅盾散文速寫集》，現收《茅盾全集》第十二卷。

十三日　上午，接受塔斯社記者採訪。下午，閱讀英文版的「蘇聯對外文協會報」。

十四日　上午，參觀莫斯科「第七十六學校」。隨後去「東方文化博物館」參觀，先參觀中國部份，然後又看了日本、西藏、伊朗、巴爾幹各國及中亞各民族部份。參觀結束後，在「來客留言簿」上留言。

同日　葉洛菲也夫商量：由於莫斯科的冬天太冷，是否先到南方參觀，然後再回莫斯科。於是決定後天去高加索的兩個加盟共和國──格魯吉亞和亞美尼亞訪問。

十五日　請葉洛菲也夫往國內寄去一部份日記及《列寧博物館》、《紅軍博物館》兩篇短文，並附上一封給戈寶權的信。信中云：「……來此將近一月，未得國內友人隻字，甚為盼念。」並告訴戈，近期將赴南方訪問，在回莫斯科前，將暫無稿件寄回。

下午，拜訪蘇聯婦女反法西斯總會主席寧娜·波波娃夫人。德沚介紹了中國「婦女聯合會」的組織和工作，並提到了《現代婦女》月刊最近各期的內容。

同日　發表《海參崴印象》（散文），載《新華日報》。初收《蘇聯見聞錄》，現收《茅盾全集》第十三卷。

同日　與柳亞子合影一幀，刊於《文藝春秋》第四卷第一期。

十六日　上午，在旅館整理書物。晚，赴庫爾克斯車站，乘火車前往格魯吉亞共和國首都第比利斯。葉洛菲也夫因事冗，不能陪同前往，改由對外文協工作人員鮑羅寧陪同。

十七日　晨，在車上醒來之後，與德沚均感身體不適。

十八日　今日火車所過的各站，均有戰爭破壞的痕跡。

十九日　晨八時醒來，見列車停靠的一個小站上竟無積雪，此為一個半月來第一次，驚喜異常。

二十日　醒來時天已亮，憑窗遙望，見綠色的田野，很像初春的江南。

二十一日　晨八時，列車抵達第比利斯。由格魯吉亞共和國對外文協代表陪同赴市內東方旅館。

下午，對外文協交際部主任勾勾契可利女士來旅館，隨後與她一起乘車遊覽市容，最後登上大衛山，俯瞰全城景色。

晚七時，赴格魯吉亞對外文協，拜訪會長彌卡瓦。隨後，由勾勾契可利女士同觀看了歌劇《黃昏》。

二十二日　下午，驅車往斯大林故鄉戈里，參觀了斯大林故居和斯大林博物館。晚，去格魯吉亞電影製片廠參觀，在該廠試片室看了《二十五年之格魯吉亞》等三部短片。

二十三日　下午，參觀格魯吉亞民族歷史博物館。晚，看意大利戲劇家哥爾多尼的喜劇《一僕二主》。

二十四日　下午，參觀「兒童宮」。晚，出席格魯吉亞對外文協舉辦的晚會。到會的有作家和藝術家三十餘人。在會上簡單地講述了「五四」以來中國新文藝發展的道路以及抗戰前後文藝團體的組織。為回答一位老詩人的提問，又特別談了中國新詩運動的現狀。

同日　發表《民族解放鬥爭中的中國兒童》（散文），載蘇聯《少先隊真理報》。現收《茅盾全集》第十七卷。

二十五日　下午，參觀格魯吉亞國立大學和馬恩列斯學院格魯吉亞分院。晚，看歌劇《阿俾薩隆與葉台麗》。

二十六日　登大衛山，參觀山頂的園林和夏令餐廳。下山後，參觀了革命遺跡——斯大林和他的同志們建立的秘密地下印刷所。晚，赴音樂學院，聽該院師生自行組織的爵士樂隊演奏。

二十七日　上午，遊市街，購得雲石雕刻的鎮紙數具，但未能買到風景明信片和格魯吉亞民族歌舞曲譜。下午，往市外參觀格魯吉亞舊都遺址和至今尚完好保存的第五世紀的大教堂。晚，聽音樂會。決定明日乘火車赴亞美尼亞共和國首都埃里溫。

二十八日　上午整理行裝。中午，至格魯吉亞對外文協辭行。下午一時，訪問格魯吉亞科學院，該院院長摩斯赫列什維對中國的文字改革頗有興趣，

並問及拉丁化運動的情況。就自己所知，作了大略的介紹。下午三時，由勾勾契可利女士送至車站。四時，火車離開第比利斯。

二十九日　晨，抵達亞美尼亞共和國首都埃里溫。亞美尼亞對外文協會長卡萊泰爾親自到車站歡迎，並陪送至旅館。中午，參觀「民眾圖書館」。隨後，又驅車遊覽全城。晚，赴斯賓申羅夫戲院，參加埃里溫市民與最高蘇維埃代表候選人見面的盛會。

三十日　上午，拜訪亞美尼亞共和國教育部，談話一個多小時。隨後，參觀「紀念列寧夫人的十年制」學校。接著參觀了國立藝術館和文學研究所。晚，看話劇《親愛的祖國》。

三十一日　上午，出席亞美尼亞對外文協舉行的座談會。到會的除了協會會長的卡萊泰爾會長外，還有多位亞美尼亞的文學藝術家。座談會結束後，又去參觀了「亞美尼亞歷史博物館」和基洛夫區托兒所。下午四時，赴城外的亞美尼亞科學院直屬的釀酒和葡萄種植研究所參觀，還品嘗了美酒。晚，觀看舞劇《洪都忒》。

當月

十五日　晦庵發表《〈子夜〉的翻版》和《〈鄰二〉佚文》，載《文藝春秋·付刊》第一卷第一期。

十七日　《蘇聯人民對茅盾的印象》，載《華商報》。文章主要轉述了蘇聯廣播電臺在茅盾訪蘇後所發的一篇廣播稿的內容。廣播稿稱，茅盾的作品，表現了他對民族解放戰爭文學的深刻觀點和分析與理論淵博的特長。

本月

十六日至二十日　中共代表提出恢復國共和談的兩個條件：遵守停戰協定；取消偽憲法。國民黨當局願意恢復和談，但拒絕中共的兩個條件。

二月

一日　上午，訪問亞美尼亞科學院，與院長和專家們談了文學和東、西方古代經濟、文化交流等問題。德沚則與化學家卜卜楊女士詢問蘇聯職業婦女的情況。隨後，又參觀了亞美尼亞大學。

下午，赴亞美尼亞國立製片廠，觀短片三部，被影片《我們的祖國》中的插曲深深打動。

晚，出席亞美尼亞對外文協舉辦的歡送宴會，到會的有三、四十位作家和藝術家。宴會午夜三時才結束。(《蘇聯遊記》；《訪問蘇聯·迎接新中國》)

二日　中午，至亞美尼亞對外文協辭行。下午，登車離開埃里溫。

三日　車至第比利斯。因需換車，在此逗留一夜。

四日　因未買到火車票，決定改坐明天的飛機返回莫斯科。

五日　飛機起飛後，因為莫斯科天氣不好，只好停在哈爾科夫。當晚，改乘火車赴莫斯科。

六日　晚九時，抵達莫斯科，蘇聯對外文協已派車在車站等候多時。住薩伏伊旅館。

七日　上午，在旅館整理書物，讀英文版的《蘇維埃文學》月刊。致戈寶權信一件，告知其在蘇聯南方參觀後，已返莫斯科，並寄去一部分日記。下午，葉洛菲也夫來，稱所託買之書籍已配齊，但仍需親自過目，決定取捨。

同日　發表《蘇聯社會的縮影「斯摩爾納」號》，載《中蘇文化》第十八卷第一期，亦見二十四日《新華日報》。

八日　下午，葉洛菲也夫來通知，後日可去國際書店看所買的書。

九日　今日是最高蘇維埃選舉日。下午，參觀莫斯科市蘇維埃區第十九投票處。

十日　下午，葉洛菲也夫來，商定明天參觀日程。

同日　發表《普希金逝世一百一家週年紀念題字》，載《時代日報》，亦見於《時代週刊》第七年第五期。云：「偉大的普希金站在人民的立場堅決反對黑暗專制政治，為人民的利益而鬥爭；他的輝煌工作照耀了人類的歷史。」

十一日　上午，塔斯社記者來訪。向記者談了訪問格魯吉亞和亞美尼亞的觀感。又談了對最高蘇維埃代表選舉的印象，認為選舉是很有組織的，完全遵守了秘密投票的原則。下午二時，觀看木偶戲《灰姑娘》。四時，赴工業博覽館參觀。

十二日　上午，在葉洛菲也夫和史君的陪同下，赴國際書店看所購買的

書。化了三個小時，在近千餘冊書中作了個大致的選擇。下午，訪問莫斯科大學，受到校長和文學部主任的接待。

十三日　起床後，略感不適。上午，乘車參觀了「三八集體農場」。

十四日　上午，化了三個小時參觀克里姆林宮。

十五日　拜訪蘇聯作家卡達耶夫。贈給他一本《團的兒子》的中譯本。卡達耶夫回贈一本《團的兒子》的最新版本。互相交流了文學創作的經驗與看法。下午，為了去廣播電臺作廣播講話，寫了大約可讀五分鐘的廣播詞。

晚，瑪婭與她的同學（陳昌浩的兒子）來，談話後，又一起上街合影留念。

十六日　下午，拜訪蘇聯兒童文學作家馬爾夏克。送給他一冊《馬凡陀山歌》。他回贈一本他創作的兒童詩劇《十二個月》。應馬爾夏克的要求，當場朗誦了馬凡陀山歌一首。當馬爾夏克問及馬凡陀山歌中國兒童能否理解時，回答說，大概只有很少幾首能被中國兒童所理解，因為這些都是政治諷刺詩，原不是為兒童寫的。拜訪結束後，去郊外麻雀山滑雪。晚，赴柴可夫斯基音樂廳看斯拉夫民族舞蹈。

十七日　下午，拜訪蘇聯作家西蒙諾夫，在二小時的晤面中，無所不談。隨後去對外文協參加漫畫家座談會。座談會結束後，觀看影片《偉大的轉折》。

十八日　在旅館作《抗戰時期的中國文藝概況》，本文是應葉洛菲也夫之請而作的。

十九日　上午，赴廣播電臺，製作廣播講話的錄音。隨後，去醫院檢查身體。下午，拜訪蘇聯作家吉洪諾夫，受到吉氏夫婦的熱情接待。與吉洪諾夫的談話很融洽。

二十日　上午，去醫院拍片，檢查結果尚無大病。

二十一日　上午，在旅館整理準備帶回國內的書籍。下午，參觀「托爾斯泰博物館」和「奧斯托洛夫斯基博物館。」

二十二日　晚，赴中國大使館，出席傅大使所舉行的宴會。被邀請的客人，除了蘇聯對外文化協會的正副會長、常務理事、文學部東方部各主任外，還有作家、藝術家多人。法捷耶夫、西蒙諾夫、吉洪諾夫和列昂諾夫因最高蘇維埃開會，未能出席。在宴會上遇到一名叫龔卻洛甫斯基的畫家，他戰前在巴黎時結識了徐悲鴻，因此特別問及徐悲鴻的近況。

二十三日　上午，應邀參觀了龔卻洛甫斯基個人畫展。晚，乘車赴列寧格勒訪問。

二十四日　上午，抵達列寧格勒。下午，訪問了科學院東方研究所。會見了所長、漢學家阿歷克舍也夫，並答應後天爲研究所的同志講一講中國新文學運動。之後，參觀了列寧格勒兒童宮。

二十五日　上午，參觀冬宮內的藝術館。下午，乘車遊覽市容。晚，赴基洛夫歌舞劇院看歌劇《杜布羅夫斯基》。

二十六日　上午，參觀紅旗棉織廠。下午一時半，參加蘇聯作家協會列寧格勒分會的茶會。三時半，赴東方研究所，作中國新文學運動的簡略報告，並參觀了該研究所的圖書館。晚，觀芭蕾舞《天鵝湖》。

二十七日　上午，參觀十九世紀大詩人涅克拉索夫博物館和「國立薩爾蒂科夫－謝德林圖書館」，又至大學圖書館看了《永樂大典》的殘本。

下午四時，赴廣播電臺作三分鐘的廣播講話，然後又接受了塔斯社記者的採訪。晚，赴普希金戲院觀看話劇《祝福海上的人們》。

二十八日　下午，參觀普希金博物館，又被蘇聯對外文協的攝影記者邀至市內各處攝影留念。晚八時，登車返回莫斯科。

同月　蔡暢突然來訪，原來她就是要去巴黎參加第一次國際婦女代表大會的代表。將鄧穎超託帶的工藝品交給她，並高興地談了一個多小時。（《訪問蘇聯‧迎接新中國》）

同月　《〈血債〉序》收入華華書店版《血債》（司徒宗著）。

當月

林銑發表《讀〈腐蝕〉以後》，載《東北文藝》二月號。

本月

二十八日　國民黨政府通知中共駐南京、上海的代表在規定期限內撤離，宣布國共談判完全破裂。

三月

一日　上午十時，抵達莫斯科，葉洛菲也夫上車相迎。晚，葉洛菲也夫

來，談到有敘利亞和黎巴嫩兩個代表團近日將去中亞細亞的塔什干和巴庫參觀，問是否有興趣同去看看。當即表示願意同往。葉又說，由於時間緊迫，對外文協打算提前舉行送別宴會，並請蘇聯作家作陪。對此，亦表示同意。(《遊蘇日記》;《訪問蘇聯·迎接新中國》)

同日　致戈寶權信一件，並寄出一部分日記。(《茅盾書信集》)

二日　下午，看電影《伐呂阿格之歌》。晚，觀四幕歌劇《薩瓦洛夫》。

三日　略感頭痛。爲《小火星》週刊作《莫斯科八百年紀念祝辭》。

四日　下午，在葉洛菲也夫和翻譯史君的陪同下，訪問了國立出版局文學部。晚，赴大戲院觀歌劇《奧涅金》。

五日　晚，出席蘇聯對外文化協會舉行的送別宴會，並在會上致辭答謝。出席宴會的蘇聯作家有吉洪諾夫、馬爾夏克、列昂諾夫等。中國方面參加宴會的有傅大使和使館其他各位，以及中央社記者朱慶永。

同日　發表《記「紅軍戰利品展覽會」》，載《華商報》。初收《蘇聯見聞錄》，現收《茅盾全集》第十三卷。

六日　上午八時，登機赴烏茲別克加盟共和國首都塔什干。與同機的敘利亞和黎巴嫩的代表團成員熱情交談。當晚在阿克休賓斯克過夜。

七日　因塔什干大雨，飛抵朱薩力停留一夜。

八日　上午十一時，抵抵塔什干，受到烏茲別克共和國外交部副部長及對外文協籌備會等五、六人的歡迎。晚，參加慶祝國際婦女節大會，並與大會主席塔吉葉娃女士交談。

九日　上午，參觀尚未完工的「奈伐依戲院」和斯大林紡織印染廠。晚，觀五幕歌劇《蒲朗》，並被介紹與該劇作曲者見面。

十日　上午，拜訪烏茲別克共和國外交部長，談一小時。隨後參觀科學院和語文研究所，晚，看電影《中亞五民族歌舞大會》和《那失勒荊在蒲哈拉》。

十一日　上午，參觀五十九中學和飛機製造廠。晚，觀歌劇《蘭倚麗·麥其儂》。

十二日　乘飛機赴撒馬爾罕，參觀十五世紀的文化遺址。當晚返回塔什干。又去觀看莎士比亞名劇《奧塞羅》。

十三日　上午，參觀藝術館和歷史博物館。下午，與烏茲別克作家協會的作家們座談。六時，參加烏茲別克最高蘇維埃開幕典禮。

晚，出席共和國外交部長在賓館舉行的送別宴會。到會的有大學校長、科學院院長、院士、名作家、名演員以及其他各方面的知名人士。在即席發言中，讚揚了蘇聯的社會制度，並說「三十年來，中國人民對蘇聯的一切都十分關心」，看到蘇聯所取得的巨大成就，「中國人民就想起了孫中山先生的遺言：十月革命是人類的新希望。」

十四日　離塔什干，飛抵阿塞拜疆共和國首都巴庫。到機場迎接的有共和國外交部代表和對外文化協會的主席。

十五日　上午，參觀石油學院和科學院。隨後赴電影部看影片《花布小販》。晚，觀看民族歌舞。

十六日　上午，參觀近郊油井和遊覽市容。晚，觀歌劇《瞎眼者之子》。

十七日　上午，參觀「紀念列寧機器製造廠」和「紀念基洛夫自然療養研究所」。晚，出席巴庫市長所舉行的宴會。

十八日　同行的敘利亞和黎巴嫩代表團今日回國。下午，上街想買些本地土產和手工藝品作紀念，可惜未能如願。晚，觀看歌劇《蘭綺麗和麥其農》。

十九日　下午，參加阿塞拜疆作協舉行的茶會。在茶會上介紹了中國文學發展的情況，也瞭解了阿塞拜疆文學發展的概況。雙方都希望有更多的交流機會。晚，觀話劇《儂薩貝》。

二十日　下午，阿塞拜疆作協所辦的《文學報》記者來訪。晚多時，遇到取道巴庫去印度參加亞洲民族人民代表大會的亞美尼亞對外文協會長卡萊泰文教授，餐後去其房間晤談多時。

二十一日　乘飛機返莫斯科。因天氣不好，中途在阿斯特拉漢停一宿。

二十二日　下午，抵達莫斯科。葉洛菲也夫來接，並說，仍將乘火車取道西伯利亞回國。一月一班的「斯摩爾納號」輪要到四月二十四日才起碇。因此，決定在莫斯科再多住幾天。

二十三日　下午，參觀國立「普希金美術館」。晚，赴大戲院分院看歌劇《露沙爾卡》。

二十四日　在旅館休息，閱讀英文版《蘇維埃文學》和《新時代》週刊。

同日 發表《紅軍博物館》，載《文匯報》。初收《蘇聯見聞錄》，現收《茅盾全集》第十三卷。

二十五日 身體不適。在旅館閱讀英文版《莫斯科新聞》。

二十六日 上午，塔斯社女記者來訪。下午，整理筆記。傍晚，忽感身體不適。

二十七日 在旅館休息。

二十八日 晚，赴柴可夫斯基廳觀西歐古典舞。

二十九日 晚，赴藝術劇院看話劇《勝利者》。

三十日 在旅館休息並閱讀書報。晚，瑪婭來，談二小時後離去。

三十一日 仍在旅館休息。上午，翻譯史君陪德沚去看牙病。

同月 《霜葉紅似二月花》由上海光華出版社出版，曾收《茅盾文集》第六卷，現收《茅盾全集》第六卷。

同月 《生活之一頁》由上海新群出版社出版，曾收《茅盾文集》第十卷，現收《茅盾全集》第十二卷。

當月

　十五日 晦庵發表《戰爭與文學》，載《文藝春秋副刊》第一卷第三期。

本月

　十八日 中共中央撤出延安。

　十九日 國民黨胡宗南部佔領延安。

四月

一日 在旅館整理筆記。

二日 晚，赴莫斯科話劇院看《青年近衛軍》。

三日 下午，赴東方語文大學講《中國新文學的任務》。隨後又答覆聽眾提出的若干問題。到會者除該校中文及日文系學生外，還有來自其他文化機關的工作人員。在該校又遇到曾經跟曹靖華學過中文的中國文學教授寶慈尼愛娃女士，並接受了她贈送的論文《鶯鶯傳到西廂記》。晚，觀看西蒙諾夫的話劇《俄羅斯問題》。

四日　上午，由翻譯史君陪同上街，買些紀念品以贈國內的友人。下午，整理行李。晚，葉洛菲也夫來小坐一會兒。

五日　上午，至中國駐蘇大使館向傅大使辭行。下午，赴蘇聯對外文化協會向凱美諾夫會長辭行。晚，葉洛菲也夫、史君、瑪婭和中國大使館秘書胡邦濟等都到旅館來道別。對外文化協會副會長卡拉介諾夫到車站送行。對外文協還請彼得羅夫上校和米海洛夫中校一路陪送。十時五十分，火車離開莫斯科。

同日　發表《列寧博物館》（散文），載新加坡《風下》週刊第六十九期。初收《蘇聯見聞錄》，現收《茅盾全集》第十三卷。

七日　發表《對蘇聯塔斯社訪員的談話》，載《華商報》。現收《茅盾全集》第十七卷。該談話原題《茅盾在蘇聯發表談話》。主要談了在蘇聯參觀訪問所留下的深刻印象。

十一日　發表《旅蘇信扎》二件。載《評論報》第十五期。

十七日　平安抵達海參崴。蘇聯旅行社的格羅迭尼娜女士和外交部駐海參崴代表喀爾斯托夫先生來車站迎接。仍下塌於乞留司金旅館。

十八日　一路陪送的彼得羅夫上校和米海洛夫中校來道別。下午，與德沚一起上街散步。

十九日　上午，蘇聯詩人薩墨林來訪，談了當地文藝發展的情況。

二十日　乘上「斯摩爾納號」輪返滬。

二十三日　晨，觀海上日出的壯觀景象。

二十五日　下午，抵達上海。心中既高興又惆悵。到碼頭迎接的有葉聖陶、戈寶權、葉以群等。回到寓所，就向前來採訪的大群記者約略介紹了訪蘇的經過，特別談了蘇聯出版和文藝界的情況。對在場的陳白塵說：「像你這樣一個劇作家，假使在蘇聯的話，榮譽和生活享受，超過任何人。」德沚則對記者說，蘇聯婦女不存在什麼問題。（《遊蘇日記》；《訪問蘇聯·迎接新中國》；《在上海三年——葉聖陶日記》；戈寶權《憶和茅盾同志相處的日子》；陳霞飛《茅盾夫婦問答》，載 4 月 26 日《文匯報》；顧征南《茅盾歸來談蘇聯》，載 4 月 26 日《時代日報》》

二十七日　發表《致〈文匯報〉記者》（散文），載《文匯報》。

二十八日　下午，至開明書店葉聖陶處，談及訪蘇觀感，認爲蘇聯中的小共和國最爲舒適，對外大事，主要由俄羅斯共和國承擔，小共和國又有自治權，人才在小共和國亦容易充分發揮作用。並告訴葉聖陶，替開明書店和中華書局所購的俄文書籍也已運到。

晚，赴郭沫若寓所，出席朋友們所舉行的「洗塵小集」。向朋友們談了訪問蘇聯的觀感，認爲進一步加強與蘇聯作家之間的交流和聯繫，十分重要。隨後又回答了大家提出的問題。聚會直到深夜才結束。參加聚會的有鄭振鐸、洪深、熊佛西、沈鈞儒、廖夢醒、史東山、許廣平、陳白塵、葉聖陶、葉以群、戈寶權、田漢、傅彬然、陽翰笙、丁聰等。（《訪問蘇聯・迎接新中國》；葉聖陶《在上海的三年》，載《新文學史料》1987 年第 1 期；鳳子《茅盾先生的遊蘇觀感》，載 5 月 20 日《人世間》第 3 期）

同日　發表《古列巡禮》（散文），載《文匯報》。初收《蘇聯見聞錄》，現收《茅盾全集》第十三卷。

當月

三十日　《記「爲茅盾先生及夫人洗塵小集」》發表於《文匯報》。

〔日本〕竹內好發表《茅盾見聞雜記》，載《隨筆中國》。

〔日本〕小野忍發表《關於茅盾的〈腐蝕〉》，載《隨筆中國》（一）。

五月

一日　發表譯作《這女人是誰》（〔俄〕契訶夫著），載《大家》第一卷第二期。（按：此作品譯於 1920 年，曾寄給擬創刊的《婦女畫報》，未刊出。）

二日　下午，出席中華全國文藝協會和中蘇文化協會在八仙橋青年會舉行的歡迎茶會。席間，向在座的各位談了訪蘇觀感。（戈寶權《憶和茅盾同志相處的日子》；葉聖陶《在上海的三年》）

三日　中華全國文藝協會總會在上海清華同學會舉辦成立九週年紀念會，並改選理事。與郭沫若、巴金等一起當選。

下午，應孔另境邀請至杏花樓，談有關出版的事宜，在座的還有葉聖陶、蔣壽同等。（葉聖陶《在上海的三年》）

四日　上午，至黃金大戲院，出席文藝節慶祝會。在會上作了即席演講，介紹了蘇聯文藝界的情況。在會上講話的還有郭沫若、邵力子、胡風等。（葉

聖陶《在上海的三年》)

五日　下午，與金子敦同去開明書店葉聖陶處，正遇曹靖華來看由蘇聯帶回的書籍（葉聖陶《在上海的三年》）。五時，與德沚應上海諸朋友之招宴，至杏花樓。（陳福康《鄭振鐸年譜》）

九日　應錢君匋之邀，去其處吃便飯。葉聖陶亦在座。

同日　作《致戈寶權》（書信），現收《茅盾書信集》。談了《高氏博物館》一文的發表辦法。另外，因夫人孔德沚身體不適，希望蘇聯領事館的宴請能推遲幾天。（《茅盾書信集》）

十五日　發表《深入社會、面向民眾》（雜感），載《中國建設》第三卷第四期。

十九日　下午，與葉聖陶等去中華書局編輯部、工廠參觀。（葉聖陶《在上海的三年》)

二十三日　作《高爾基世界文學院及高爾基博物館》，初收《蘇聯見聞錄》，現收《茅盾全集》第十三卷。

二十五日　應邀在小教聯進會講《蘇聯的印象》，介紹了蘇聯的婦女問題、人民生活、復興工作、私有財產、教育和民主等方面的情況，聽眾近千人。

二十八日　與郭沫若、葉聖陶、鄭振鐸、田漢、洪深等聯名發表《上海文藝界對當前學潮的呼籲》，載《時代日報》。一，「請政府立即停止內戰」。二，「立即停止一切限制人民權利之法令與措施。」三，「尊重學生之要求，迅速給予合理解決。」四，「立即釋放被捕學生，恢復被迫停刊之報紙。」

二十九日　發表《蘇聯的印象》（茅盾講，小心記），載《時代日報》，現收《茅盾全集》第十七卷。

三十日　作《致戈寶權》（書信），現收《茅盾書信集》。通知他關於高爾基博物館的文章已寫好，可隨時來取。

同月　應金仲華之約。開始著手翻譯蘇聯作家西蒙諾夫的話劇《俄羅斯問題》。（《訪問蘇聯‧迎接新中國》）

當月

十五日　陳岑發表《讀〈腐蝕〉》，載《文藝知識聯叢》第二輯之二。

同日　鳳子發表《茅盾先生蘇遊觀感》，載《人世間》復刊第三期。

二十六日　朱劍發表書評《蘇聯愛國戰爭短篇小說譯叢》，載《時代日報》。

本月

四日　上海各校學生與市民舉行反內戰、反飢餓示威大遊行，遭國民黨軍警的鎮壓，傷多人。

本月　《文匯報》、《聯合晚報》、《新民報》等被國民黨政府查封。

六月

一日　發表《蘇聯作家的權益是有保障的》（雜感），載《國訊》第四、五期。

二日　作《答編者問——關於蘇聯作家的生活及作協如何幫助青年作家》，載七月一日出版的《文藝知識連叢》第一集之三《論普及》。

五日　發表《蘇聯精神工程師們的權益》（雜感），載《華商報》。

九日　作《〈俄羅斯問題〉前記》（序跋），載十四日《世界知識》第十五卷第二十三期，現收《茅盾序跋集》。

十四日　發表譯作《俄羅斯問題》（〔蘇〕西蒙諾夫著）。自本日起連載於《世界知識》第十五卷第二十三、二十四期，第十六卷第一、五、七、八期。

十五日　作《致戈寶權》（書信），現收《茅盾書信集》。告知其有關《遊蘇日記》）的發表辦法，並談了《俄羅斯問題》翻譯過程中的一些問題。

十八日　應葉聖陶之邀，爲開明書店同仁談訪蘇觀感。向諸位介紹了蘇聯職業青年、婦女、出版界的概況。與會者興趣濃厚，頻頻發問，氣氛熱烈。（葉聖陶《在上海的三年》）

二十日　發表《莫斯科的國立列寧圖書館》（散文），載《人世間》復刊第四期。初收《蘇聯見聞錄》，現收《茅盾全集》第十三卷。

二十一日　偕德沚去開明書店赴宴，葉聖陶盛情款待，歡談甚暢。出席者還有沈覺農夫婦、金仲華母子，鄭振鐸、昌群、文彬等。（葉聖陶《在上海的三年》）

同日　發表《向遠方的朋友致敬》（散文），載俄文版《文學報》。

二十三日　作《致戈寶權》（書信），現收《茅盾書信集》。望其將稿件先轉交「文聯」社。

二十七日　應熊佛西的邀請，與德沚同去吳淞路沙龍燕集赴宴。出席者還有葉聖陶、郭沫若、郭紹虞、鄭振鐸等。（葉聖陶《在上海的三年》）

當月

　　〔日本〕島田政雄發表《茅盾及其文學》，載《中國資料（2）》。

本月

　　一日　國民黨軍警包圍武漢大學，開槍打死打傷學生多人，造成「六一慘案」。與此同時，又在上海北平、天津、瀋陽、成都、重慶、南京、開封、貴陽等地大肆逮捕愛國學生。

七月

七日　發表《蘇聯的出版情形》（雜論），載《開明》新一號。初收《雜談蘇聯》，現收《茅盾全集》第十七卷。

八日　赴會賓樓，出席中華全國文藝協會答謝沈衡山、沙千里、林某某三位律師的宴會。這三位律師爲了多位作者的著作權，與春明書店交涉，終獲勝訴。出席者還有郭沫若、葉聖陶、鄭振鐸、胡風、許廣平、梅林、樓適夷等。（葉聖陶《在上海的三年》）

十一日　作《K·西蒙諾夫訪問記》（散文），載八月一日《文藝復興》第三卷第六期。初收《蘇聯見聞錄》，現收《茅盾全集》第十三卷。

二十四日　夜，與德沚一起去葉聖陶處，談至凌晨一時許方歸家。（葉聖陶《在上海的三年》）

二十五日　發表《記香港戰爭時韜奮的瑣事》（散文），載《時與文》第一卷第二十期，現收《茅盾全集》第十二卷。云：「韜奮的思想發展過程，他的認識眞理的過程，我們在他的著作中歷歷可數，而他的一切美德則可以兩字概括：誠與眞」，「願景慕韜奮者，記取他這誠與眞」。

同日　發表《群衆是文藝的創造者》（評論），署名蒲。載《文藝生活》光復版第十五期。

八月

三日 作《蘇聯職業教育的一面》（雜感），載二十四日《國訊》第四二七期。收入《雜談蘇聯》時，改題目爲《蘇聯的職業教育》，現收《茅盾全集》第十七卷。

四日 作《莫斯科的話劇院》（散文），載《藝聲》第二期，初收《蘇聯見聞錄》，現收《茅盾全集》第十三卷。

六日 下午三時，去開明書店與葉聖陶晤面，談及《中國作家》出版一事，彼此都認爲這樣勉強湊集，必無佳作，因此以緩出爲好。（葉聖陶《在上海的三年》，載《新文學史料》1987 年第 3 期。）

九日 作《致黃賢俊》（書信）。（按：黃賢俊，1938 年在歐亞航空公司蘭州辦事處工作，與取道蘭州去新疆的茅盾相識。解放後，又經茅盾介紹去文化部對外文化聯絡局從事德文翻譯，後調往西南政法學院任教。）對黃賢俊所著《花外集箋注》「尤深欽佩」，並建議其「將原稿寄鄭振鐸君徵其意見。」（黃賢俊《一代文豪百世師——敬悼茅盾同志》，載《紅岩》1981 年第 3 期）

十一日 晚，去葉聖陶處敘談，大約十時歸。（葉聖陶《在上海的三年》）

十三日 作《致黃賢俊》（書信）。信中說，爲《花外集箋注》徵求意見一事，已向鄭振鐸「函爲介紹，兄即不附函，鄭君亦知其底細也」。（黃賢俊《一代文豪百世師——敬悼茅盾同志》）

十六日 下午三時，與諸友去梅龍鎮品茶並討論是否出版《中國作家》。在討論中認爲該刊以緩出爲好，葉聖陶亦同意此觀點。但大多數人力主盡快出版。（葉聖陶《在上海的三年》）

十九日 晚，應鄭振鐸的邀請，與郭沫若、巴金、錢鍾書等參加《文藝復興》舉辦的聚餐會。（《巴金年譜》）

二十六日 作《致戈寶權》（書信），現收《茅盾書信集》。請其將祝賀蘇聯兒童文學家馬爾夏克六十大壽的信件轉交蘇聯方面，並望能在近日在寓所一談。

二十九日 中秋節，參加中國福利基金會爲籌備文化界救濟金而舉辦的遊園會。

九月

一日 發表《蘇聯的青年生活》（按：茅盾講，黃彬記），載《中學生》第一九一期，現收《茅盾全集》第十七卷。

十二日 作《「不但造機器，也造人」》（散文），載二十一日《國訊》第四二一期，現收《茅盾全集》第十三卷。

十四日 作《烏茲別克文學概略》（評論），載十月一日《大學》第六卷第五期。現收《茅盾全集》第十三卷。

十五日 發表《憶謝六逸兄》（散文），載《文訊》月刊第七卷第三期。曾收《茅盾散文速寫集》，現收《茅盾全集》第十二卷。（按：謝六逸（1891～1945）貴州貴陽人，文學研究會會員，現代學者，外國文學研究家。）回憶了與謝六逸的多年交往，詳細記述了一九四二年在貴陽與謝的最後一次見面，認為謝的去世，「工作太重只是一因」，「抑鬱愁煩的心境才是損害他健康的最主要的原因」。

二十日 作《記莫斯科的「紅十月工廠」》（散文），載十月一日《中國建設》第五卷第一期，初收《蘇聯見聞錄》，現收《茅盾全集》第十三卷。

同月 作《〈茅盾文集〉後記》（序跋），載一九四八年一月春明書店版《茅盾文集》，現收《茅盾序跋集》。云：這本文集的目的「在包羅那些能夠反映社會各方面動態的作品，至於技巧之如何，雖亦在選擇作為條件之一，但決不是主要的。」文集中收《白楊禮讚》和《風景談》，以「祝福這些純潔而勇敢的祖國兒女」，相信他們將「完成歷史付給他們的使命」，「他們的英姿也將在文藝上有更完整而偉大的表現」。收入《列那與吉地》一文，即以「紀念被犧牲的易烈兒」，同時「也因為想起這一篇時，我已故女兒的面貌也就現於我眼前久久而不能消滅。」

同月 《論趙樹理的創作》由華北新華書店出版。

同月 譯作《俄羅斯問題》（〔蘇〕西蒙諾夫著）由上海世界知識社出版。並附《前記》、《譯後記》

當月

二十九日 朱湞發表書評《霜葉紅似二月花》，載《時代日報》。

當月 宋雲彬發表《沈雁冰——「作家在開明」之二》，載《開明》

新二號。文章回顧了茅盾的創作歷程，並談了自己與茅盾的交往。

十月

一日　發表《記莫斯科托翁博物館》（散文），載《人世間》復刊第七期，初收《蘇聯見聞錄》，現收《茅盾全集》第十三卷。

四日　作《記涅克拉索夫博物館》（散文），載三十日《今文學叢刊》第一本《跨著東海》。初收《蘇聯見聞錄》，現收《茅盾全集》第十三卷。

十日　發表《兒童詩人馬爾夏克》（散文）。載《新聞報・藝月》。初收《蘇聯見聞錄》，現收《茅盾全集》第十三卷。

同日　作《莫斯科的革命博物館》（散文），載十六日《創世》第二期。初收《蘇聯見聞錄》，現收《茅盾全集》第十三卷。

二十四日　作《致范泉》（書信），現收《茅盾書信集》。對范泉等創辦的、旨在避開國民黨檢查的《文藝叢刊》給予支持和肯定，指出「此刊內容到形式，別具風格，務望堅持。」（按：1947 年 9 月茅盾給《文藝春秋》月刊寫了《民間藝術形式和民主的詩人》一文，被國民黨檢查官砍去了首段。范泉與孔另境等商量，自費辦一個可以避開檢查的《文藝叢刊》，第一期以鍾敬文的詩題《腳印》爲名，將茅盾的文章從《文藝春秋》抽出，隻字不易地放在叢刊第一篇的地位發表。）（范泉《關於茅盾給我的信（一）》載 1984 年 11 月 11 日《青海日報》）

二十八日　作《關於〈憶江南〉》（評論），載十一月三日上海《新聞報・藝月》，現收《茅盾文藝雜論集》。對於這部反映抗戰中知識分子的影片，給予了肯定的評價。

三十一日　至開明書店葉聖陶處，談話間，臧克家、艾蕪亦來書店，大家談了諸文友的近況。（葉聖陶《在上海的三年》）

同月　發表《民間藝術形式和民主的詩人》（評論），載《文藝叢刊》第一輯《腳印》。本書收入《茅盾文集》第十卷時，改題爲《民間、民主詩人》。云：「人民的嘴巴是封不住的。」「中國的民主運動還有一段艱苦曲折的路必須通過。作爲新時代鼓吹手的詩人不但要堅持人民大眾的立場，並且必須使他的藝術形式能爲人民大眾所接受而喜愛。」

本月

十日　《中國人民解放軍宣言》發佈，號召「打倒蔣介石，解放全中國。」

二十七日　國民黨政府非法解散中國民主同盟。

本月　中華全國文藝協會機關刊物《中國作家》在上海創刊。

十一月

一日　發表《莫斯科的兒童團》（散文），載《創世》第三期。初收《蘇聯見聞錄》，現收《茅盾全集》第十三卷。

同日　發表《蘇聯文學的民主性》（評論），載《中國建設》第五卷第二期。

五日　作《馬爾夏克談兒童文學》（散文），載《今文學叢刊》第二本《我是中國人》。初收《蘇聯見聞錄》，現收《茅盾全集》第十三卷。

七日　發表《祝詞》（本文爲慶祝十月革命三十週年而作），載《時代》第七年第四十三、四十四期合刊。收入《茅盾全集》第十七卷時，改題爲《祝十月革命三十週年》。

同日　發表《祝偉大的蘇聯人民更大更多之成功與勝利》（政論），載《時代日報》「偉大十月社會主義革命三十週年紀念特刊。」

九日　女作家白薇在蘇州寫長信致「鄭振鐸、張西曼、洪深、郭沫若、茅盾、田漢、陳子展、曹靖華、楚圖南、適夷、陽翰笙、于伶、穆木天、任鈞、臧克家、安娥、趙清閣、彭慧、劉海尼、趙景深、葛一虹、魏猛克、柳亞子諸先生」，談自己的生活與思想。後該信以《想·焦·狂》爲題，由任鈞加了題記，分八次發表於 1948 年 2 月 9 日至 22 日《新民晚報·夜光杯》上。（陳福康《鄭振鐸年譜》）

十五日　發表《V·P·卡泰耶夫訪問記》（散文），載《文訊月刊》第七卷第五期。初收《蘇聯見聞錄》，現收《茅盾全集》第十三卷。

十六日　發表《兒童宮》（散文），載《創世》第四期。初收《蘇聯見聞錄》，現收《茅盾全集》第十三卷。

當月

五日　《作家茅盾對蘇聯人民的問候》發表在蘇聯《眞理報》和《消

息報》。

本月

六日　北平各大中學校舉行全市總罷課，抗議國民黨政府殺害浙江大學自治會主席于子三和在全國各地逮捕及屠殺學生的罪行。

十二月

月初　與葉以群同船離滬去香港。這是黨組織根據當時的局勢，爲了保護愛國民主人士的安全而安排的。爲掩人耳目，德沚未同行，對外說，茅盾回故鄉烏鎮去了。約兩星期後，德沚與郭沫若夫人于立群同船抵達香港。（《訪問蘇聯·迎接新中國》；翟同泰《茅盾同志問答（下）》，載《文教資料簡編》1981 年 7、8 期合刊；賈亦然《寒流中的上海》，載 1947 年 12 月 26 日《文匯報》）

三日　柳亞子攜夫人與兄弟劉亞輝專程來訪。又一次在香港重逢，暢談甚歡。柳亞子曾作詩一首，以誌紀念。詩曰：「龍文豹采南冠草，魚帛狐聲大澤鄉。並世尹邢能不妒，同時瑜亮本無傷。」（柳亞子《12 月 3 日偕佩妹、遐弟渡海訪郭沫若、沈雁冰兄有作》。陳福康《柳亞子詩中評茅盾》，載 1982 年第 3 期《西湖》。）

中旬　在接受《華商報》記者方暘的採訪時說，現在是民主與反民主的鬥爭時代，相信民主陣營方面一定會取得勝利。在談到方言文藝創作的問題時說，布望方言文藝與國語文藝齊頭並進。（方暘《訪問兩位文豪——郭沫若和茅盾先生》，載 12 月 19 日《華商報》。）

三十日　作《中國民間藝術之新發展》（評論），載蘇聯《星火》。

同月　在香港重逢郁茹，爲她認眞批改了四十多萬字的長篇小說。並說，寫革命者首先心裡要有革命的全局觀念，看到整個革命形勢，對革命事業的信念要堅定不移，這樣才能寫好一個革命者的形象。任何消極、悲觀、絕望心理的描繪對眞正的革命者來說都是不眞實的，因爲它不符合革命工作者的偉大襟懷和革命的勝利現實。（郁茹《悼念我的第一位老師——茅盾》，載 1981 年 4 月 5 日《羊城晚報》）

同年

應鄭振鐸邀請，去廟弄赴便宴。鄭將去香港。設宴感謝爲《文藝復興》

積極撰稿的各位朋友，出席便宴的還有郭沫若、巴金、曹禺、錢鍾書、靳以、艾蕪、楊絳、辛笛、唐弢、李健吾等。（李健吾《關於〈文藝復興〉》，載《新文學史料》1982 年第 3 期）

「茅盾同志從延安到重慶後寫給我的四十餘封信，在一九四七年撤離延安時，我的愛人容飛怕萬一遺失在敵人手中會於茅盾同志的安全不利，而一把火給燒掉了。這些信，有談文藝界情況的，有表示他對有關文藝問題和理論問題的看法的」。（張仲實：《難忘的記事——與茅盾同志輾轉新疆的前前後後》，載 1981 年 5 月 16 日《人民日報》）

一九四八年（五十三歲）

一月

一日　發表《祝福所有站在人民一邊的！》（雜論），載《華商報》，現收《茅盾全集》第十七卷。云：在新的一年裡，「祝福所有站在人民這一邊的人士：更堅決、更團結，把反帝反封建的革命事業進行到底，讓我們兒孫輩不再流血而只是流汗來從事新中華民國的偉大建設！」

同日　發表《從「民之所好」說起》（雜感），載《時代日報》，現收《茅盾全集》第十七卷。云：陶行知先生的「民之所好好之，民之所惡惡之」和「教人民進步者，拜人民爲老師」的原則，亦是知識分子應遵循的原則。

三日　發表《兩個中學校》（散文），載《國訊》第六期。初收《蘇聯見聞錄》，現收《茅盾全集》第十三卷。

四日　與德沚出席港九婦女聯誼會在六國飯店舉行的新年聯歡晚會。德沚應邀在會上報告了蘇聯婦女的狀況。隨後，就德沚的報告作了一些補充。（《婦女開新年晚會——茅盾夫人報告蘇聯婦女狀況》，載1月5日《華商報》）

五日　出席中華全國文藝協會香港分會舉辦的新年團聚會，並即席講話。在講話中建議香港文藝界加強文藝批評工作，糾正前一時期主要存在於上海的文藝批評的偏向。這種偏向表現在對敵人不去批評，而對自己的陣營卻作一些不負責任的批評。這些批評的調子唱得非常高，非常「左」，使青年以爲這是最革命的，但實際上它是要引導青年到錯誤的方向。在會上講話的還有郭沫若、柳亞子、翦伯贊、葉以群、樓適夷等。（《訪問蘇聯·迎接新中國》）

十六日　發表《記喬其亞歷史博物館》（散文），載《創世》第八期，初收《蘇聯見聞錄》，現收《茅盾全集》第十三卷。

二十三日　發表《關於〈眞理報〉》（散文），載《華商報》，初收《蘇聯見聞錄》，現收《茅盾全集》第十三卷。

同日　作《雜談方言文學》（評論），載一月二十九日香港《群眾》第二卷第三期，現收《茅盾文藝雜論集》。云：「文學大眾化的道路（就大眾化

問題之形式方面而言），恐怕也只有通過方言這一條路；北方和南方的作家都應當盡量使他們的作品中的語言和當地人民的口語接近，在這裡，問題的本質，實在是大眾化。」大眾化無人「反對」，則方言文學也不應「懷疑」。

二十四日　發表《〈兒童眞理報〉訪問記》（散文），載新加坡《風下》週刊第一一〇期，亦見於《自由叢刊》第十一輯《統一戰線諸同題》。

同月　《1948 年文藝日記獻詞》收入春明書店版《文藝日記》。

同月　《〈生活日記〉題詞》收入香港生活書店版《生活日記》。

同月　《茅盾文集》由春明書店出版。

當月

十二日　鑒山發表《茅盾談版畫》，載津《大公報》。文章主要記述了爲《子夜》作木刻畫而與茅盾交往的經過。

本月

五日　沈鈞儒、鄧初民等在香港重建民主同盟，並發表宣言，反對國民黨政府和美國的對華政策，願與共產黨及其他民主黨派攜手合作，實現中國的和平與民主。

二月

一日　作《再談方言文學》（評論），載三月一日《大眾文藝叢刊》第一輯，現收《茅盾文藝雜論集》。全文由「方言文學」與白話文學、「方言文學」與文學大眾化、大眾化與民間形式三部份組成。特別指出，僅將用北方語寫的文學作品稱爲「白話文學」，除此而外都是「方言文學」，這種觀念是不對的，「在理論上既不圓滿，並且是文學走上大眾化道路的一塊絆腳石。」只有在清楚了「白話文學就是方言文學」之後，才能討論有關「方言文學」的其他問題。

同日　發表《記第比利斯的地下印刷所》（散文），載《中學生》二月號，初收《蘇聯見聞錄》，現收《茅盾全集》第十三卷。

三日　作《〈蘇聯見聞錄〉序》（序跋），載一九四八年四月開明書店版《蘇聯見聞錄》，現收《茅盾全集》第十三卷。云：這本書一則「可以窺見蘇聯人民生活的剪影」，二則「可以知道蘇聯人民保衛世界和平的奮鬥與堅決。」

十四日　發表《〈星火〉和蘇爾科夫》（散文），載《野草文叢》第八集《春日》，亦見於《人世間》復刊第二卷第四期。初收《蘇聯見聞錄》，現收《茅盾全集》第十三卷。

十六日　發表《蘇聯的〈兒童眞理報〉》（散文），載《開明少年》第三十二期。初收《茅盾見聞錄》，現收《茅盾全集》第十三卷。

十七日　發表《新春筆談——幻想終必破滅》（雜感），載《正報》第七十六、七十七期合刊。現收《茅盾全集》第十七卷。云：那些自封「第三者」的人悲天憫人地散佈「和平」空氣，「但無情的現實很快就要使他們摒除幻想，面對現實。」

同月　發表《烏茲別克的第一個歌劇〈蒲朗〉》（評論），載《文藝生活》海外版第一期。初收《蘇聯見聞錄》，現收《茅盾全集》第十三卷。

本月

十五日　中華全國戲劇電影協會在南京成立。張道藩、余上源、梅蘭芳、洪深、曹禺、孫瑜、田漢等三十一人爲理事。

三月

六日　在中華全國文藝協會港粵分會春季文藝講座作《蘇聯青年的文化生活》的報告。

九日　發表《略談蘇聯電影》（評論），載《華商報》。

十五日　發表《我看——》（雜論），載《華商報》，現收《茅盾全集》第十七卷。指出新近成立的「中國社會經濟研究會」與所謂「新第三方面」，「中間路線」都是一路貨。該會的目的無非是「爲軍事潰敗到最後階段而演出的政治陰謀預作思想上的準備，」「亦爲此政治陰謀預先招兵買馬」。

同日　《華商報・文化短波》報導：茅盾最近向進修圖書館贈書一批。

十八日　與郭沫若、夏衍、葉以群等聯名發表《祝葛一虹、陳翰芸結婚》廣告一則。載《華商報》。

同月　發表《如何提高文學修養》（評論），載《學生文叢》第五輯《我最愛的先生》。

當月

十三日　海陵發表《〈腐蝕〉研讀提要》，載《華商報》。

本月

一日　「中國社會經濟研究會」在北平成立，該會企圖在國民黨和共產黨之間「另組一新黨」，「尋求一條新路」來解決中國的問題。

二十三日　中共中央離開陝甘寧邊區，東渡黃河。

二十九日　國民黨在南京召開行憲「國民大會」，蔣介石和李宗仁分別當選為正、副總統。

四月

二十六日　與在香港的民主人士一百餘人聯名發表《慰問平津教授學生電》。

同月　《蘇聯見聞錄》由上海開明書店出版，其中包括：「日記」和「見聞」兩個部分。現收《茅盾全集》第十三卷。

本月

二十二日　西北野戰軍收復延安。

本月　國民黨政府下令查封上海的《世界知識》、《國訊》以及《時與文》三雜誌。

五月

一日　發表《反帝、反封建、大眾化——為「五四」文藝節作》（雜感），載新加坡《風下》週刊第一二四期，亦見於《文藝生活》海外版第三、四期。云：「我們現在的文藝應當作為反帝反封建的思想鬥爭的一翼，配合全國的民主運動，徹底完成民族獨立解放的偉大任務！」文學作品的「大眾化不但要用大眾的語言，站在大眾的立場，而且要表現大眾——不是命運操縱在別人手裡的大眾，而是自己掌握自己命運的大眾。」

四日　下午，出席香港文化界「慶祝第四屆文藝節紀念大會」，並作了《文藝工作者目前的任務》的演講。云：「文藝工作者的任務，簡單地說來，第一次是文藝大眾化；第二是自我改造；第三是擴大文藝界的統一戰線。」而「『自我改造』的意義就是向人民學習。」（《訪問蘇聯·迎接新中國》；《茅

盾講：文藝工作者目前的任務》，載 6 日《華商報》）

同日 出席中華全國文藝協會港粵分會第三屆年會，在會上被選爲理事。

同日 與郭沫若等六十餘名文化界人士聯名發表《紀念「五四」致國內文化界同人書》。響應中共中央關於建立聯合政府的號召，呼籲廣大知識分子團結起來，爲建設新中國而奮鬥。

同日 發表《知識分子的道路》（評論），載中華全國文藝協會香港分會編的《慶祝第四屆五四文藝節紀念特刊》，現收《茅盾全集》第十七卷。云：「今天來紀念『五四』重要的意義，我以爲就在它指出了知識分子的道路不能離開人民的大路。」

十五日 發表《蘇聯的婦女和家庭》（雜論），載《讀書與出版》第三年第五期。初收《雜談蘇聯》，現收《茅盾全集》第十七卷。

十七日 發表《文化人的呼籲》（雜感），載《生活週報》一八七期。

二十一日 發表《關於〈侵略〉》（影評），載《華商報》。（《侵略》係蘇聯影片）認爲該片「證明了蘇聯的偉大勝利固然由於軍事，而最主要的還是它們那優越的政治社會制度，這可給今天捧著原子彈而妄想征服世界的好戰份子一記當頭棒喝！」

二十九日 發表《讚頌〈白毛女〉》（評論），載《華商報》，現收《茅盾文藝雜論集》。文章讚揚《白毛女》是「歌頌了農民大翻身的第一部歌劇，」它「比中國的舊戲更有資格承受這名稱——中國式的歌劇。」

同月 發表《文藝與生活》（評論），載《文藝生活》海外版副刊。

當月

二日 中共中央電示中共上海局：擬請茅盾等民主人士前來解放區協商召開新政協問題。（《五星紅旗從這裡升起——中國人民政治協商會議誕生紀事暨資料選編》）

十九日 耿纏綿發表《一塊巧克力糖——讀〈蘇聯見聞錄〉》，載《東南日報》。

六月

四日 與香港各界人士一百二十五人聯名聲明，響應中共中央的「五一」號召，促成新政協早日召開，成立民主聯合政府，以爭取民主和平的實

現。

五日 與香港部分中國文化學術工作者聯名發表宣言，抗議荷蘭政府對中國進步人士的迫害。（按：指荷蘭殖民主義者無理拘捕王任叔等的行徑。）

十三日 作《驚蟄》（短篇小說），載《小說》月刊創刊號。曾收《茅盾短篇小說集（下）》，現收《茅盾全集》第九卷。這是茅盾創作中的唯一的一篇寓言體小說。小說通過對處處碰壁的「豪豬先生」形象的塑造，象徵性地暗示了在中國命運的決戰時期，走「中間路線」的必然破產。

同日 作《〈第一階段的故事〉四版序》（序跋），載 1949 年 4 月文光書店版《第一階段的故事》。曾收《茅盾文集》第四卷，現收《茅盾全集》第四卷。

同月 應沈茲九的要求，續寫《生活之一頁》，將在東江游擊隊保護下逃出淪陷區，到達惠陽的一段經歷較詳細地寫了出來。（《訪問蘇聯·迎接新中國》）

本月

四日 美國駐華大使司徒雷登發表書面聲明，對中國學生反對美國扶植日本的愛國運動進行干涉和威脅。

十八日 北平各大學教授朱自清等數百人聯名發表聲明，抗議美國扶植日本，表示寧願餓死，也拒絕領取「美援」麵粉。

七月

一日 《小說》月刊在香港創刊。與巴人、葛琴、周而復、葉以群、孟超、蔣牧良、樓適夷等任編委。（茅盾掛名主編，實際工作由周而復主持）

同日 發表《〈小說〉月刊發刊詞》（序跋），載《小說》月刊創刊號，現收《茅盾序跋集》。云：創辦這個刊物，「一來因為幹這月刊的朋友以寫小說者為最多，二來我們覺得把本刊這樣專業化起來，在今日的出版界中未始不是分工合作之道。」「中國人民今天正在創造自己的歷史，我們不敢妄自菲薄，決心在這偉大的戰鬥中盡我們應盡的力量。」

二日 與郭沫若、歐陽予倩等聯名發表聲明，反對美國扶植日本軍國主義。

同日 與郭沫若、夏衍、馮乃超、邵荃麟等舉行茶會，招待演出《白毛

女》的中原、建國、新音樂社等三個文藝團體，祝賀他們在香港的演出獲得成功。

七日　作《蘇聯少數民族的生活》（雜論），載十五日《時代批評》第五卷一○三期。初收《雜談蘇聯》，現收《茅盾全集》第十七卷。

十一日　應邀出席香港中國新文學學會年會，並作了即席講話。

二十五日　發表《紀念杜重遠先生》（散文），載《華商報》，現收《茅盾全集》第十七卷。云：杜重遠的冤獄，「是吃了警覺心不夠高的虧。」目前，中國的法西斯集團，爲了挽救其滅亡的命運，正在搞「狸貓換太子」的把戲，「我們不能上當，必須提高警惕，杜重遠的慘痛經驗應當是我們永遠不忘的教訓。」

二十六日　應聘爲香港新文學學會名譽理事。

同月　發表《讀本年首次徵文稿》（短評），載《中學生》第二○一號。

本月

十五日　國民黨軍警包圍昆明雲南大學等校，並向學生開槍射擊，造成死傷一百五十餘人的昆明大血案。

八月

一日　發表譯作《蠟燭》（〔蘇〕西蒙諾夫著）。並附《譯後記》，載《小說》第一卷第二期。

十二日　與郭沫若、夏衍、馮乃超等聯名發唁電哀悼朱自清先生逝世。

十七日　發表《「中間路線者」挨了當頭一棒》（雜論），載《人民日報》。

同月　作《一個理想碰了壁》（短篇小說），載《小說》第一卷第三期。曾收《茅盾短篇小說集（下）》，現收《茅盾全集》第九卷。小說通過一位文化人士Ｌ君，企圖把一個從妓院贖出來的農村姑娘，改造過來，走自新之路，而最終失敗的故事，說明了整個社會的黑暗與落後，是造成中國農村婦女落後、愚昧的最主要根源。只有推翻這個黑暗的社會，才能眞正地解救這些農村婦女。小說中Ｓ君對Ｌ君的一段話，可以說是「畫龍點睛」之筆：「言語的說服力本來是相對的，生活環境的說服力，這才是絕對的！如果你從廣州灣帶她出來，不是到香港，而是到陝北，那就不同了。」

本月

七日　華北人民政府成立。

十二日　清華大學中文系教授朱自清在北平逝世，享年五十歲。

九月

一日　作《〈夜店〉》（影評），載三日《華商報》，現收《茅盾文藝雜論集》。該影片是根據高爾基的小說改編，由黃佐臨執導的。認爲從小說到電影的改編既是「全部中國化的」，「又保留了原作精神的百分之百。」影片之所以能使觀眾「喜怒哀樂」，是因爲它對於「今天的中國社會，有其現實意義。」也證明了「高爾基現實主義的偉大——時間和空間都不能限制它的影響。」

九日　應邀擔任剛復刊的《文匯報》副刊《文藝週刊》的主編。

同日　發表《我們的願望》（短論），署名編者。載《文匯報》副刊《文藝週刊》第一期。對副刊提出了幾點希望，還要求各界人士多多支持和關照，齊心協力來辦好這個副刊。

同日　自本日起至十二月十九日，《鍛煉》（長篇小說）開始在香港《文匯報》上連載。一九七九年茅盾修訂時，將發表於一九四三年《文藝先鋒》上的《走上崗位》的第五、第六章修改的，移作《鍛煉》的第十四、十五章。一九八〇年十二月和一九八一年五月分別由香港時代國際圖書有限公司和北京文化藝術出版社出版單行本。現收《茅盾全集》第七卷。

《鍛煉》是一部未完成的作品。一九四二年在桂林時，就有創作一部反映抗日戰爭全貌的規模宏大的長篇小說的設想。原計劃分五卷。第一卷《鍛煉》寫「八一三」戰爭至大軍西撤；第二卷《敵乎？友乎？》寫保衛大武漢至皖南事變發生；第三卷寫皖南事變後至太平洋戰爭爆發，直至中原戰爭、湘桂戰爭；第四卷寫湘桂戰爭後至抗戰「慘勝」；第五卷寫「慘勝」至李公樸、聞一多被暗殺。一九四三年到重慶後，爲了應付張道藩，曾將累積了的部分材料寫成了《走上崗位》。所以，在《鍛煉》還保留了《走上崗位》中若干人物的姓名以及遷廠的故事。

《鍛煉》以上海「八一三」戰爭開始到結束爲背景，通過國華機器廠內遷、《團結》刊物的遭遇等事件的描述，眞實地再現了抗日戰爭初期的社會現

實。表現了工人群眾、進步知識分子、青年們的堅決抗日救國的意志和熱情，同時揭露了國民黨反動派假抗日反人民的眞面目。

解放後，擔任了文化部長，就無暇來續寫這部計劃宏大的作品了。（《訪問蘇聯・迎接新中國》）

同日　發表《悼佩弦先生》（散文），載香港《文匯報》，現收《茅盾全集》第十二卷。認爲朱自清如古人所稱「盛德君子無疾言厲色」，他取字「佩弦」，似乎「自感秉性舒緩，可是多少登台演說，慷慨激昂者，其赴義之勇，卻遠不及朱先生。」他的著作不多，但「都是經得起時間的考驗，在新文藝史上卓然而有其地位。」

同日　發表《張自忠紀念集題詞》，載《張上將自忠紀念集》，現收《茅盾全集》第十七卷。

十一日　發表《關於影片〈我的大學〉》（影評），載《正報》第一〇六期。

十二日　作《編餘漫談》（短論），載十六日《文匯報・文藝週刊》爲本期副刊所討論的黃谷柳的小說《蝦球傳》作了　些說明。

十七日　發表《從月餅和斗香說起》（雜感），載《文匯報・文藝週刊》，現收《茅盾全集》第十七卷。由回憶故鄉的月餅和斗香，轉而抨擊了「買辦文化」，「買辦文化所得自外洋者，是腐朽期的資本家文人的皮毛，然而它又把我們固有的民間藝術都破壞了。」

十九日　作《編餘漫談》，載二十三日香港《文匯報・文藝週刊》，答覆了讀者提出的有關青年作者作品的發表和稿件修改意見等問題。

二十三日　發表《〈論批評〉及其他》（評論），署名玄，載香港《文匯報・文藝週刊》。本書評介了《論批評》（《大眾文藝叢刊》之一）、《文化自由》（《大眾文藝叢刊》之二）、《文藝生活》第四十一期等刊物。

二十七日　作《編餘漫談》，載三十日《文匯報・文藝週刊》。爲紀念魯迅先生逝世十二週年而徵求文稿。

三十日　發表《〈論約瑟夫的外套〉讀後感》（書評），署名玄，載香港《文匯報》，現收《茅盾文藝雜論集》。（按：《論約瑟夫的外套》係黃藥眠的論文集）云：該集子中文章的風格值得讚美，作者做到了「深入淺出，用平易顯豁的文字來解釋深奧的道理。」同時指出，在批評舒蕪《論主觀》的文章中，

該集子中的一篇是「最好的。」

同月　作《談「文藝自由」在蘇聯》（雜論），載香港新文化叢刊出版社出版的《文化自由》。

同月　作《〈雜談蘇聯〉後記》（序跋），載一九四九年四月致用書店版《雜談蘇聯》，現收《茅盾全集》第十七卷。云：中國和蘇聯是鄰邦，「對於這樣一位鄰居，我們中國人如果不用自己的眼睛和頭腦去認識與瞭解，而顛倒去盲從遠隔重洋的反蘇第一者的讕言，那實在是不智。」這本書，正是爲了滿足人們瞭解蘇聯的「強烈要求」而寫的。

同月　作《魯迅的小說》（評論），載十月一日《小說》月刊第一卷第四期，現收《茅盾論創作》。云：「正因爲在魯迅前期的思想中，進化論而外，還有他的人道主義，而這成爲他那時控訴『人吃人』社會制度的立場，故而他的前期作品（小說）和巴爾扎克、狄更司、托爾斯泰的『批判現實主義』頗不相同，而應當和高爾基的早期作品相比較；也就是從這一點來看，我們有理由說它是中國的社會主義的現實主義文學的先驅。」「從《狂人日記》到《離婚》，不但表示了魯迅思想的發展道路，也表示了他的藝術成熟的階段。《祝福》、《傷逝》、《離婚》等篇所達到的藝術高峰，我以爲是超過了《阿Ｑ正傳》的。」

當月

二十四日　林海發表《〈子夜〉與〈戰爭與和平〉》，載《時與文》第三卷第二十三期。認爲《子夜》與托爾斯泰的《戰爭與和平》從構思到寫作都有許多相似之處，但在各方面的比較中，《子夜》要遜色不少。《子夜》「儘管有些小疵，卻仍然是我們新小說中最佳的一部。」

本月

十二日　人民解放軍發動遼瀋戰役。

本月　華北文藝界協會成立。選出周揚、沙可夫等二十一人爲理事。

十月

三日　作《編餘漫談》（雜感），載七日《文匯報》。圍繞寫作方法談了自己的一些感受，並憶及十多年前在刊物上辦「文章病院」的往事。

十日　發表《剪掉精神上的辮子》（雜感），載《華商報》，現收《茅盾全

集》第十七卷。認爲辛亥革命僅剪掉了頭上的辮子，但並沒有剪掉「精神上的辮子。」在中國人民將眞正翻身的時候，「不割掉那精神上的辮子也不配做新民主國人。這條精神上的辮子坑害了我們多少年了，誰不捨得割掉，那他難免要被歷史的車輪碾死。」

十一日　作《編餘漫談》（雜感），載十四日《文匯報》。

十九日　上午，赴勝利劇院，觀影片《此恨綿綿無絕期》。（《此恨綿綿無絕期》黃谷柳編劇，盧敦導演。）

下午，赴元國飯店，出席中華全國文藝協會港粵分會舉行的魯迅先生逝世十二週年紀念茶會。（20 日《華商報》）

二十日　發表《看了〈此恨綿綿無絕期〉以後的一點意見》（影評），載《華商報》。認爲該片具有「現實的內容、嚴肅的作風、高超的技術」，是當今粵語片中「劃時代的作品」。

二十七日　與郭沫若等聯名電賀莫斯科藝術劇院建院五十週年。

同月　發表《對美國電影和蘇聯電影的看法》（評論），載《新文化叢刊》第二種：《保衛文化》。

同月　應南方學院之邀，到該院作了一次關於文藝創作的演講，深入淺出地談了小說創作的思想立場、人物故事和結構等問題。該講稿後來以《關於創作》爲題，刊於《海燕文藝叢刊》第二輯，後收入《茅盾文藝雜論集》時，改題爲《關於創作的幾個具體問題》。

本月

　　東北魯迅文藝學院成立，內設美術、文學、音樂三個部。

十一月

四日　發表《新社會的新人物》（評論），載《華商報》。云：南方學院的學生在香港演出《小二黑結婚》，具有很重要的意義。該劇指出二重意義；「一爲婚姻自主，二爲當事人選擇婚姻對象的標準不是美貌多金，而是爲人正直，工作勤儉。」它「讓大家看明白，新中國的新社會已經產生了新人物，他們是中國的主人公。」

七日　發表《人民的世紀始於三十一年前的今天》（政論），載《華商

報》，現收《茅盾全集》第十七卷。該文是爲紀念蘇聯十月革命而作。云：「蘇聯的『十月革命』開始了人類歷史的新紀元——『人民的世紀』該從那一天起算。」「從那一天起，幾千年來，東西古代哲人所夢想的平等自由極樂世界、『烏托邦』、『大同世界』這才成爲事實，在六分之一的地球上開始一步一步實現。」

同日 與郭沫若等聯名電賀蘇聯人民的十月革命節。

二十六日 發表《偉大音樂家創作的道路》（影評）。本書是觀看蘇聯電影《陌上春回》之後的感想。認爲這部影片「吸收世界音樂的優秀傳統」，「在民族的民歌寶藏中汲取泉源而創造出新的民族音樂」，值得我們的文藝工作者借鑒和學習。

同月 發表《馮煥章將軍在「文協」》（散文），載中國國民黨革命委員會編的《馮玉祥將軍紀念冊》，現收《茅盾全集》第十七卷。云：「文章入伍，文章下鄉」是當時文藝界的共同目標，馮煥章將軍是實踐了這兩句話的。他的這種精神令人不能不欽佩。

當月

五日 中共中共致電中共華南分局，請他們邀請茅盾等尚在香港的民主人士北上。（《五星紅旗從這裡升起》）

本月

二日 營口、瀋陽解放，遼瀋戰役勝利結束。

六日 人民解放軍發起淮海戰役。

十二月

三日 應邀至香港《文匯報》社作報告，講新聞與文學的關係等。

六日 發表《新聞與文學》（創作談），（湖深記錄，此即在《文匯報》社報告的記錄稿），載《文匯報》。云：報紙的成功的關鍵「在於整個的報導，把前因後果報導得很明白，齊全，這就要靠通訊、特寫了。」寫好通訊特寫，「要對社會各方面都熟悉；熟悉以後需要有新聞眼光。」

七日 作《歲末雜感》（雜感），載二十五日《文藝生活》海外版第九期，現收《茅盾全集》第十七卷。云：這是一個「除舊布新」的時代，因爲「人

民的力量結束了舊中國最後一個最殘暴無恥的封建法西斯政權，揭開了民主的新中國第一頁歷史。」「我們個人的生活也應當努力『除舊布新』」，要注意克服知識分子的「優越感」和「幻想太高」的缺點，以跟上時代的步伐。

十一日　發表《看了《野火春風》》（評論），載香港《文匯報》。

十二日　作《春天》（短篇小說），載一九四九年一月一日《小說》月刊第二卷第一期。曾收《茅盾短篇小說集（下）》，現收《茅盾全集》第九卷。這是茅盾創作的最後一篇短篇小說，小說反映的不是已經發生的現實，而是未來——全國解放後的故事。小說描寫了解放初期某地以華威先生爲代表的一伙階級敵人蠢蠢欲動，企圖從事反革命陰謀活動，來動搖新生的政權，但最後以失敗而告終。小說的結尾可以說是主題的暗示：「春來了，一切有生機的都在蓬蓬勃勃地發展，呈獻他們的活力；但陳年的臭水溝卻也噗噗地泛著氣泡。」預示著人民解放戰爭的必然勝利和國民黨反動派的必然滅亡的命運。

二十八日　作《〈在呂宋平原〉序》（序跋），初收人間書屋初版的杜埃的散文報告文學集《在呂宋平原》，現收《茅盾序跋集》。向讀者介紹了這些反映菲律賓人民抗擊外來侵略者的短篇，並指出「新民主主義的新中國已經實現。中國人民的勝利將是東南亞各民族解放鬥爭勝利的先聲。」

三十一日　根據黨組織的安排，秘密登船，赴東北解放區，參加新政協的籌備工作。同行的有李濟深、章乃器、鄧初民、洪深等二十餘人。（《訪問蘇聯·迎接新中國》；翟同泰《茅盾同志問答（下）》；《五星紅旗從這裡升起》）

當月

十三日　中共中央統戰部致電中共香港分局的方方、夏衍、陽翰笙，請他們邀請茅盾、洪深等來解放區參加新政協籌備工作。（《五星紅旗從這裡升起》）

本月

五日　人民解放軍發起平津戰役。

二十五日　中共權威人士宣布蔣介石等四十三人爲頭等戰犯。

同年

認眞閱讀和修改了秦牧所寫的《世界文學欣賞初步》一書。（秦牧《中國文壇巨星的隕落——深切悼念沈雁冰同志》，載 1981 年 4 月 2 日《羊城晚

報》)

　　爲住在石門附近農村（野王廟）的姻親鄒桐初賦詩一首：臨水數峰無限好，最宜雨外覆雲中。今朝溪上移舟去，看我殘陽又不同。野屋臨溪足寄居，四方煙翠一床書。近來閒較沙鷗甚，秋水明月聞夜雨。（載浙江桐鄉茅盾研究會《會刊》第 2 期，亦見 1988 年 9 月 3 日《文藝報》)

　　獲悉臧克家接編《文訊》月刊。「我隔個十天半月總到郭老、茅盾先生家去洽談，以消胸悶，交換點消息。同時，也爲了刊物約稿。」茅盾表示願時常爲《文訊》「文藝專號」寫稿。（臧克家《長夜漫漫終有明》，載《新文學史料》1981 年第 2 期）。

一九四九年（五十四歲）

一月

一日 在香港往大連的船上請李濟深在自己的手冊上題詞：「同舟共濟，一心一意，爲了一件大事，一件爲著參與共同建立一個獨立、民主、和平、統一、康樂的新中國的大事，前進前進、努力努力。」（《訪問蘇聯·迎接新中國》）

同日 發表《迎接新年·迎接新中國》（政論），載《華商報》，現收《茅盾全集》第十七卷。云：「新中國誕生了，這是五千年來中華民族的第一件喜事，這也是亞洲民族有史以來的第一件喜事！這是人民力量必然戰勝貪污暴戾的特權集團的有力證據；這是民主力量必然戰勝反民主力量的有力證據！新民主主義的中國將是一個獨立、自主、和平的大國，將是一個平等、自由、繁榮、康樂的大家庭。」

同日 香港《華商報》登載了元旦團拜的所有簽名，茅盾的簽名可能在元旦前就已簽好，因爲此時他正在前往東北解放區的輪船上。

七日 抵達大連，進入解放區。見到了前來迎接的張聞天。（《訪問蘇聯·迎接新中國》）

同日 與李濟深、馬敘倫、郭沫若等收到正在河北平山縣的民主人士周建人、翦伯贊、田漢、胡愈之等的來電，呼籲「在中共的領導下，各民主黨派和民主人士一致行動，通力合作，完成人民革命之大業。」（《五星紅旗從這裡升起》）

中旬 到達大連後不久，又在李一氓的陪同下，與李濟深等一起到瀋陽。（李一氓《瑣憶》，載《文藝報》1981 年第 9 期）

二十二日 與李濟深、沈鈞儒、馬敘倫、郭沫若等五十五人聯名發表《我們對時局的意見》。表示支持毛澤東提出的人民民主和平的八項條件，「希望全國人民、全國民主統一戰線的戰友，務須一致團結，採取必要的行動，堅決執行人民的公意，而使這八項條件迅速地全部實現。」（25 日瀋陽《東北日報》）

二十六日 出席中共東北局、東北政務委員會、人民解放軍東北軍區以

及東北各界人民代表為歡迎新近到達東北解放區的全國民主人士舉行的盛大歡迎會，在會上作了《打到海南島》的講話。（2月1日《東北日報》）

二十七日　發表《打到海南島》（政論），載瀋陽《東北日報》，現收《茅盾全集》第十七卷。云：只有實現毛澤東提出的八項條件，「中國才有真正的民主和平。」

二十九日　與蔡廷鍇、沈鈞儒、郭沫若、章伯鈞等一起參加馮裕芳的入歛儀式。（按：馮係民盟中央委員、港九支部主委，於 27 日在瀋陽病逝）（2月 5 日瀋陽《東北日報》）

同月　先期到達瀋陽的戈寶權來下榻處──鐵路賓館（現遼寧賓館）看望，別後一年，感慨頗多。（戈寶權《憶和茅盾同志相處的日子（六）》載《新文學史料》1982 年第 4 期。）

同月　發表《序〈軍中歸訊〉》（序跋），載文光書店版《軍中歸訊》，現收《茅盾文藝雜論集》和《茅盾序跋集》。云：「作者之所以有這樣大的收穫，首先是「對生活認真」，其次是「把工作視同生活的一部分。」「視工作即生活者，在工作中感受必深。而對生活認真，便會有問題發生，而且要求解答。」「這樣，就造成了他的認識過程。《軍中歸訊》就是這樣的認識過程的表現。」

本月

一日　毛澤東為新華社寫的新年獻詞《將革命進行到底》發表。

二十一日　蔣介石宣告「引退」，由李宗仁代理總統。

三十一日　北平和平解放。

二月

一日　與李濟深、沈鈞儒、馬敘倫、郭沫若等五十六人，致電毛澤東主席、朱德總司令，祝賀人民解放戰爭的偉大勝利。（《五星紅旗從這裡升起》）

二日　得毛澤東與朱德的覆電。

月初　草明由皇姑屯鐵路工廠來，並送上她的中篇小說《原動力》，請求予以指教。〔按：草明（1913～）女作家〕（草明《痛悼茅盾同志》載 1981 年 3 月 31 日《北京日報》〕

九日　作《致草明》（書信），現收《茅盾書信集》。認為《原動力》「寫

得很好，」「特別是因爲現在還很少描寫工業及工人生活的作品，所以值得珍視。」並告訴她，近期還要到東北各地參觀。(《致草明》，載《中國現代文學研究叢刊》1985 年第 1 期)

二十五日　與李濟深、沈鈞儒、郭沫若等一行三十五人，中午十二時，由瀋陽抵達北平，受到林彪、羅榮恒、聶榮臻、董必武、薄一波、葉劍英、彭眞等的熱烈歡迎。(28 日《東北日報》)

二十六日　下午，赴中南海懷仁堂，參加人民解放軍平津前線司令部、北平市軍管會、北平市人民政府、中共北平市委舉行的歡迎各方民主人士大會。會後，又赴北平飯店出席宴會。(3 月 1 日《人民日報》、《東北日報》)

同月　蘇金傘、嚴辰和呂劍結伴來寓所小敘。與蘇金傘是初次見面。(蘇金傘《悼茅公》，載 1981 年 4 月 12 日《河南日報》)

同月　發表《〈在呂宋平原〉序》(序跋)，這是應杜埃邀，在百忙中爲他的作品集所作的序。(杜矣《臨歸凝睇，難忘蓓蕾——悼念我國偉大的作家茅盾同志》載 1981 年 4 月 10 日《羊城晚報》)

本月

一日　國民黨中央黨部由南京遷往廣州。

三月

三日　下午，應邀前往北京飯店，出席華北人民政府文化藝術工作委員會、華北文藝協會爲歡迎近期來北平的文藝界人士而舉行的茶會，並在會上發言。(4 日《人民日報》)

十四日　赴北京飯店，出席在平民主人士就北平解放後大學教育管理問題所舉行的座談會。到會的還有錢俊瑞、馬敘倫、洪深、許廣平等。(《五星紅旗從這裡升起》)

十六日　出席在北京飯店舉行的北平文物機構改革問題座談會。到會的還有郭沫若、翦伯贊、楚圖南、錢俊瑞等。(《五星紅旗從這裡升起》)

十八日　柳亞子到達北平，因病不能前去車站迎接，託郭沫若代爲致歉。(陳福康《柳亞子詩中評茅盾》，載《西湖》1982 年第 3 期。)

十九日　上午，新近到平的葉聖陶來北京飯店的寓所，談了北平文教方

面的概況。隨後，共進午餐。下午，由夫人孔德沚陪葉聖陶夫婦逛東安市場。
（葉聖陶《日記三抄·北上日記》；商金林編《葉聖陶年譜》，載《新文學史料》1981 年第 1 期）

二十日　作《關於目前文藝寫作的幾個問題》（評論），載五月四日《進步青年》創刊號，亦見於六月二十三日香港《文匯報》。文章就文藝「爲工農兵」的問題和文藝的「形式問題」談了自己的看法。

二十二日　出席中華全國文藝協會在平理事及華北文協理事聯席會議。商討召開全國文學藝術工作者代表大會的籌備工作，與郭沫若、周揚、葉聖陶、鄭振鐸、田漢等四十二人組成籌備委員會，並被推選爲籌委會副主任。（23日《人民日報》）

二十三日　上午，葉聖陶來北京飯店的寓所小坐。（葉聖陶《日記三抄·北上日記》）

二十七日　發表《〈俄羅斯問題〉》（評論），載《電影論壇》第三卷第二期。（香港版第四號）

同月　康濯來談籌備文代會的事。談話中提到解放區出身的作家大多讀書少、文化水準低。當即表示：不久召開的文代會可以討論這件事，以後還可以建議國家採取措施，對有的作家可著重安排學習、讀書、提高，有些國統區缺乏生活的作家，就應著重到工農兵當中去。（康濯《熱淚盈盈的哀悼》，載《芙蓉》1981 年第 3 期）

同月　柳亞子作七絕一首評讚郭沫若和茅盾爲「雙峰」。詩云：「旗鼓文壇角兩雄，迅翁逝後屹雙峰。東陽病損憐腰瘦，十里郊迎威郭公。」

本月

五日　中國共產黨在西柏坡舉行七屆二中全會。會議討論了徹底催毀國民黨統治，奪取全國勝利，把黨的工作重心從鄉村轉到城市，以生產建設爲中心任務的問題。

二十五日　中共中央和人民解放軍總部遷至北平。

四月

三日　作《致蕭逸》（書信）。現收《茅盾書信集》。告知其自己因身體不太好，已辭謝參加巴黎和平大會，但同時又在緊張地籌備文代會。

九日　與郭沫若等三百餘人聯名發表宣言，擁護召開「世界擁護和平大會。」

十日　與郭沫若、田漢、成仿吾等三百餘人聯名發表宣言，聲討國民黨政府盜運文物，呼籲全國人民一同制止這種賣國行爲。（11 日《人民日報》；13《東北日報》）

二十三日　發表《響應召開世界擁護和平大會，痛斥南京政府拒絕和平協議》（政論），載《人民日報》，現收《茅盾全集》第十七卷。云：「人民民主的力量現在是空前地壯大了。中國人民團結一致的力量，一定能夠戰勝美帝走狗蔣介石反動集團。」

二十四日　發表《擁護進軍命令》（政論），載《人民日報》，現收《茅盾全集》第十七卷。表示堅決擁護毛主席、朱總司令四月二十一日「奮勇前進，解放全中國」的命令。

二十八日　作《一些零碎的感想》（雜感），載五月四日《文藝報》試刊創刊號。主要談了有關文代會代表產生組織方式等有關問題。

三十日　出席全國第一次文代會籌委會第一次臨時常務委員會會議，並負責起草關於國統區文藝工作的報告。（仲呈祥《新中國文學紀事和重要著作年表》）

同月　《雜談蘇聯》由上海致用書店出版。

本月

二十日　國民黨政府拒絕接受「國內和平協定」，和平談判宣告徹底破裂。

二十一日　毛澤東、朱德向人民解放軍發佈向全國進軍的命令。

二十三日　南京解放，國民黨反動統治宣告滅亡。

五月

一日　發表《新的戰線在形成中——記茅盾先生關於全國文協籌委會的談話》（評論），載《華北文藝》第四期。談話包括五個方面的內容：一、新的組織的意義。二、全國文協的活動方式。三、怎樣吸收會員。四、評獎全國的文藝作品。五、《文藝報》。

二日　作《致張帆》（書信），現收《茅盾書信集》。（按：此前，新華社

的張帆來函，告知茅盾的女婿蕭逸在解放太原的戰鬥中不幸犧牲）在回信中說，蕭逸犧牲，「我們的悲痛是雙重的：為國家想，失一有為的青年，為他私人想，一番壯志，許多寫作計劃，都沒有實現」。「我已經多年來『學會』了把眼淚化為憤怒，但蕭逸之死卻使我幾次落淚。」（《致張帆》，載《人民日報》1981 年 4 月 25 日）

四日　發表《還需準備長期而艱鉅的鬥爭——為「五四」三十週年紀念而作》（政論），載《人民日報》。

同日　與宋雲彬等合編的《進步青年》在北平創刊。

十三日　晚八時，應周恩來之召赴中南海開會。會上周恩來闡述了黨的統一戰線政策及文藝方面的具體方針，並就即將召開的文代會、新聞工作和上海解放後的文化工作等問題徵求了到會者的意見。出席此次會議的還有周揚、夏衍、錢杏邨、沙可夫、胡愈之、許滌新、薩空了、鄭振鐸、袁牧之等。（夏衍《懶尋舊夢錄》；阿英《第一次文代會日記》，載《新文學史料》1978年第 1 輯）

十四日　發表《談談工人文藝》（評論），載《天津日報》，亦見於六月十二日《華商報》。云：新文藝作品中，「寫工人生活的，實在不多。」作者為寫工人而進工廠，一方面為的是「熟悉工人生活」，另一方面在於「改造自我，革除小資產階級思想感情。」

二十二日　出席《文藝報》編委會邀請部分文藝工作者的座談會，探討新文協的任務、組織、綱領以及其他有關的事項。主持了此次座談會。

同日　錢杏邨來訪，交談了與文代會有關的問題。（阿英《第一次文代會日記》）

二十五日　去車站迎接出席世界擁護和平大會歸來的郭沫若、馬寅初等。到車站迎接的還有周恩來、林伯渠、李濟深等。（26 日《人民日報》）

二十六日　黃克誠、錢杏邨來訪，稍談即去。（阿英《第一次文代會日記》）

同日　發表《關於〈蝦球傳〉》（評論），載《文藝報》試刊第四期，現收《茅盾論中國現代作家》（北京大學出版）。對黃谷柳的這部小說給予了較充分的肯定。認為作品「不但表現了蝦球（流浪兒）本質的善良，同時也暗示他在生活摸索中終將走向光明之路」，對黑暗的社會，則「深致其憎恨。」

三十日　下午，出席並主持《文藝報》召開的關於新文協諸問題的第二

次座談會，並在會上發言。

同日　發表《各取所值與私有財產——雜談蘇聯之一》（雜論），載《人民日報》，亦見於 7 月 25 日《華商報》。

本月

杭州、武漢、西安、上海等地相繼解放。

春

應徐悲鴻夫婦之邀，常與同住在北京飯店的郭沫若、柳亞子、沈鈞儒、翦伯贊、鄭振鐸、洪深等人去他們家做客。（廖靜文《回憶鄭振鐸同志》，載《新文學史料》1979 年第 3 期）

六月

一日　出席文代會籌委會所舉行的歡迎到平代表大會，並向與會者報告了文代會籌備的情況。

二日　與郭沫若、黃炎培、許廣平等五十六人聯名電賀第三野戰軍解放上海。指出，上海的解放給垂死的帝國主義與殖民地制度以沉重打擊。（4 日《東北日報》）

四日　發表《〈脫險雜記〉前言》（序跋），載《進步青年》第二期。曾收《茅盾文集》第十卷，現收《茅盾全集》第十二卷。

六日　上午，錢杏邨來，談至中午。（阿英《第一次文代會日記》）

同日　下午，與李一氓、鄭振鐸、錢杏邨一起去琉璃廠看碑，遇雨，五時歸。（陳福康《鄭振鐸年譜》）

七日　發表《蘇聯的電影事業——雜談蘇聯之二》（評論），載《人民日報》。

十一日　晚，赴毛澤東寓所香山雙清別墅，與毛澤東、朱德、周恩來、李濟深、黃炎培、沈鈞儒等共同商討新政協的籌備問題。（《黃炎培日記摘錄》）

十二日　作《瞿秋白在文學上的貢獻——瞿秋白逝世十四週年紀念》（評論），載十八日《人民日報》，現收《茅盾現代作家論》（鄭州大學出版）。回顧了瞿秋白在介紹蘇維埃俄羅斯文學，在文學評論等方面的突出貢獻，並特

別指出，「不論社會科學及文學理論的造詣而言，不論就中國舊文學的根柢而言」，都應該由他來寫一部「中國文學簡史。」可惜，他的犧牲，使這一設想已無法成爲現實。

十三日　發表《莫斯科的大戲院、小戲院和藝術劇院——雜談蘇聯之三》（散文），載《人民日報》。

十五日　晚，赴中南海勤政殿旁室，出席新政協籌備會第一次全體會議，聽取了毛澤東主席的報告。（《五星紅旗從這裡升起》）

十六日　下午，在新政協籌備會議上被通過爲籌備會常務委員。晚上，在中南海勤政殿出席新政協籌備會常務委員會第一次會議，由周恩來主持會議。任「擬定國旗國徽國歌方案」的第六小組副組長。（《五星紅旗從這裡升起》）

二十日　發表《在新政協籌備會上的發言》（政論），載《人民日報》，現收《茅盾全集》第十七卷。認爲「會議充滿了民主與團結的精神，」「開這樣民主團結的新政協，產生人民民主的聯合政府，是完全符合人民的要求和利益的。」

二十一日　晚，赴中南海勤政殿，出席新政協籌備會常務委員會第二次會議。（《五星紅旗從這裡升起》）

二十七日　作《讀〈血染濰河〉》（序跋），載新中國書局出版的董均倫著的《血染濰河》，現收《茅盾序跋集》。

同日　發表《蘇維埃的音樂——雜談蘇聯之四》（雜感），載《人民日報》。

三十日　赴懷仁堂，參加中華全國文學藝術工作者代表大會預備會，與周揚同被選爲副總主席，總主席爲郭沫若。（《中華全國文學藝術工作者代表大會紀念文集》）

本月

三十日　毛澤東發表《論人民民主專政》。

七月

二日　出席全國第一次文代會，爲主席團成員、副總主席，並報告大會的籌備經過。（3日《人民日報》）

四日　在文代會作《在反動派壓迫下鬥爭和發展的革命文藝——十年來國統區革命文藝運動報告提綱》的報告，該報告初收《中華全國文學藝術工作者代表大會紀念文集》，現收《茅盾文藝雜論集》。報告總結了十年來國統區革命文藝運動的成就、不足以及經驗教訓。

同日　發表《學習和娛樂——雜談蘇聯之五》（散文），載《人民日報》。

五日　晚七時，至中南海懷仁堂，出席新政協籌備會常務委員會第三次會議，並簽署了《新政治協商會議籌備會各黨派各團體為紀念「七七」抗日戰爭十二週年宣言》。（7 日《人民日報》；《五星紅旗從這裡升起》）

八日　任全國第一次文代會本日大會主席。

九日　在新華廣播電臺作《為工農兵》的廣播講話。載《文藝報》試刊第十一期。

十一日　張西曼逝世，列為治喪委員會成員。（12 日《人民日報》）

十五日　出席中國民主同盟召開的李公樸、聞一多等殉難烈士追悼會。

十六日　中蘇友好協會籌委會成立，任籌備委員會委員。（18 日《人民日報》）

十七日　在第一次文代會上，參加投票選舉全國文聯領導成員。（《中華全國文學藝術工作者代表大會紀念文集》）

十九日　上午，出席全國第一次文代會閉幕式，與郭沫若、周揚等當選為全國文聯委員。（20 日《人民日報》）

二十日　出席中共中央、中國人民革命軍事委員會聯合為參加文代會演出的各文藝工作團舉行的招待會，並即席講話。到會的還有周恩來、陸定一、郭沫若、周揚等。（《中華全國文學藝術工作者代表大會紀念文集》）

二十一日　與郭沫若、周揚等設宴歡送參加第二次世界青年節的青年文工團全體人員。

二十三日　出席中華全國文學工作者大會，當選為大會主席。

同日　下午，出席中華全國文學藝術工作者聯合會第一次全體委員會議，被選為常委、副主席。（《中華全國文學藝術工作者代表大會紀念文集》）

二十四日　中華全國文學工作者協會正式成立，當選為該會主席，丁玲、柯仲平為副主席。

二十八日　出席「中國戲曲改進會發起人大會。」

同月　在中國「影協」成立大會的晚宴上，見孫瑜拿出一本紀念冊請求簽名，遂題：「繼續爲中國電影努力！」談及當年在《小說月報》上發表譯作，並寫六頁紙的長信時，「爽朗地笑了起來」（按：同時簽名題辭的還有周恩來）（孫瑜的《縹緲的遐思——我與沈雁冰的相識》，載《藝術世界》1981 年第 5 期）

當月

〔日本〕岡崎俊夫發表《茅盾的〈蘇聯見聞錄〉》，載《中國研究》〔日本評論社〕（8）。

本月

二日　朱德代表黨中央在全國第一次文代會上致詞。

六日　周恩來在全國第一次文代會上作《政治報告》。毛澤東亦親臨會場，並作重要講話。

二十七日　《人民日報》發表毛澤東題詞：推陳出新。

本月　全國文聯所屬各協會相繼成立。

八月

三日　就英國軍艦「紫石英號」擊沉我客輪一事發表談話，憤怒譴責了這一令人髮指的暴行。（載《人民日報》）

五日　出席新政協籌備會第六小組在北京飯店舉行的第二次會議。決定聘請徐悲鴻、梁思成、艾青爲國旗國徽圖案的初選委員會顧問；馬思聰、賀綠汀、呂驥、姚錦新爲國歌詞譜初選委員會顧問。（《五星紅旗從這裡升起》）

十二日　即將調往天津工作的錢杏邨來寓所道別，未遇，留函後離去。（錢杏邨《第一次文代會日記》）

十七日　新政協籌備會就新政協代表的名單問題，來徵求意見，認眞地談了自己的觀點和看法。（《五星紅旗從這裡升起》）

同日　發表《「中間路線者」給了當頭一棒——對〈人民日報〉記者的談話》，（政論）載《人民日報》，現收《茅盾全集》第十七卷。指出美國政府發表的《白皮書》，暴露美帝想「奴役中國人民的野心」，也給了那些鼓吹走「中間路線」的人，當頭一棒。

十八日　赴中南海勤政殿，出席新政協籌備會召開的關於新政協代表名單問題的座談會，並聽取李維漢所作的《政協代表名單協商經過情形》的發言。出席者還有李濟深、馬敘倫、周建人、郭沫若、沈鈞儒等。（《五星紅旗從這裡升起》）

二十五日　與郭沫若、馬敘倫收到毛澤東主席的信，以及轉來的吳玉章請示毛主席如何著手進行文字改革的信，毛主席在信中希望予以審議。（鄭林曦《郭老熱心文字改革的二三事》，載 1978 年 7 月 15 日《光明日報》）

二十八日　與郭沫若、馬敘倫聯名寫信致毛澤東主席，陳述對文字改革的意見：一是主張走拼音文字的道路；二是建議成立專門的文字改革機構。（鄭林曦《郭老熱心文字改革的二三事》）

同日　下午，隨毛澤東、朱德、周恩來等前往東站，歡迎由上海抵達北平的宋慶齡。（29 日《人民日報》）

本月

二十二日　上海《文匯報》就小資產階級是否可以作爲文藝作品的主人公的問題展開討論。

九月

一日　下午，往北平藝專大禮堂，出席馮玉祥先生逝世一週年追悼大會。到會的還有周恩來、李濟深、宋慶齡、何香凝、郭沫若等。（2 日《人民日報》）

二日　作《一致的要求和期望》（評論），載二十五日出版的《文藝報》第一卷第一期。要求文藝工作者第一，「加強理論學習」；第二，「加強創作活動」；第三，「加強文藝的組織工作」；第四，「繼續對封建文藝以及買辦文藝、帝國主義文藝展開頑強的鬥爭」。

五日　出席中國文字改革協會發起人第四次會議，討論有關文字改革的原則問題。

六日　出席中蘇友好協會總籌備委員會全體會議，討論有關總會成立的事宜，並歡迎新近到達北平的該會主任委員宋慶齡。（7 日《人民日報》）

九日　獲悉已八十歲高齡的商務印書館前輩張元濟（1867～1959，浙江海鹽人，出版家，著有《涵芬樓燼餘書錄》等）來京參加中國人民政治協商會議，與沈鈞儒、馬敘倫、陳叔通、邵力子等同往北京飯店老樓探望，晤面

甚歡。菊老（按：張元濟）又邀茅盾主持商務印書館擬成立的出版委員會，並代商務組稿，編輯叢書。（陳夢熊：《茅盾致張元濟的信札和祝辭》，載《桐鄉文藝》，1985 年 7 月浙江桐鄉文聯、文化館合編；《北京話舊》）

十一日　應張元濟之邀赴歐美同學會參加商務印書館舊友的聚會，到會的還有郭沫若、胡愈之、沈鈞儒、葉聖陶、宋雲彬、馬寅初、黃炎培、鄭振鐸、陳叔通、周建人、馬敘倫等。（《張元濟年譜》）

十三日　下午，與郭沫若、周揚在中山公園來今雨軒招待新近抵平的各地文藝工作者以及日前返平的文代會東北參觀團。到會的還有夏衍、陳荒煤、劉白羽、任白戈、梅蘭芳、周信芳、袁雪芬、馮雪峰、巴金等六十餘人。（14 日《人民日報》；《文藝報》第一卷第一期）

十六日　出席新政協籌備會常委會第六次會議，會議由周恩來主持，通過了有關草案。（《五星紅旗從這裡升起》）

十七日　下午二時，出席新政協籌備會常委會第七次會議，通過了新政協第一屆全體會議主席團名單。三時，至中南海勤政殿，出席新政協籌備會第二次全體會議。會議正式決定將新政協會議定名為「中國人民政治協商會議」。（《五星紅旗從這裡升起》）

十八日　晚，出席北平市黨、政、軍及各群眾團體等二十個單位，為歡迎到達北平的中國人民政治協商會議代表而舉行的宴會。（《五星紅旗從這裡升起》）

二十日　出席在中南海勤政殿舉行的政協籌備會常委會第八次會議。會議決定九月二十一日下午七時在中南海懷仁堂召開中國人民政治協商會議第一屆全體會議，並通過了議事日程。

二十一日　出席中國人民政治協商會議第一屆全體會議，當選為大會主席團成員。（22 日《人民日報》）

二十二日　在政協會議上當選為「宣言起草委員會」委員、「國旗、國徽、國都、紀年方案審查委員會」委員。（23 日《人民日報》）

二十三日　代表「中華全國文學藝術界聯合會」在政協第一屆全體會議上發言。云：「全國的文藝工作者一定全心全意擁護這三大文件（指人民政協共同綱領，人民政協組織法和中央人民政府組織法），並且將盡我們最大的努

力，運用各種各樣的文藝形式，對全國人民進行宣傳教育。」「文藝工作者必須提高自己、教育自己，和文化界人士及全國人民一起，為新民主主義國家的文化建設而奮鬥」！（24 日《人民日報》）

二十四日　發表《在中國人民政治協商會議第一屆全體會議上的發言》，載《人民日報》，現收《茅盾全集》第十七卷。

二十五日　晚，出席毛澤東主席召開的「國旗、國徽、國歌、紀年、國都」協商座談會。到會的還有周恩來、郭沫若、黃炎培等。（《五星紅旗從這裡升起》）

二十六日　上午，出席「國旗、國徽、國歌、國都、紀年方案審查委員會」在北京飯店舉行的會議，對各項方案作最後的審查。

二十七日　出席政協第一屆全體會議，並與張瀾、李立三、賀龍共同擔任前段大會執行主席。會議通過了中華人民共和國定都北平，自即日起將北平改稱北京；採用公元紀年；以《義勇軍進行曲》為代國歌；國旗為五星紅旗等議案。（28 日《人民日報》）

二十八日　接待了來訪的張元濟。（《張元濟年譜》）

三十日　出席政協第一屆全體會議的閉幕式，當選為政協全國委員會委員、中央人民政府委員會委員。（10 月 1 日《人民日報》）

同月　「以《人民文學》的主編身份，致信毛澤東，請求毛澤東主席，為該刊題詞並寫刊頭」。（李頻《不朽的編輯巨匠茅盾》，1995 年 6 月 17 日《文藝報》）

下旬　收到毛澤東九月二十三日寫的覆信，全信內容如下：「雁冰兄：示悉。寫了一句話，作為題詞，未知可用否？封面宜由兄寫，或請沫若兄寫，不宜要我寫。」同信還附來一張宣紙，寫著：「希望有更多的好作品出世　毛澤東」。（李頻《不朽的編輯巨匠茅盾》，1995 年 6 月 17 日《文藝報》）

同月　毛澤東找茅盾談話，說文化部長這把交椅是好多人想坐的，只是我們不放心，所以想請你出來。茅盾問：「為何不請郭沫若擔任？」毛澤東說：「郭老是可以的，但他已經擔任了兩個職務，一個是文化教育委員會主任，一個是中國科學院院長，再要他當文化部長，別人更有意見了。」又說：「聽說你不願意做官，這好解決，你可以掛個名，我們給你配備個得力的助手，實際工作由他們去做。」這位助手就是周揚，文化部第一副部長（韋

韜、陳小曼《茅盾的晚年生活》〔一〕）

當月

　　〔日本〕竹內好發表《茅盾的〈霜葉紅似二月花〉》，載《中國研究》〔日本評論社〕（9）

本月

　　二十一日　中國人民政治協商會議第一屆全體會議在北平舉行。會議通過了《共同綱領》，產生了中央人民政府，選毛澤東爲主席，朱德、劉少奇、宋慶齡、李濟深、張瀾爲副主席。

　　二十五日　全國文聯機關刊物《文藝報》創刊。

十月

　　一日　出席中華人民共和國開國大典。

　　同日　與宋慶齡、劉少奇、周恩來、郭沫若等前往火車站，歡迎以法捷耶夫爲團長、西蒙諾夫爲副團長的蘇聯文化藝術科學工作者代表團。（2 日《人民日報》）

　　同日　發表《略談工人文藝運動》（評論），載《小說月刊》第三卷第一期，現收《茅盾文藝評論集》。本文主要論述了作家寫工人和工人自己創作的問題。作家應該「革除小資產階級的思想意識感情，而獲得工人階級的思想意識情感」，「才能正確地表現新時代的新人。」至於工人的寫作雖然尚處於「萌芽狀態」，但不會在這一狀態停留太久，「這是中國文學史上全新的一章的起點」。

　　二日　出席中國保衛世界和平大會，當選爲主席團成員，並在會上發言。（3 日《人民日報》）

　　三日　出席中國保衛世界和平大會委員會成立大會，被選爲該會副主席。（4 日《人民日報》）

　　五日　下午，出席中蘇友好協會總會成立大會，被推舉爲該會理事。（6 日《人民日報》）

　　六日　出席在華北大學召開的中國文字改革協會發起人會議。

　　八日　出席在中南海懷仁堂舉行的蘇聯文學藝術工作者代表團團長法捷

耶夫和副團長西蒙諾夫的講演會。（按：法捷耶夫因病未出席，由蕭三代讀書面發言），隨後代表全國文聯致答詞。云從西蒙諾夫的報告中可以知道，「社會主義國家文藝工作者的任務是教育人民爲人民服務，沒有教育意義的庸俗的文學作品在蘇聯沒有存在之可能。」所以，我們「應該丟掉自己思想意識上的包袱，而和人民結合，更有效地爲人民服務」。（9 日《人民日報》）

九日　發表《感謝蘇聯承認新中國，慶賀中蘇建立新邦交》（政論），載《人民日報》，現收《茅盾全集》第十七卷。

同日　下午，出席政協全國委員會第一次全體會議，當選爲政協全國委員會常務委員。（10 日《人民日報》）

十日　下午，至文聯，出席全國文學工作者協會召開的邀請蘇聯作家法捷耶夫談文藝問題的座談會。到會的還有周揚、丁玲、鄭振鐸、胡風等。（11 日《人民日報》；《文藝報》第一卷第二期）

同日　出席中國文字改革協會成立大會，當選爲理事。

同日　發表《歡迎我們的老大哥，向我們的老大哥看齊》（政論），載《文藝報》第一卷第二期，現收《茅盾全集》第十七卷。對法捷耶夫爲首的蘇聯作家代表團的來訪表示熱烈歡迎，同時指出「自五四以來，我們中國的革命文藝運動在文藝理論和創作方法上都從蘇維埃文學以及俄羅斯偉大的古典文學得到寶貴的啓示和深刻的影響，……蘇聯文學啓發了、並教育了我們革命的和進步的文藝作家；也啓發了教育了千千萬萬的青年知識分子。」文章還說明，中國文藝工作者眞正學習蘇聯文學的偉大品質和卓越的現實主義創作方法，是在 1942 年毛主席在延安文藝座談會講話之後。

十一日　中午，應陸定一、徐特立邀請，去玉華台赴宴，席間主要談了有關出版的事宜。同席的有周建人、葉聖陶、張元濟、胡愈之、鄭振鐸、祝志澄、徐徐伯昕、黃洛峰、陳叔通等。（《張元濟年譜》）

同日　下午，赴火車站歡送蘇聯文學藝術科學工作者代表團赴滬參觀訪問。（12 日《人民日報》）

十三日　與郭沫若、周揚、丁玲等代表全國文聯，邀請全國總工會、全國民主婦聯、全國青聯及北京市委等單位共商籌備魯迅先生逝世十三週年紀念的有關事宜。到會的還有田漢、鄭振鐸、趙樹理、沙可夫、曹禺、徐悲鴻、馮雪峰、許廣平、陽翰笙、艾青、黃藥眠、胡風等。（14 日《人民日報》）

十八日　出席全國文聯等單位紀念魯迅先生逝世十三週年籌備會。

十九日　上午出席全國文聯等單位聯合發起和組織的魯迅先生逝世十三週年紀念大會。爲主席團成員。（20 日《人民日報》）

同日　發表《學習魯迅和自我改造》（評論），載《人民日報》，現收《茅盾文藝評論集》。云：「要明白魯迅思想的發展，不能不研究他的雜文；而要善於學習魯迅，則對於他的思想發展過程有一個徹底的瞭解，……對於魯迅思想的發展作了透徹精深的研究的，不能不推瞿秋白爲第一人。」文章最後指出：「魯迅的思想和作品中，可供我們學習者甚多，但在今天，知識分子特別需要改造之時，魯迅所經歷的從進化論到階級論，從個性主義到集體主義的過程，尤其值得我們注意學習」。

同日　出席中央人民政府委員會第三次會議，被任命爲文化教育委員會副主任、文化部部長。（20 日《人民日報》）

二十日　發表《抗議美帝無恥迫害美共領袖的書面談話》，載《人民日報》，現收《茅盾全集》第十七卷。

同日　爲北京市人民體育大會題詞。（原手跡）載二十二日《人民日報》。題詞：「在舊時代，體育爲少數人所專有，只是一種奢侈性的娛樂。在人民民主的時代，體育將成爲鍛鍊體魄的、群眾性的集體主義的而非錦標主義的，第一屆的北京市人民體育大會就是這樣的人民體育運動的第一步」。

同日　上午，出席中國文字改革協會第一次理事會，當選爲常務理事。（21 日《人民日報》）

二十一日　出席中央人民政府政務院文化教育委員會全體會議，受任爲文教委員會宣傳中國人民政協共同綱領專門小組的召集人。（22 日《人民日報》）

同日　作《美國電影與蘇聯電影的比較》（評論），載三十日《人民日報》。云：「美國電影是用了美國式的低級趣味的技巧來掩飾它那反動的有毒的內容，並以此來吸引辨別力不高的觀眾。」而「蘇聯影片是教人進步而不是引人墮落的，是爲人民服務而不是爲少數的金融巨頭服務的」。

二十三日　晚，前往火車站，歡迎由滬返京的蘇聯文學藝術科學工作者代表團。（24 日《人民日報》）

二十五日　《人民文學》創刊，任該刊主編。並爲創刊號撰寫了《發

刊詞》，現收《茅盾序跋集》。云：「編一本雜誌，實在也就是一種組織工作。一要善於組織來稿，使雜誌的內容不單純、不偏枯；二要善於有計劃地約作家們寫稿，使每期的雜誌既能把握我們的文藝工作的中心環節，而又富於機動性。……盡可能地把本刊編得活潑、多方面，而又不至於漫無重心」。

二十六日　下午，出席由政務院文教委員會舉辦的、與蘇聯代表團的西蒙諾夫等交流文物科學問題的座談會。到會的還有郭沫若、陸定一、陳伯達、馬敍倫等。（27 日《人民日報》）

二十七日　與郭沫若、周揚等聯名致電「蘇聯國立小劇院」，祝賀其成立一百二十五週年。（《文藝動態》，《新華月報》第一卷第二期。）

二十八日　發表《把我們對蘇聯人民和斯大林的敬愛帶回去吧》，（散文）載《人民日報》，現收《茅盾全集》第十七卷。此文爲歡送蘇聯文化藝術科學工作者代表團歸國而作。

同日　下午，與周恩來、董必武、郭沫若等出席蘇聯駐華大使羅申爲蘇聯代表團訪華而舉行的雞尾酒會。（29 日《人民日報》）

二十九日　上午，與劉少奇、吳玉章、沈鈞儒、張瀾、黃炎培、郭沫若等百餘人到火車站，歡送蘇聯文化藝術科學工作者代表團歸國。（30 日《人民日報》）

同月　爲馬烽的短篇小說《村仇》提出幾點具體的修改意見，並將該小說發表在《人民文學》創刊號上。（馬烽《懷念茅盾同志》，載《汾水》1981年第 5 期）

同月　爲基督教青年會主辦的「新民主主義講座」作《蘇聯人民的生活》的專題演講，會場爆滿，盛況空前。（13 日《人民日報》）

同月　擬新中國叢書社與商務出版叢書合同，並託陳叔通將底稿帶到上海交張元濟，同時推鄭振鐸代自己參加出版委員會。（陳夢熊：《茅盾致張元濟的信札和祝辭》，載《桐鄉文藝》，1985 年 7 月浙江桐鄉文聯、文化館合編；《商務印書館史資料》之八）

本月

一日　中華人民共和國成立，北京三十萬人在天安門集會，隆重舉行開國大典。

十九日　北京、上海等地集會紀念魯迅逝世十三週年。

十一月

一日 獲悉爲紀念蘇聯十月革命三十二週年，中央電影局編的一本《蘇聯電影介紹》，其中收有茅盾、郭沫若、陸定一、田漢等的評介文章。（1 日《人民日報》）

二日 主持文化部成立大會。

三日 作《在十月革命前，反動派瘋狂在發抖了！》（政論），載七日《人民日報》，現收《茅盾全集》第十七卷。云：中國人民「從十月革命看見了自己鬥爭的道路，堅定了勝利信心。」「沒有十月革命，就不可能有中國人民革命今天的偉大成功」。

四日 出席全國文聯、文化部舉行的歡迎參加國際青年節的青年文工團勝利歸來的宴會，並發表了講話。（5 日《人民日報》）

五日 發表《中國作家茅盾祝福蘇聯人民》，載俄文版《消息報》、《眞理報》。

七日 上午，出席蘇聯駐華大使館爲慶祝十月革命節而舉行的盛大雞尾酒會。

下午，出席周恩來爲慶祝十月革命節而舉行的酒會。

晚，出席中蘇友協主辦的十月革命三十二週年慶祝會。（8 日《人民日報》）

十日 發表《略談革命的現實主義》（評論），載《文藝報》第一卷第四期。本文是對鄉村小學教員張忠江來信提出問題的答覆。云：「進步的文藝理論」意即指：「凡主張文藝應當爲人民服務，反對『爲藝術而藝術』，主張現實主義的創作方法，反對頹廢主義和形式主義的文藝理論，都是進步的文藝理論。當然這樣的文藝理論的最高峰就是馬列主義文藝理論。」而「革命現實主義」則是「區別於舊現實主義而言的。」舊現實主義的作品「雖然批判了世界的罪惡，卻沒有指出前進的道路。」蘇聯的「社會主義現實主義的創作方法和我們目前對文藝創作的要求是吻合的。但是，因爲一般人看見社會主義一詞就想到它的經濟的政治的含義，而我們現在是新民主主義階段，所以，一般我們都用『革命的現實主義』一詞以區別於舊現實主義——即批判現實主義」。

上旬 收悉張元濟三日來信。

十四日　作《致張元濟》（書信），署名鄉晚沈雁冰。載《桐鄉文藝》（烏鎮茅盾故居開放紀念）二十四輯，一九八五年七月浙江省桐鄉縣文聯、文化館合編。「贊同『菊老所示』各點」，力薦鄭振鐸任公司出版委員。（陳夢熊《茅盾致張元濟的信札和祝辭》）

十九日　晚，作《致張元濟》（書信），署名鄉晚沈雁冰。載同上。云昨日「又奉尊電，以叢書事見委。出版委員晚之不能擔任，已詳前函」，願「不屬名義」，而「盡力贊助」。認爲編委「太多沒有意思，太少則與約稿反生阻礙」。又將「聘函一件」寄還菊老。（按：陳夢熊云茅盾這兩封信原件，藏於商務印書館，也載於油印本《商務館史資料》之八。）

下旬　收到張元濟二十四日的覆信。

二十五日　下午，出席中央人民政府政務院第七次會議。（26 日《人民日報》）

二十八日　召開文化部第三次部務會議。

同月　發表《從話劇〈紅旗歌〉說起》（評論），載《中國青年》十一月號，現收《茅盾文藝評論集》。云：《紅旗歌》「雖然寫的是工人生活，它的主題是生產競賽；但是它所提出的這一個又團結又教育的問題卻是具有普遍性的。我們每個人都可以在這中間得到啓示，都可以照見自己還存在著什麼缺點。這劇本對於一般青年之所以也有極大的教育作用，我以爲其原因也即在於此。」

同月　新近成立的大眾文藝創作研究會舉辦星期講演會，曾邀請茅盾作專題報告。（27 日《人民日報》）

當月

〔日本〕島田政雄發表《五年後的中國——從「幻想小說」茅盾的〈春〉談起》，載《應該讀什麼》（1）

十二月

三日　出席中央人民政府委員會第四次會議。（4 日《人民日報》）

五日　發表《關於發行公債》（政論），載《人民日報》，現收《茅盾全集》第十七卷。云：「人民勝利公債的發行，正表示了政府爲人民辦事的切實負責

精神，正表示了政府處處爲人民全般利益著想」。

十五日　發表《斯大林就是民主，就是和平》（政論），載《中蘇友好》第一卷第二期，現收《茅盾全集》第十三卷。

二十一日　發表《斯大林與文學》（評論），載《人民日報》。云：「『民族的形式，社會主義的內容』這是斯大林在文藝上最正確的指示。蘇聯文藝在這指導原則下，獲得了多年的具有各種各樣風格的輝煌的成就」。

同日　與教育部長馬敘倫聯名發佈《關於開展新年文藝宣傳工作的指示》。

同日　晚，出席中蘇友好協會，爲慶祝斯大林七十壽辰而舉行盛大集會，並當選爲主席團成員。（22 日《人民日報》。）

三十一日　出席各民主黨派組織的除夕聯歡晚會。

同日　爲中國文藝界慶祝斯大林七十壽辰紀念冊題詞一則。

同月　茅盾等著的《新民主主義的文學》，由新生出版社出版。

約同月　曾與德沚一起去天津看望四嬸，看到四嬸的孩子們都在家閒著，就說：「社會主義的新中國即將成立，社會主義經濟建設就要開始，你們年青人應該多爲革命、爲社會主義建設貢獻力量。」回京後，在給堂弟、妹們的信中也說：「社會亦是大學校，只要勤奮，終有造就。」（沈德溥、吳志復《緬懷我們的大哥沈雁冰》，載《天津日報》1981 年 4 月 12 日）

本月

十六日　毛澤東主席出訪蘇聯，與斯大林會晤。